不死者

詭秘之主

—The Most High—

【竊運者】

Author 愛潛水的烏賊 Illustrator 阿蟬

1

〔目錄〕

CONTENTS

第一章

三張椅子

淅淅瀝瀝的雨水，隱隱約約的薄霧，努力張揚著迷濛光芒的一排排煤氣路燈和三不五時駛過街道的馬車共同構成了貝克蘭德最常見的夜景。

除了這些，立在窗戶後面的克萊恩有注意到一些可喜的變化。

「叮鈴鈴！」

清脆的聲音迴盪之中，一輛只有兩個輪子的奇怪機械沿著道路邊緣飛快奔馳，駛向了街道另外一頭，它總體框架為黑色，但部分地方呈現出鋼鐵的灰白，在穿透雨水的煤氣路燈光芒照耀下，閃爍著金屬的美感。

這機械的上面坐著位穿郵政人員服飾的男子，他雙腿不斷踩動，顯得非常賣力，身後的位置處則綁著一個刷了綠漆的木箱。

「推廣得很好啊……」白襯衫黑馬甲氣質成熟的克萊恩看著這一幕，無聲感慨了一句。

他重回貝克蘭德的短短幾個小時內，就在途中遇到了多輛類似的奇怪機械，這正是他投資並推動的腳踏車！

從報紙上，克萊恩了解到貝克蘭德腳踏車公司做了大量的廣告，並在喬伍德區、貝克蘭德橋區域舉行過腳踏車比賽，以吸引那裡人們的注意，這些辦法之外，他們還積極地向政府郵政、警察等部門推廣，效果據說還不錯。

他們的定價策略有聽從克萊恩當初的建議，避開經常使用馬車的中上層，將目標群體瞄準為周薪達到一鎊十蘇勒以上的技術工人、家境還不錯的學生和需要經常在外面奔波的公職人員，所以，一輛腳踏車三到五鎊，讓這個階層的人士咬咬牙能買得起，而同時又可以向收入更低的人群炫耀。

「現在的問題是貝克蘭德經常下雨，騎腳踏車的人又沒辦法撐傘……下一步就是雨衣了。」克萊恩收回目光，搖了搖頭，低聲笑道。

他目前居住的地方是希爾斯頓區的一家高檔旅館，一晚上就要十蘇勒，貴得克萊恩有些心疼，但為了符合人設，只能咬牙忍耐。

根據他的想法，道恩．唐泰斯這個身分明面上應該是一個來自迪西海灣的信仰黑夜女神的神祕富翁，他變賣了原本的土地和礦山，準備來貝克蘭德尋求新的機會，並對捐贈獲得爵位有一定程度的興趣，但又沒那麼雄厚的財力，只能先考慮拓寬人脈，進行財務投資。

這樣一個身分的好處在於，和克萊恩之前扮演的所有角色都不相同，有明顯的區分，而且可以很自然地接觸到中上層的一些人物，尤其是軍官俱樂部的人和黑夜女神教會貝克蘭德教區的主教們，方便克萊恩一邊繼續調查貝克蘭德大霧霾事件的真相，一邊蒐集情報，制定偷竊安提哥努斯家族筆記的詳細計畫。

有好處，當然也有壞處，這樣一個來歷神祕的富翁肯定會被「值夜者」、「代罰者」們注意到，遭遇一定程度的背景調查。

根據克萊恩的經驗，類似的調查在不涉及重要事件的前提下，可能是官方非凡組織自己做，也可能轉交給警察部門，但都不會太過認真，屬於例行性事務。

所以，在偽裝領域算得上專家的克萊恩為道恩．唐泰斯設計並準備了第二層身分，以應對背景調查。

在第二層身分裡，道恩．唐泰斯是一個因某種緣由前往南大陸東西拜朗冒險的傢伙，他使用化名，在那個相當危險又充滿機會的地方，用超過十年的時間，積累到了一筆財富。

因為這筆財富的來歷並不是那麼光明，他祕密返回迪西海灣，偽造了新的身分，準備到貝克蘭德開始全新的生活，並讓那筆財富逐漸合法化。

類似的人在魯恩並不少見，他們的故事屬於調查者可以接受和想像的內容，為了這層身分，克萊恩有在康納特市遺留一些不起眼的線索，以間接幫助「真相」盡快揭開。

這些線索包括但不限於從東拜朗至康納特市的黑船票票根，長期在南大陸生存養成的習慣，以及來歷不明的財富。

克萊恩相信只要「道恩．唐泰斯」不直接涉及較嚴重的非凡事件，這樣的準備足以瞞過例行性的背景調查。

而如果遇到非常認真的官方非凡者，想要一路調查下去，甚至願意請南大陸的同事幫忙，那道恩．唐泰斯還有第三層身分，那就是有掌握一定反占卜技巧的詐騙犯，他偽裝成神祕富翁，大手筆地花錢投資，是為了最後的騙局。

這個身分足以導致道恩．唐泰斯被捕，但受重視的程度不會太高，也就給了克萊恩從容退場，消失在舞臺中央的機會。

「和第一次到貝克蘭德那會相比，能做這種三層身分設計的我真是成長了不少啊……」克萊恩緩步走回房間中央，將目光投向了角落的全身鏡。

鏡中的他黑髮裡帶著幾分斑白，眼眸深邃但透著經歷過太多事情的滄桑，是一位氣質成熟長相很有味道的中年男士。

「道恩・唐泰斯」的身分設計對現在的克萊恩而言，並不困難，可從聖賽繆爾教堂的查尼斯門後盜走安提哥努斯家族筆記，對任何一位外部非凡者來說，都足以稱得上不可能完成的任務，哪怕天使之王，也不敢保證一定能做到。

當然，和別的非凡者不同，克萊恩在這件事情上，有兩個優勢，一個是他曾經做過「值夜者」，對內部流程有足夠的了解，知道哪些地方可以利用哪些地方不存在機會，所以，他最早排除的辦法就是變成某一位「值夜者」，混入內部，找機會通過查尼斯門。

這個辦法存在的問題是，「值夜者」們也不能隨意進入查尼斯門，哪怕隊長和執事也一樣，必須有事件發生，才能得到相應的權限，而且查尼斯門後還有內部看守者，亂走亂拿會引來攻擊，爆發戰鬥——克萊恩並不希望自己的盜竊造成女神教會的人員傷亡。

經過仔細的思考，他將目標放在了內部看守者身上。

這些老者都是退役的「值夜者」，志願進入查尼斯門後，負責看守封印物們，他們和值夜者屬於兩個部門，進出都透過教堂地底的通道，不干擾值夜者們的工作，也不會被值夜者們干擾。

或許是因為長期待在查尼斯門後的關係，這些內部看守者都存在一定的特異，氣息陰冷，缺乏表情，膚色蒼白，像是黑暗深處介於生與死狀態之間的怪物，克萊恩相信自己只要遇到，不難確定目標。

他初步的計畫就是，租住在北區靠近聖賽繆爾教堂的地方，僱傭管家、男僕、女傭、園丁、廚師和馬車夫、撐起富翁的架子，然後經常去那座教堂誠心祈禱，參與彌撒，奉獻錢款，與主教牧師們一點點熟悉起來。

在這個過程裡，他會努力尋找疑似內部看守者的人，選定兩到三個目標，觀察他們的生活狀態，在合適的時候，囚禁其中一位，變化成他的樣子，或者直接附身於他，通過查尼斯門，伺機翻看或拿走安提哥努斯家族筆記。

這是一個非常粗略的方案，更接近於思路，有賴於克萊恩根據蒐集到的各種情報不斷完善。

在這件事情上，克萊恩的第二個優勢是他有塔羅會，有黑夜女神教會和「值夜者」想不到的幫手，而且他也可以考慮發展一位貝克蘭德教區的「值夜者」或看守者進入聚會，透過內奸來完成竊取，就像當初利用羅塞爾大帝拿到安提哥努斯家族筆記的查拉圖一樣。

「還是得經常去教堂，只有這樣，才可能找到目標……」克萊恩面對鏡子，無聲點了一下頭。

不得不說，他此時的內心很有點矛盾，如果真有一位「值夜者」或看守者願意出賣教會，為「愚者」先生效勞，他第一個想法會是降下神罰，除掉這個噁心的叛徒！

吐了口氣，自嘲了一下，克萊恩穿上雙排扣長禮服，戴好帽子，走出了房間，來到街邊。

他撐著傘，繞到另外一條街道，趁路燈較遠，細雨朦朧的機會，忽然變回了夏洛克·莫里亞蒂的樣子。

看了眼出現褶皺的褲腳，克萊恩伸手攔下一輛馬車，準備前往同在希爾斯頓區的艾辛格·斯坦頓家。

半個多小時後，那棟略顯陳舊和晦暗的建築出現在了克萊恩的眼中。

他支付好兩蘇勒車資，在反射著昏黃光芒的細雨裡，步伐沉穩地繞過水窪，來到了大偵探的門口。

收起雨傘，伸手拉響門鈴，克萊恩稍做等待，就看見一位寬臉龐的年輕男子打開了房門。

這男子頭髮呈麥色，眼睛灰藍，顴骨較高，很有倫堡、馬錫一帶的特點。

艾辛格．斯坦頓先生的新助手？知識與智慧之神教會的人？克萊恩摘掉帽子，微笑說道：「晚安，艾辛格．斯坦頓先生在嗎？」

「在，他忙碌了一天回來，剛享用完晚餐。」那麥色頭髮的年輕人禮貌回應道，「請問您是哪位？」

克萊恩呵呵笑道：「告訴大偵探，他一位朋友度假歸來了。」

那年輕人愣了一下，脫口問道：「夏洛克．莫里亞蒂先生？」

竟然知道我？這表示艾辛格．斯坦頓先生經常提起我這個朋友，還是知識與智慧之神教會知道了我當初有捲入貝克蘭德大霧霾事件？

克萊恩噙著笑容，不動聲色地點頭道：「是的，我是夏洛克．莫里亞蒂。」

眼睛灰藍的年輕人當即讓開道路，笑容和煦地做出請的手勢：「斯坦頓先生一直擔心著你，害怕你遭遇了什麼意外，他現在可以放心了。」

克萊恩將雨傘遞給對方，一邊摘帽子脫外套，一邊走入了門廳，這個時候，有所察覺的艾辛格．斯坦頓已放下手中的報紙和菸斗，離開安樂椅，前行幾步，望了過來。

「噢，夏洛克，你總算回來了，真是好久不見，我的朋友。」面容清瘦兩鬢斑白的艾辛格露出笑容，迎了過來，並張開雙臂，試圖給一個問候性的擁抱。

克萊恩並不習慣這種男性間的禮儀，勉強回應了一下，笑著說道：「斯坦頓先生，這不是智慧信徒該做的事情。」

「知識與智慧之神」的牧師和主教們總有種發自內心的高傲，很少採用擁抱禮。

實際上，除了粗獷的弗薩克帝國，開放的因蒂斯王國，其他國家和地區都少見這種禮節，只有非常熟悉的朋友間才會出現。

艾辛格後退兩步，輕笑道：「不，夏洛克，對真正有智慧的朋友，我們總是不吝嗇尊敬和親切。在我心裡，你是整個貝克蘭德能排進前五的大偵探。」

這樣的話我喜歡聽！克萊恩暗笑一聲，幽默反問道：「所以你是位居前三的大偵探？」

被一位序列七的「知識與智慧之神」信徒稱讚為真正有智慧，確實讓人高興。

「我希望在你心目中是這樣。」艾辛格巧妙而柔和地做出回答，然後請克萊恩進入客廳，坐至沙發。

他自己則靠躺在安樂椅上，拿起菸斗，深深吸了一口，緩緩吐氣道：「我很高興你並沒有遭遇什麼意外，你的身體和精神狀態都很不錯。怎麼樣，在迪西海灣玩得還愉快嗎？」

克萊恩早就預備好說辭，平靜笑道：「事實上，我並沒有去迪西海灣，我在那裡繞了一圈後，就去康斯頓了，呵呵，我之前在貝克蘭德捲入了一些麻煩，只能找地方躲避一段時間。」

夏洛克・莫里亞蒂是一位來自間海郡，有著不太明顯口音的先生，惹了麻煩，躲回故鄉，是很正常的選擇——康斯頓城是間海郡首府。

「我知道。」艾辛格低沉回應。

他沒有去詢問夏洛克究竟惹了什麼麻煩，轉而笑道：「總之，歡迎你回到貝克蘭德，如果有什麼需要幫助的，都可以來找我。」

克萊恩沒有客氣，當即開口道：「我這次來拜訪你，一是真的好久不見，二是希望你能代表我賣掉貝克蘭德腳踏車公司的股份，呵呵，所有的文件都很齊全，不需要別的手續。」

為了扮演一個神祕富翁和償還欠信使小姐的一萬金幣，他不僅打算將自身不怎麼用得上的物品清理賣掉，還準備放棄貝克蘭德腳踏車公司的那百分之十股份，反正夏洛克·莫里亞蒂很長一段時間內都沒辦法再光明正大出現。

「真的要賣掉？」艾辛格摸索著菸斗道，「雖然我沒有做過商人，但我看得出來，腳踏車是一種很有價值能大量推廣的商品，它的商業前景就像剛升起的太陽，遠沒有達到自己的極致，你現在賣掉，會損失非常多的金錢。」

「所以，買家肯定願意為這種預期溢價很多很多。」克萊恩輕笑道，「我相信能看出腳踏車價值和前景的人不是少數，而弗蘭米和雷帕德肯定不願意在目前這個階段減少任何一點股份，我的這百分之十賣出正常的兩三倍不是問題，艾辛格，股權交易的定價不僅要看現在，還得看將來。」

給買家或投資人講一個誘人的故事，畫一個美好的未來是非常有必要的！當然，腳踏車的價值和前景不需要我再額外描述，有商業頭腦的人都能看得出來，唯一的問題在於天然橡膠的產量……

克萊恩在心裡默默補充了兩句。

「股權交易的定價不僅要看現在，還得看將來……」艾辛格低聲重複著克萊恩的話語，隔了一陣才由衷讚嘆道，「夏洛克，也許你更應該去經商，不過，將來總是存在很多意外。」

「敢於冒險是商業領域的騎士精神，好吧，我承認，我最近急需大筆現金。」克萊恩笑著回應道。

艾辛格拿起菸斗，滿足地抽了一口道：「你說服了我。我會請專門的律師和會計確定貝克蘭德腳踏車公司現在的價值，然後加上足夠的預期，將你那百分之十股份售出，相應的費用和稅款從獲得的現金裡扣除。」

「嗯……我該怎麼聯絡你？你在明斯克街那棟房屋的租約似乎早就到期了。」

克萊恩當然不會暴露現在的身分，有所準備地說道：「你可以在《塔索克報》《貝克蘭德日報》等報紙上分別刊登轉讓股份的消息，讓更多的人知曉，有競爭才有更好的議價空間，等到售出，同樣刊登一個公告，表示事情完成，不用再打擾。」

「而我看到這個公告後，會直接來拜訪你。」

艾辛格對借助報紙廣告隔空交流的方式並不陌生，點了點頭道：「沒有問題，當然，所有的開銷都會從最後的收穫裡扣除。」

見主要目的已經達成，克萊恩站起身，探出手道：「謝謝你的幫助，艾辛格。我該離開了，有些事情以後再說。」

艾辛格沒有挽留，一路將他送出了門。

克萊恩繞至附近街區，乘坐出租馬車，在稀疏的小雨裡面欣賞貝克蘭德夜景，邊前往「勇敢者酒吧」。

他打算今晚就將夏洛克．莫里亞蒂擁有的消息和資源渠道重新打通！

進了那嘈雜混亂的酒吧，他未去吧檯位置點酒詢問，只是繞著拳擊擂臺轉了一圈，就準備離開，去外面的馬車上等待莎倫小姐出現。

這個時候，桌球室的房門吱呀一聲打開了，穿老舊大衣的伊恩拿著報紙走了出來。

他鮮紅的眼睛隨意一掃，突然瞄到了熟悉的身影，嘴巴張了張，卻沒有吐出對方的姓名，只是驚喜地說道：「晚安，先生，有什麼需要幫忙的嗎？」

「暫時不需要，只是過來見見老朋友。」克萊恩和煦笑道。

說話間，他看見伊恩拿著的報紙是《海上新聞》，露在外面的內容有一個相當吸引人眼球的標題。

「震驚！瘋狂冒險家竟淪為通緝犯！」

瘋狂冒險家……克萊恩直覺地認為這與自己有關。

伊恩察覺到他的視線，笑著舉高報紙道：「這是《海上新聞》少有的及時報導，因為各個地方都出現了懸賞令。」

「瘋狂冒險家格爾曼．斯帕羅謀劃了一場危害『慷慨之都』的事件，被證實為邪惡組織的成員。在這場事件裡，有賴於風暴教會和王國軍方的保護，拜亞姆沒有人員傷亡，但捲入此事的『血之上將』塞尼奧爾因此失蹤，初步懷疑已被格爾曼．斯帕羅擊殺。」

「您猜他們為格爾曼．斯帕羅開出的賞金是多少？五萬鎊！這超過了『血之上將』，接近了地獄上將！」

五萬鎊……克萊恩聽得怦然心動。

他撫平心裡的漣漪，微笑回應道：「可惜，這樣的賞金很少有人能領到。」

他指了指酒吧大門道：「之後有時間再來找你。」

「好的。」伊恩沒有多問，轉而提了一句，「豐收教堂的懷特先生是您的朋友？」

埃姆林這傢伙捨得出門了？為了那些原始月亮的信徒？

克萊恩點了一下頭道：「對。」

說完之後，他擠出人群，推門離開了「勇敢者酒吧」。

上了一輛出租馬車，克萊恩將目光投向窗外，等待著莎倫小姐出現。

當然，他不敢保證對方還在這裡，好幾個月過去，這位女士和馬里奇可能已更換了常活動的地點。

無聲無息間，克萊恩靈感突有觸動，側頭望向了窗戶，只見被夜色弄得能反射景象的玻璃上，一道戴黑色小巧軟帽穿哥德式宮廷長裙的年輕女郎身影清晰映照了出來。

回過頭，克萊恩看見莎倫小姐坐在了自己對面，淡金的頭髮，蔚藍的眼眸，蒼白的臉色與以往沒有任何區別。

「晚安。」不需要扮演格爾曼．斯帕羅的克萊恩主動招呼道。

莎倫微微起身，虛提裙襬，還了一禮。

想到對方可能已看過那份《海上新聞》，一時找不到話題寒暄的他，清了清喉嚨，直接說道：「我擊殺了塞尼奧爾。」

「嗯。」莎倫幅度很小地點頭，示意自己知道。

克萊恩笑著繼續說道：「如果馬里奇還需要一份『怨魂』的非凡特性，可以等待並湊集資金了，等我找到替代，就會把塞尼奧爾賣給他。」

莎倫沒有問「替代」是什麼意思，簡單回應道：「看見那條新聞後，他就在等待你回來。」

「很好。」克萊恩輕笑一聲，將手伸到衣領處，抽出了一條銀製項鍊，「塞尼奧爾的幸運物品，妳應該知道它的情況吧？」

莎倫「嗯」了一聲，等待著克萊恩繼續往下說。

「它和『生物毒素瓶』之中的一件，我打算賣出，妳，或者妳的圈子是否有興趣？」克萊恩主動問道。

莎倫靜默了兩秒道：「我幫你問一下。」

意思就是妳要考慮一下？也是，「幸運天平」的負面效果確實讓人猶豫，不過，「生物毒素瓶」和「怨魂」真的很搭配啊，如果不是缺錢，且隨身攜帶會讓體質越來越差，感染疾病，我都捨不得賣，在埋伏戰裡，它相當有用！

克萊恩隱約把握到了莎倫的意思，將掛著古老錢幣的銀製項鍊塞回了衣領內。

他斟酌著問道：「讓周圍每一樣無生命的事物攻擊目標是『囚犯』途徑高序列的能力？」

「木偶。」莎倫言簡意賅地回了個單字。

序列四「木偶」的能力？自身變成「無生命」的人偶，所以能操縱一定範圍內的全部無生命物品？再往上晉升，會不會直接影響敵人的神奇物品？

克萊恩有所恍然地點了一下頭，轉而問道：「那妳認識這麼一位半神嗎？」

他緊跟著詳細描述了在拜亞姆城外襲擊自己的那位老者的模樣。

「傑克斯。」莎倫平靜地說出了一個名字。

其實我是希望妳能多介紹點相關情況的……

克萊恩知道莎倫小姐的風格，無奈一笑道：「那妳認識扎特溫嗎？」

這是奧拉維島天體教派首領的導師。

「追捕我們的半神。」莎倫就像一個人偶，沒什麼感情也沒什麼隱瞞地回答道。

也就是讓我第一次覺得椅子、桌子和窗簾想殺掉我的那位……真是巧啊……不過，這不是安排，只是說明玫瑰學派這種歷史超過千年的隱密組織，半神也沒有多少位……估計和極光會差不多，聖者數量在五位左右，天使加〇級封印物兩到三個……當然，這是因為長期被七大教會打壓，大本營都變成了殖民地，他們全盛時，肯定不止這些。

克萊恩想了想，再次問道：「那妳認識僅是一條手臂就讓整座山峰顫抖的玫瑰學派成員嗎？」

他本想具體型容一下那條手臂的特點，可發現自己完全沒敢直視對方。

莎倫安靜聽完，眼眸像是活了般出現轉動，嗓音清冷地開口道：「你究竟遭遇了什麼？」

一個聖者，一位天使，以及「海王」，極光會半神，靈教團人造死神計畫附帶產生的怪物……

克萊恩無聲自嘲了一句，苦笑道：「我惹上了『欲望母樹』，遭遇了玫瑰學派的埋伏，幸虧當時在拜亞姆，有風暴教會、王國軍方的人出手，而且我還扔出了被『真實造物主』氣息汙染的物品、與靈教團有關的事物，總之，場面很混亂，我趁機逃走了。」

他坦然回應，只是隱去了信使小姐和阿茲克先生的存在，至於「真實造物主」的事情，他相信莎倫小姐早就看得出來他其實沒受囈語影響，這能用及時的心理干預和精神治療來解釋。

「『欲望母樹』……」莎倫低念著這個名稱，蔚藍的眼眸裡漸漸出現了少有的情緒波動。

克萊恩沒有「觀眾」的解讀能力，無法品出莎倫小姐具體的心情，只隱約覺得她有點恐懼有點憎惡。

莎倫很快就收斂住了不正常的反應，重新變成了一個精緻到極點的「人偶」。

她看著對面的夏洛克．莫里亞蒂道：「你很幸運，也很神祕。」

克萊恩笑而不語，既不撒謊，也不解釋。

莎倫沒有詢問，轉而說道：「你遇到的可能是斯厄阿，祂是九百二十二年前誕生的『神孽』，自稱『被縛之神』的孩子，祂也是玫瑰學派現在的首領。」

不會吧，玫瑰學派為了對付我，直接出動了首領和一個半神……我只是一個小小的序列五啊！要不是「橘光」希拉里昂提醒，我恐怕已經被玫瑰學派抓住了……

克萊恩又是一陣後怕，隨口問道：「『神孽』是『囚犯』途徑序列二或者序列一的名稱？」

「大概。」莎倫未做肯定的回答。

這時，不等克萊恩回應，她主動說道：「威廉姆斯街被毀掉了。」

克萊恩揣摩過莎倫小姐提起這個話題時，自己該有什麼反應，當即皺眉，說道：「被誰？什麼時候？」

「『值夜者』和『機械之心』，兩個多月前。」莎倫顯然有蒐集相應的情報。

克萊恩鄭重點頭，沉思了一會道：「也許我們都忽視了一件事情，那個惡靈並不一定需要我們拯救，它還控制了龐德從男爵！會不會是這位先生那裡出了問題，引起了『值夜者』和『機械之心』的關注？」

克萊恩一點也不心虛地說著有真有假的猜測。

莎倫微微頷首道：「龐德從男爵猝死在了一次狂歡後。」

這是被處理了？亞利斯塔·圖鐸的最後一絲血脈就此斷絕了？

克萊恩想了想道：「威廉姆斯街現在是什麼情況？」

「在修建一些高層建築。」莎倫沒有表情地描述道，「最初有人在暗中監控，之後越來越少，到了上個月初，就沒有了。」

克萊恩沉吟了幾秒道：「妳有下去探索過嗎？」

莎倫的眸光掃過他的臉龐道：「沒有。」

這是記得我們之間未成文的約定：一起發現的，一起探索？真是一位品格高尚的女士啊，玫瑰學派的「禁欲系」比「縱欲系」好了不知道多少倍！

克萊恩試探著問道：「現在去嗎？」

「好。」莎倫簡潔地表達了自己的態度。

克萊恩立刻吩咐前方的車夫，改道去西區和皇后區交界的威廉姆斯街。

一路之上，他隨意地說了些海上的見聞和不涉及祕密的經歷，莎倫雖然沒怎麼回應，但聽得非常專注，似乎頗感興趣。

這讓克萊恩想起了最初認識這位保鏢小姐那會，她坐在凸肚窗玻璃內的虛幻高背椅上，右手托著臉頰，認真地傾聽自己與伊恩的對話，很有「觀眾」的潛力。

馬車在淅淅瀝瀝的雨水裡駛過了一條又一條安靜的街道，終於抵達了威廉姆斯街附近。

克萊恩和莎倫沒有靠近，就能發現那邊變成了一個大的工地。

繞至地底遺蹟對應的區域後方，站到一株枝葉茂密的大樹下面後，克萊恩對明明沒有撐傘卻一點也未被淋溼的莎倫道：「我們從這裡下去。」

雨水落下，穿過莎倫的淡金頭髮和身體，啪嗒打在了地面。

「好。」莎倫沒有問夏洛克・莫里亞蒂要用什麼辦法下去。

克萊恩將手伸入衣兜，輕鬆地解除了靈性之牆，打開了鐵製捲菸盒。

他的側方忽然出現了一道人影，正是穿暗紅外套戴陳舊三角帽的「血之上將」塞尼奧爾。

「他代替我下去。」克萊恩微笑著說道。

緊接著，他從容地操縱起自家傀儡。

「血之上將」塞尼奧爾當即以手按胸，對著莎倫行了一禮：「晚安，很榮幸和妳合作。」

莎倫掃了克萊恩和塞尼奧爾一眼，什麼也沒說，身體飛快下沉，進入了泥土裡。

呃，莎倫小姐似乎相當討厭塞尼奧爾……

克萊恩勾勒笑容，讓「血之上將」的身體迅速怨魂化，跟著往下沉降。

他本人則虛靠大樹，半閉眼睛，認真地控制著傀儡，周圍空無一人，雨點稀疏，路燈昏暗。

隱隱約約間，克萊恩找到了一點「祕偶大師」的感覺。

他的視界和塞尼奧爾的視界在這一刻重疊了起來，看見了黑褐的泥土、蠕動的蟲豸和石頭縫隙間的雜物。

穿透這一層又一層障礙，「他」和莎倫來到了原本地下遺蹟存在的區域，這裡穹頂倒塌，石柱折斷，泥土填塞，碎石點綴，完全沒有了原本的樣子。

這樣的場景讓克萊恩相信，六神的人形雕像肯定已經被徹底破壞。

讓他慶幸的是，「自己」和莎倫所處的位置相當靠近封印惡靈的那個房間，也就是說，後續的探索裡，他不用擔心傀儡活動的範圍超過一百公尺的控制極限。

泥土的氣息和腐爛的味道裡，克萊恩的祕偶與莎倫一起，很快進入了之前那個異常危險的房間，可是，磚石泥土間，只那幾堆蓋著腐朽衣物的白骨有殘留被壓碎的痕跡，原本存在的暗金和深藍光芒們全都消失不見了。

「非凡特性被『值夜者』或『機械之心』拿走了……」塞尼奧爾的臉皮抽動了一下，完美反應了克萊恩此時的心情。

莎倫在深暗的固實環境裡轉身，輕輕搖頭道：「他們沒有派人進來，這裡沒有活物存在過的痕跡。」

也是，如果這個房間半年內有活人出入，「怨魂」應該能感應得到……而且，那些神像很顯然不能被「值夜者」和「機械之心」看到……那這些非凡特性哪裡去了呢？

克萊恩眉頭一點點皺起的同時，塞尼奧爾也有了類似的反應。

難道那個惡靈並沒有被徹底消滅？它早就逃出了這裡？克萊恩想著想著，忽地悚然一驚。

他按捺住情緒，讓塞尼奧爾跟著莎倫穿過被泥土碎石填滿的房間，來到了原本那扇血淋淋大門屹立的位置，而此時只有幾塊碎片證明著目標曾經存在過。

前行了幾公尺，兩人真正進入了惡靈被封印的房間。

這裡同樣已被毀滅，遭到掩埋，克萊恩借助塞尼奧爾的身體和眼睛，邊四處遊走邊察看線索。

「這裡應該有一張黑色高背椅。」莎倫停了下來，指著一片壓在兩塊石頭間的碎木說道。

克萊恩一下想起了曾在夢中見過的畫面——那位疑似梅迪奇的年輕男子坐在高背椅上，腦袋低垂，狀似死亡。

莎倫沒有停頓，在泥土的擠壓裡往旁邊行去，尋找著別的痕跡，忽然，她再次開口道：「這裡應該也有一張。」

還有一張？第二張黑色高背椅？

「克萊恩」愕然飄了過去。

怨魂化的塞尼奧爾在克萊恩的操縱下，穿透厚實的泥土和石塊，來到莎倫的旁邊，看見前方埋葬著一個雕滿不對稱花紋的殘破扶手，它與之前發現的碎木相近而又有所不同。

這扶手不是純粹的深黑，紋路裡透著暗紅的顏色，彷彿鐵與血的交織。

回憶過去那場噩夢裡的畫面，克萊恩確定這不是疑似梅迪奇的年輕男子坐的那張高背椅。

這是第二張！

這個封印惡靈的房間內至少有兩張高背椅！

「克萊恩」和莎倫都沒有說話，分別朝不同的方向繞行，尋找另外的痕跡。

沒過多久，他們發現了第三張高背椅存在的證明！

那是一截椅腳，深紅為主，純黑做紋，和之前的兩種碎木片都截然不同。

「也許是第四紀不對稱特點造成的問題……」克萊恩知道莎倫的風格，主動開口，說著自己也不太相信的話語。

——惡靈氣息沾染導致的那場噩夢中，出現的高背椅至少顏色是統一的！

莎倫幅度很小地搖了一下頭：「『三』更有儀式感。」

她是指當初「血皇帝」亞利斯塔．圖鐸要殘害無辜者不會只有一個，封印惡靈的房間內曾經也許有過一場儀式。

克萊恩聽得愣了一下，腦海內霍然閃過了一個畫面。

寬敞昏暗的房間裡，以某個地方為圓心，擺了三張不同式樣的高背椅，每張椅子上都坐著一個腦袋低垂，氣息全無的人型生物，其中就包括「紅天使」梅迪奇。

這樣的場景越來越清晰，克萊恩瞬間聯想到了另外兩件事情。

序列〇「黑皇帝」的魔藥主材料是「唯一性」和兩份序列一非凡特性（不含自身擁有的那份）；「血皇帝」亞利斯塔．圖鐸似乎強行從「黑皇帝」途徑的序列一「弒序親王」跳到了非相近途徑的序列〇「紅祭司」，變成了半瘋的真神！

思緒轉動間，克萊恩迅速有了猜測：這個房間內曾經舉行過一場晉升序列〇，涉及真神位階的儀式！

當然，根據「黑皇帝」需要的複雜儀式看，這裡應該只是魔藥部分，代表「戰爭」的途徑明顯需要整個大陸的混亂與紛爭來匹配。

而「血皇帝」亞利斯塔．圖鐸本身並不具備相應的序列一非凡特性，所以，他的「紅祭司」魔藥需要三位序列一的天使或封印物來提供非凡特性，這裡也就有了三張高背椅！

對了，疑似「紅天使」梅迪奇的惡靈說過，幫它擺脫封印的辦法是分別找到索倫、艾因霍恩和梅迪奇家族的直系後裔，各取十毫升血液，與聖水混合……

索倫、艾因霍恩是掌握著「獵人」，也就是「紅祭司」非凡途徑的天使家族，從第四紀一直存續到了現在，一個已經衰敗，只能控制因蒂斯的間諜機構和軍方一個派系，一個依舊是弗薩克的皇族……

克萊恩念頭一閃，對這個房間內發生的事情，對惡靈真實的身分，又有了新的判斷：另外兩張高背椅上，坐的是索倫和艾因霍恩家族的先祖，序列一的天使！

再加上很可能掌握著這條途徑「唯一性」的「戰爭天使」梅迪奇，「紅祭司」魔藥的主材料也就湊齊了！

而那個惡靈高機率不是單純的「紅天使」梅迪奇，還糅合了索倫和艾因霍恩家族先祖的殘餘精神和憎恨意念！

嘶，這裡曾經「獻祭」了三位序列一的天使！祂們臨死前的詛咒和儀式本身遺留的影響，讓這個房間變得異常恐怖，並被封印？還好提前舉發給了教會，讓他們做了處理，否則僅靠自身，即使我和莎倫小姐都已經晉升序列四，說不定也會死在這裡，成為那惡靈的食物……

克萊恩一陣後怕一陣慶幸。

與此同時，他越來越理解了「紅祭司」牌落到那個惡靈手上的原因，當一條途徑曾經的所有高層都埋葬在這處地底遺蹟後，非凡特性間的吸引力自然會引導持有者過來，不會有任何偏移。

而且，大帝說過，凡分離的必聚合，凡聚合的必分離，當「血皇帝」亞利斯塔・圖鐸隕落後，他所擁有的真神特性，也就是序列〇特性，應該也會分成四份吧……

一份歸於抽象與概念，是「唯一性」，剩下的則是三份序列一非凡特性，如果不這樣，當有人成神後，相應非凡途徑就再也不會有序列一了……

這些序列一非凡特性的其中一份或者兩份，會不會也受到牽引，進入被封印的房間？這應該也是「褻瀆之牌」被吸引過來的原因之一！克萊恩越想越覺得自己之前輕視了那個惡靈。

不愧是「陰謀家」晉升上去的天使們……

立在樹下的克萊恩操縱塞尼奧爾開口道：「或許真是儀式。與『血皇帝』亞利斯塔・圖鐸有關的事情，層次肯定很高。」

莎倫安靜聽完，補了一句：「索倫，艾因霍恩，梅迪奇……」

莎倫小姐也從惡靈要求的細節裡懷疑起這個房間內的三張高背椅曾經屬於不同的天使……

克萊恩想了一下，主動借塞尼奧爾之口透露道：「『血皇帝』亞利斯塔・圖鐸應該是『獵人』途徑的真神，代表的褻瀆之牌是『紅祭司』。」

莎倫靜默了幾秒，似乎明白了一些事情，轉而說道：「那張牌沒有了。」

她是指惡靈曾經展示過的「紅祭司」牌。

「也許那個惡靈早就已經脫困，在『值夜者』和『機械之心』摧毀這裡前。」克萊恩說出了自己的猜測，「而它帶走了這裡所有的非凡特性和那張『紅祭司』牌。」

莎倫無聲環顧了半圈道：「它很狡詐，它不會留下這麼明顯的線索。」

也是，封印房外面的非凡特性明顯都不到序列四，對一個曾經是天使之王的惡靈來說，沒有任何吸引力，「紅祭司」牌同樣如此……它拿走房間內的事物可以理解，為什麼連一點殘渣都不留？這就像是在對別人說「哈哈，我騙了你們，我已經成功脫困，有本事來追捕我啊」……等等，說不定這正是它想表達的意思！

克萊恩想著想著，忽感好笑地讓塞尼奧爾開口道：「不，狡詐不等於不留下線索。『獵人』途徑的序列八叫『挑釁者』。」

這一刻，他腦海裡浮現出的「紅天使」長相貼上了安德森．胡德的照片。

莎倫沒有動靜地聽完，嘴巴微張，卻什麼也沒說出口。

同樣的，克萊恩也一陣默然，覺得「獵人」途徑的非凡者真是風格鮮明。

相比較而言，紅髮的伊蓮簡直不像索倫家族的人。

不過，她在挑釁「疾病中將」上，還是很有天賦的……嗯，當初索倫家族的成員也氣得大帝半死……

克萊恩無聲吐了口氣，腹誹了兩句。

靜默的氣氛很快被克萊恩打破，他的傀儡塞尼奧爾左右看了一眼，開了一句玩笑：「也許這就是他們被抓到這裡的原因。」

「誰在幫助亞利斯塔．圖鐸？」莎倫身影透明虛幻地問道，但似乎並沒有期待答案。

「或許是六神……」「克萊恩」想起了外面大廳內的六尊神像。

不過，他很快就出現了動搖：「可是，七神支持的是特倫索斯特帝國，索倫和艾因霍恩都是這個帝國的大貴族。當然，不排除先支持圖鐸，後因為祂瘋掉而決裂的可能。」

如果不是六神，是否意味著還有神靈在支持亞利斯塔・圖鐸，會是誰呢？克萊恩默默想道。

莎倫沒再停留，身影上飄，浮向地面，回到了那株大樹旁邊。

克萊恩收起塞尼奧爾的怨魂，讓它進入了鐵製捲菸盒的金幣內，然後隨口問道：「其實我一直很好奇，不擁有非凡特性的純粹惡靈和怨魂，力量來源於哪裡。」

「靈界。」莎倫簡單回答道。

非凡特性守恆，但非凡力量的來源不一定？嗯，也可能靈界本身就是某些非凡特性的產物……

克萊恩點了一下頭，看了眼腳底的泥土道：「我會繼續調查惡靈的下落，如果有收穫，會告知妳的。」

他打算回頭問問「魔鏡」阿羅德斯。

說到這裡，他順勢拿出鋼筆和便簽，刷刷刷寫下了自己信使的召喚方法，然後遞了過去：「妳如果有什麼事情，可以給我寫信。」

莎倫接過紙張，認真看了兩眼道：「我在勇敢者酒吧。寫信可以寄到希爾斯頓區加爾德街一百二十六號，收信人是瑪瑞亞太太。」

「好的。」克萊恩將鋼筆揣入口袋，當著莎倫的面用儀式銀匕製造靈性之牆，重新封住了鐵製捲菸盒。

接著，他很有紳士風度地去另外街道攔下一輛出租馬車，一路將莎倫送回了貝克蘭德橋區域。

做完這一切，他才返回至自己租住的希爾斯頓區高檔旅館，途中有改變樣子，換乘馬車。

第二章

正式登場

拜亞姆，海藻酒吧內，在海上漂了段時間的達尼茲又一次踏足「慷慨之城」，準備幫反抗軍協調一些事務。

他拉低鴨舌帽，坐到吧檯角落，準備先聽一下最近的傳聞，免得因情報不及時不準確，慘變賞金。

就在這時，他聽到旁邊的一位冒險家對同伴道：「你說，格爾曼．斯帕羅會不會找人代領『血之上將』的賞金？」

啊？達尼茲下意識抬頭，茫然不解地望向了說話者。

為什麼格爾曼．斯帕羅這個瘋子要找人代領「血之上將」的賞金？不對，他為什麼能領「血之上將」的賞金？達尼茲忽然從迷惑和紛亂裡清醒，把握到了事情的重點。

他猛地又低下腦袋，不讓目光暴露自己的詫異和茫然。

旁邊的冒險家們則繼續說道：「怎麼可能？沒人敢去代領！」

「對，除非想承受風暴教會的怒火，或者出賣格爾曼．斯帕羅！」

「四萬兩千鎊啊……如果能拿到這麼一筆賞金，我立刻就去貝克蘭德，做一名富翁！」

「哈哈，不是應該先在『紅劇場』享受半年嗎？」

「也許格爾曼．斯帕羅可以去領因蒂斯、弗薩克或者費內波特的賞金，雖然沒有四萬兩千鎊這麼多，但也絕對不少……」

幾位冒險家說著說著，開始幻想自己擁有四萬兩千金鎊後的生活，甚至因為理念不合，爭得臉紅耳赤。

不會吧……他們的意思是格爾曼·斯帕羅幹掉「血之上將」了？不，雖然這瘋子一直有這方面的想法，但缺少必要的幫手，需要和船長合作……安德森·胡德？

達尼茲站了起來，按住鴨舌帽，低著腦袋，急匆匆往桌球室和紙牌室方向走去，那些地方往往擺放著一些報紙。

他剛有離開，之前那幾名冒險家就望向他的背影，壓低嗓音，彼此討論道：「你們認識他嗎？偷偷摸摸畏畏縮縮的，一看就有問題！」

「沒看清楚他的樣子，不過我覺得應該是海盜的人，來拜亞姆打聽情報。」

「要不要……」一位冒險家比劃了一下割喉的動作。

「也許是我們惹不起的，等這段時間過了再說。」另一位冒險家阻止了同伴的行動。

達尼茲進入一間空著的桌球室，來到角落，拿起一疊報紙，快速翻看了起來，漸漸的，他表情變得有些扭曲。

「那瘋子究竟做了什麼？他真的幹掉了『血之上將』？這才幾個月，他的實力就提升到了這種程度！而且，而且報紙上完全沒提安德森·胡德……」

達尼茲又是驚訝又是慶幸，深感自己面對格爾曼·斯帕羅時始終選擇屈從是一件非常明智的事情，否則，別人早就在報紙上看到他被狩獵，被換成了賞金。

不，不，那個時候，我的死亡還沒有資格登上報紙……嘶，格爾曼·斯帕羅真的是一個邪惡組織的成員啊……

想著想著，達尼茲突地呆滯，似乎變成了石雕。

因為，他似乎可能大概也是那個邪惡組織的成員……

「哈哈，教會和軍方總是喜歡誇大情況，嗯，是隱密組織，不是邪惡組織！」達尼茲自我安慰了一句，再次產生了格爾曼·斯帕羅背後那個組織異常神祕異常強大的感覺。

七位海盜將軍之一的塞尼奧爾被狩獵就是證明！

呼……達尼茲吐了口氣，畏懼地在心裡讚美起「愚者」，表達了自己要認真做事的態度。

總督府附近的一棟小樓處，艾爾蘭和烏斯·肯特走了出來。

「總算結束了……」艾爾蘭邊嘆息邊將船長帽戴到了頭上。

烏斯·肯特揉了揉自己因為經常喝酒而變紅的鼻子，附和吐氣道：「是啊。」

他們因為格爾曼·斯帕羅的問題，被隔離調查了整整兩天，面對的是最擅長這方面事情的「審訊者」們。

好在艾爾蘭從開始就未隱瞞什麼，向上面彙報的是格爾曼·斯帕羅來歷不明，但對軍方抱有善意，將這位瘋狂冒險家納入線人行列並調查相應背景是高層的決定，與他無關。

至於烏斯·肯特，更是沒有任何問題，幫格爾曼·斯帕羅領取賞金是他按正常流程應該處理的事務。

沿著花園中央的道路緩慢走向大門，艾爾蘭隨口感慨道：「誰能知道格爾曼·斯帕羅會這麼瘋狂，這麼強大……」

據他了解到的少量情況顯示，幹掉「血之上將」只是格爾曼·斯帕羅當天做的最正常最渺小的一件事情。

而這樣一個瘋狂的傢伙，當初為了拯救幾位只是對他表達過友善的乘客和船員，竟然主動進入了危險的班西。

艾爾蘭事後才知道，班西潛藏的恐怖遠超自己想像——風暴教會竟然直接將那裡毀滅了！

如果我對審訊者們說格爾曼·斯帕羅有一顆柔軟善良的心，他們肯定會認為我在撒謊……人啊，真是矛盾的聚合體……

艾爾蘭無聲地搖了一下頭。

聽完艾爾蘭的感慨，烏斯·肯特苦笑回應道：「我當時還以為你介紹來的只是一個比較強大的冒險家，結果，他連『血之上將』都幹掉了！該死的，我甚至認為他有能力成為第五王，看看那片樹林，看看附近山峰的樣子，你就不會懷疑我的說法了！那裡就像，就像……」

艾爾蘭看了烏斯·肯特一眼，幫他補充道：「就像是被岸防炮轟了上百次。」

「對對對！」烏斯·肯特讚同了艾爾蘭的形容。

這時，兩人已走出了大門。

艾爾蘭看了看點綴繁星的夜空和緋紅卻黯淡的月亮，安靜了幾秒，整了一下衣領道：「希望他不要再回到海上……」

拜亞姆，斯菲爾街六號，穿著兒童正裝的丹頓蹬蹬蹬跑進了書房，對正練習素描的姐姐說道：

「堂娜，他們，他們說斯帕羅叔叔是壞蛋，是邪教徒，是殺人犯！還、還給我看了報紙！」

堂娜扭過頭來，皺了一下鼻子道：「我不信！斯帕羅叔叔是一個正義的，勇敢的，善良的冒險家，這是我們親眼見過的事情，肯定比報紙準確！」

她猶豫了一下，繼而流暢地說道：「雖然，雖然他有很可怕很醜陋的樣子，但那是夢想和守護的代價！丹頓，你要記住，那些報紙總是喜歡根據一些謠言和傳聞來編造內容。」

「嗯嗯！」丹頓重重點頭道，「我已經罵過他們了！」

堂娜表揚了弟弟一句，下意識側頭望向窗外，只見煤氣路燈將光芒灑入了自家花園裡，靜謐，安寧，柔和。

希爾斯頓區，一家高檔旅館內，克萊恩將一疊折好的白色手帕放入左胸口袋裡，抬手取下了半高絲綢禮帽。

今天將是神祕富豪道恩．唐泰斯在公眾面前正式登場的日子！

他沒有去等待腳踏車公司股份和神奇物品的售出，準備先用之前剩下的兩千九百六十二鎊來撐起初期的開銷。

這足夠有餘，相當於一位上層中產階級六七年的收入！

「昨晚『魔鏡』阿羅德斯沒有進入我的夢境，這說明未再近距離接觸過的情況下，它無法感應到我已經返回貝克蘭德，這是一件好事，嗯，今晚用無線電收報機聯絡它，詢問一下惡靈的事情，之後就不用這麼複雜了。」克萊恩在心裡咕噥了幾句，拿上手杖，走出了旅館。

此時，雨後的陽光照透了稀薄的霧氣，讓行走在路上的人們心情不由自主變好，克萊恩上了一輛馬車，直奔位於喬伍德區卡納羅威爾街九號的「大都市幫助家庭僕人協會」，準備聘請一位有經驗的管家，然後讓對方組織起一支花園別墅需要的僕人隊伍。

「大都市幫助家庭僕人協會」內，貝琳與一位主動找她說話的男同事結束了交流，低頭處理起荷葉色長裙上沾染的兩滴紅茶茶水。

就在這時，她耳畔響起了一道有著些許滄桑感卻醇和厚重的嗓音：「早安，女士。」

貝琳忙抬起腦袋，望向接待臺前方，看見了一位四十歲左右的紳士，對方穿著絲綢製成的燕尾正裝，手裡拿著根鑲嵌黃金的手杖，衣物第三顆鈕釦處，則有一根金色的鍊條延伸向內裡的口袋。

這位紳士有一雙深邃的藍色眼眸，五官非常耐看，連鬢角的些許白髮都顯得很有味道，他只是微微一笑，就讓貝琳突然覺得自己臉龐在發熱。

「先生，有，有什麼能幫助您的嗎？啊對，怎麼稱呼您？」貝琳匆忙起身道。

「道恩．唐泰斯。」克萊恩溫和笑道，「我想聘請一位管家，好的管家。」

「唐泰斯先生，您稍等，您請坐。」貝琳有些忙碌地領著克萊恩走到招待區域，伸手指向一張布藝沙發。

克萊恩噙著很淡的笑容，沒有催促，沒有囉嗦，非常耐心地坐了下來，等待這裡的工作人員提供管家名單。

真有風度啊……糟糕，我忘記問他有什麼要求了！

貝琳抬手摸了一下臉頰道：「唐泰斯先生，您需要什麼樣的管家？」

克萊恩早有準備，嗓音醇和地回答道：「最好曾經為貴族家庭服務過。」

這有助於唐泰斯拓展人脈。

貝琳逐漸找回了自己的專業知識，詳細說道：「這樣的管家並不多見，您知道的，貴族家庭很少更換自己的管家，除非他們已經無法提供有效的服務，而且，即使他們不做管家，也能在貴族家庭內部擔任別的職務。」

「另外，富商們對類似的管家都相當渴求，願意開出溢價的薪水，唐泰斯先生，我們這裡確實有您需要的類型，但年薪最少都在一百鎊以上。」

也就是周薪接近兩鎊起……正常的管家年薪才四十到八十鎊，也就是周薪十五蘇勒到一鎊十蘇勒，這看起來僅相當於技術工人的層次，但主人會提供房間、食物、衣服、取暖木炭等必要事物，管家幾乎沒什麼開銷……年薪一百鎊以上真的好貴……

克萊恩內心飛快計算著價格，表面不甚在意地回應道：「沒有問題，只要他們是好的管家。」

「那您稍等，您要咖啡，還是紅茶？」貝琳熱情地問道。

克萊恩笑笑道：「年輕的時候，我喜歡咖啡，喜歡那種濃香，但現在，我更能接受紅茶。」

「我也更喜歡紅茶，那……一杯侯爵紅茶？」貝琳笑著提議道。

「大都市幫助家庭僕人協會」待客的咖啡和紅茶都品質一般，屬於中等偏下那個層次，侯爵紅茶是貝琳從家裡帶來供自己享用的。

克萊恩並非沒有見識的人，而且很擅於觀察，剛才入門後，不著痕跡就將周圍環境的各種細節納入了眼底，發現陳列櫃裡擺放的咖啡和紅茶罐都很普通，相信裡面事物的品質肯定不會太高，所以，他認為侯爵紅茶要麼是協會珍藏，用來招待貴客，要麼屬於面前女士私人所有，但不管怎麼樣，都足以說明對方的心意。

他沒有揭穿，笑笑道：「謝謝，妳的提議我無法拒絕。不知道該怎麼稱呼妳，女士？」

「貝琳，叫我貝琳就行了。」貝琳笑容如同花朵一樣綻放道。

她旋即腳步輕快地走入裡間，讓真正負責資料的同事挑選出合適的人選，然後，回到接待臺，拿起鑲銀錫罐，動作熟練地泡起紅茶。

哎，有耐看的臉孔，有不錯的氣質，有體現身分的穿著，哪怕已經中年，也能感受到漂亮女孩的善意……克萊恩初次體驗類似的事情，忍不住一陣唏噓。

這讓他越來越體會到無面人守則裡「只能是自己」的重要性。

如果不牢牢記住這一點，沉迷於外表帶來的優勢，就會一直保持相應的樣子，忘記甚至排斥過去的自己，逐漸迷失！

很快，貝琳端著一個白釉瓷鑲金片茶杯過來，放到了道恩·唐泰斯先生的面前，淺笑道：「它還需要冷一會。」

克萊恩低頭看著杯子，半開玩笑地說道：「這正好能讓我調整一下心情，以更正式地對待這杯紅茶。」

他暗含的恭維和感謝讓貝琳的心情越來越得好，只覺唐泰斯先生是一位真正的紳士，而且很會說話。

他肯定不是風暴之主的信徒……

貝琳攏了一下褐色微卷的長髮，主動地返回裡間，催促起同事。

沒過多久，她拿了一疊資料過來，坐到旁邊的單人沙發上道：「經過篩選，這裡有三位合適的管家，我先大致介紹一下。」

「第一位，阿斯尼亞先生，五十五歲，他曾經服務於約克維爾子爵，後來因為子爵投資礦藏勘探失敗，家族財政出現危機，不得不變賣土地莊園，遣散大量僕人而離開，這十年裡，他先後被兩位富翁僱傭，為他們家族的管理做出了卓越的貢獻。」

說話間，貝琳褐眸含光，就像藏了兩顆星星，帶著年輕女孩特有的朝氣。

克萊恩輕輕頷首道：「那他為什麼會離開那兩位富翁？」

貝琳笑著回答道：「第一位富翁在東拜朗做了大量投資，全家搬了過去，阿斯尼亞先生不願意離開貝克蘭德，所以主動提出了辭職，第二位富翁因為身體健康情況不是太好，將家裡的事務都交給了他的孩子，而那位先生有更信任的管家。」

「阿斯尼亞先生是黑夜女神的信徒，政治傾向更偏保守黨，要求的年薪是一百三十鎊。」

「願女神庇佑他。」克萊恩在胸口順時針點了四下，畫了個緋紅之月。

貝琳眸光一亮道：「唐泰斯先生，您也是女神的信徒？」

「當然。」克萊恩微笑點頭，沒有過多解釋。

難怪這麼溫和！貝琳暗讚一聲，繼續介紹道：「里巴克先生，四十八歲，曾經服務於尼根家族，長期擔任副管家，管家助手，後來在一場交易裡，成為了辛德拉斯男爵的管家。」

「尼根公爵被刺殺沒多久，服務年限到期的里巴克先生未能得到男爵先生新的契約，不得不到我們協會尋求幫助。他是風暴之主的淺信徒，性格沒有任何問題，政治傾向也是保守黨，要求的薪水是一百二十鎊。」

克萊恩安靜聽著，三不五時點頭附和，沒有打斷貝琳的講述。

貝琳嘩啦翻動紙張，看了幾眼，再次說道：「第三位，瓦爾特先生，四十二歲，在康納德子爵家做過莊園執事和管家助手，因為一些事情，和管家有了矛盾，主動選擇離開，他要求的年薪一百一十五鎊。他是黑夜女神的信徒，政治傾向是新黨。」

奧拉維島的新總督是康納德子爵家的成員，他們這個家族是王室的忠實擁護者……

克萊恩腦海內飛快閃過了相應的資訊。

介紹完畢，貝琳將那疊資料遞出道：「唐泰斯先生，您想選擇哪位？」

克萊恩沉思了幾秒，含笑說道：「這樣吧，讓他們三位明天早上九點到我住的地方，我與他們見個面，談一談，最後再做決定。」

他知道類似的協會不提供住宿，只是一個純粹的中介機構，即使自己現在確定人選，也得等到下午或者明天才能看見自己的管家，所以不如弄個小的面試會，挑選更適合自己意圖的那位。

「沒問題。」貝琳淺笑道，「您的地址是？」

克萊恩喝了口紅茶，拿起桌上的紙筆，寫下了當前旅館的位置和名稱。

「您，剛來貝克蘭德？」貝琳看了一眼，脫口問道。

直到此時，她才發現道恩．唐泰斯先生膚色比正常要深一點，略偏古銅，像是長久暴曬而成，有些許粗獷的味道。

嗯，他的口音也不是貝克蘭德的……貝琳慢慢回憶起更多的細節。

克萊恩笑道：「我從迪西海灣過來，就等著一個優秀的管家幫我尋找合適的房屋和僕人們。」

交了三鎊的定金後，他禮貌地又喝了口紅茶，起身告辭。

貝琳一直將他送到了門外，目送他登上馬車。

唐泰斯先生似乎也是一個富翁……比起這個，他的氣質，他的紳士風格，都更有魅力。

貝琳站在原地，隨意想著。

馬車上，克萊恩半閉眼睛，靠著廂壁，難以遏制地計算起了接下來的開銷：「管家一百二十鎊左右，貼身男僕取中間數，算三十五鎊，廚師三十鎊，園丁二十五鎊，馬車夫二十五鎊，家庭護士二十鎊，三個正常女僕十五鎊，三個雜活女僕十鎊，這樣一來，每年僅是傭人支出，就要三百三十鎊，略等於每周六鎊七蘇勒，這超過我在廷根市時候的周薪了。」

「而且，馬車得有，一百鎊的樣子，花園房屋得有，每周租金差不多又得兩鎊，再加上這麼一大幫人的食物、衣服、木炭等開支，總體簡直誇張。這就是一個富翁的日常嗎……」

克萊恩突然有點後悔要做這麼一個人設。

他吐了口氣，努力將此事拋到了腦後，乘坐馬車來到北區的佩斯菲爾街。

這裡有一座純黑色的教堂，兩側各有一座鐘樓，呈現對稱的美感，正是黑夜女神教會貝克蘭德教區總部所在，聖賽繆爾教堂。

克萊恩理了一下左側口袋裡的手帕，拿著鑲嵌黃金的手杖，邁步進入教堂，穿過安靜的走廊，在刺穿彩色玻璃的高處陽光照耀下，來到了大祈禱廳。

這裡非常昏暗，讓人心情不由自主就變得平和，克萊恩隨意找了個位置，靠好手杖，取下帽子，專心致志地開始閉目祈禱。

時間一分一秒流逝，聽完布道的他緩慢起身，走向聖壇，對黑髮很短的主教行了一禮，然後來到旁邊的奉獻箱前。

無聲吐了口氣，克萊恩拿出兩張十鎊，六張五鎊的鈔票，一一投放了進去。

那位主教眼角餘光掃到這一幕，表情不由自主就柔和了不少。

正常而言，除非上門請求捐獻或死後遺產捐贈，教堂內奉獻箱能收到的大額錢款也就幾十鎊。

這意味著對方是個富翁，是個有錢人！

聖賽繆爾教堂，大祈禱廳內，黑色短髮的主教收回了目光，不再看奉獻箱前的中年紳士，也未生出過去攀談的想法。

在這裡，在聖壇前，他代表著教會，處於女神的注視下，不可能因為誰捐款多就熱情地對待。不過，他記住了對方相當不錯的長相和成熟儒雅的氣質，打算以後如果有機會再遇上，嘗試著認識一下。

靜靜地看著最後一張鈔票滑入奉獻箱內，克萊恩閉了一下眼睛，轉身離開了那裡。

路過布道主教時，他故意望了那位神職人員一眼，微笑著點了一下頭。

主教回以和煦的笑容，在胸口順時針點了四下。

克萊恩沒急著與相關人員接觸，務求自己的行為符合邏輯，不存在引人懷疑的突兀之處。

他沉穩而灑然地側身讓過一位信徒，沿著過道回了剛才坐的位置，拿上帽子和手杖，一步步走出了教堂。

此時，聽完布道的信徒們或前往奉獻箱那裡表達心意，或直接起身離開，不覺得有任何問題，因為這不是強迫性的行為。

即使熱愛捐款的虔誠信徒，也不會每次來這裡都往奉獻箱內扔錢，往往視家庭的具體情況，一周或兩周做一到兩次。

平民階層每次大概幾個便士，中產階級三到五蘇勒，富豪和貴族們以金鎊計，不超過一百。

這是一般的情況，每年「黑夜女神」的聖祭日，也就是「冬禮日」時，單次奉獻的金額會膨脹很多，錢財寬裕的平民會選擇兩到三蘇勒，中產階級五鎊左右，上流社會的人士則直接向教區主教、教會慈善機構捐款，幾百鎊到幾千鎊不等。

——「冬禮日」指每年黑夜最長的那天，被認為是「黑夜女神」的誕辰。

出了教堂，克萊恩站在外面廣場邊緣，沒什麼事情般地看著成群的白鴿撲稜飛起，又盤旋著落下。

他甚至在周邊小販手裡，買了些食物，悠閒地餵著鴿子，沒打算自己翻看報紙廣告，尋找北區合適的住宅，因為這是管家的任務。

一位在貝克蘭德生活了多年的優秀管家，理應知道不同貴族，不同富豪，以及能為主人提供幫助的頂層中產階級，大致住在哪些街區，從而有目的地挑選住宅。

鄰居間的交往是新來者進入相應圈子的第一步！

「不管是保守黨大佬聚集的卡爾頓俱樂部，還是新黨的自由者俱樂部，以及代表軍隊的各種現役或退役軍官俱樂部，都必須有足夠分量的介紹人，才能接觸……哎，王國現在就是所謂的俱樂部政治。」

克萊恩將思緒拉回，考慮起餵鴿子這個營造人設的行為結束後，該做點什麼。經過認真地思考，他發現自己真的沒什麼事需要立刻去做，因為計畫還停留在表層。

於是，他準備去享用一份昂貴但豐盛的午餐，這既是道恩·唐泰斯應該有的行為，也是克萊恩自身的好奇。

之前在貝克蘭德的那幾個月裡，他始終沒鼓起勇氣去這座大都市最負盛名的幾個餐廳見識，一直在自家餐廳、克拉格俱樂部自助餐廳、街邊普通餐廳、於爾根律師家餐廳間四選一，間或去東區，在看起來就很油膩的咖啡館裡解決早餐或午餐。

「拉波瑞餐廳？他們的廚師長據說是從霍爾伯爵家出來的，為富翁們、大律師們、政府高級雇員們提供了平時難以接觸的貴族風味……霍爾伯爵好像有投資這家餐廳，占了不少股份……嗯，這家主營貝克蘭德本地菜，甜品非常出名，價格很不友好……」

「因蒂斯塞倫佐餐廳，這裡有最純正的因蒂斯菜，呵呵，裡面不少招牌菜打著羅塞爾的名號，說是從這位皇帝的宮廷內流傳出來的……而且，它不像大多數同層次的餐廳，每天只提供幾種主菜供選擇，品類非常豐富……」

克萊恩回憶著之前從報紙和雜誌上看到的頂級餐廳資訊，最終決定去見識一下大帝的宮廷菜。

他不再停留，攔了輛馬車，前往位於西區的因蒂斯塞倫佐餐廳。

到了門口，克萊恩邊將外套、帽子、手杖交給一位紅背心侍者，邊詢問對方：「還有空位嗎？

我沒有預定。」

「有的。」紅背心侍者不見異樣，態度謙卑地問道，「先生，您是第一次來嗎？只有自己一個人嗎？」

克萊恩坦然點頭，微笑說道：「是的。」

「那我有幸能為您介紹一下我們餐廳最有特色的菜餚和名酒嗎？」紅背心侍者一邊說著，一邊引領顧客入內。

「這正是我需要的。」克萊恩通過裝飾華麗的大門，看見了似乎在反射金光的牆壁。

這一瞬間，他似乎置身於某個金庫內。然後，他才注意到牆上懸掛的油畫，擺放在合適位置的大理石雕像，鑲嵌或點綴於不同地方的黃金物件。

「請注意腳下。」紅背心侍者提醒了一句，引著克萊恩坐到了靠窗的位置，小提琴優美的旋律從遠處的樂隊悠揚傳來。

這位侍者取來菜單和酒單，翻看著介紹道：「我們這裡最出名的菜品有，紅燜達格亞牛小排，黑松露牛肝菌，因蒂斯式鵝肝，我特別提一句，鵝肝的原材料來自因蒂斯王國香檳省的波拿斯農莊……」

克萊恩一邊聽著侍者介紹，一邊瀏覽著用古弗薩克語書寫的菜單，被上面的價格吸住了眼球。

說完主菜、前菜、甜品等內容，侍者轉而講解起該有的酒類搭配，末了說道：「我們這裡的香檳、紅葡萄酒、白葡萄酒全部來自香檳省的知名酒莊，甚至包含一千三百三十年產的奧爾米爾紅葡萄酒，它價值一百二十鎊，您如果購買，可以直接取走，也能存在我們這裡，每次來喝一杯。」

一百二十鎊……我都能請個優秀管家了……呵呵……

克萊恩很有風度地笑道：「你們的菜品和美酒都很優秀，讓人難以抉擇。」

紅背心侍者殷勤笑道：「您可以選今日主廚推薦，由我們的主廚為您搭配一頓純正而美味的因蒂斯大餐，它有十五鎊，十鎊，八鎊三個方案」

我一個都不想選……

克萊恩身體略微後靠地笑道：「十五鎊的。」

「好的。」紅背心侍者收起菜單和酒單，往後廚方向行去。

克萊恩吸了口氣，緩緩吐出，隨意地打量起前方。

忽然，他看見了一道略顯熟悉的身影，那是一位穿著橄欖綠色長裙的女士。

她身材高挑，比例極好，戴著一頂老氣的黑色軟帽，細格薄紗垂了下來，遮住了容顏。

作為一名「無面人」，克萊恩對人類的外形特點有著很強的分辨能力，一下就認出了這位女士是誰：「神祕女王」，羅塞爾大帝的長女，貝爾納黛·古斯塔夫！

他沒有急促地收回目光，自然地將視線移往了旁邊，貝爾納黛似乎未察覺異常，消失在了樓梯口。

她怎麼會出現在這裡？對了，這個餐廳的招牌是羅塞爾大帝的宮廷菜，呵，完全不是我想像的偏中式類型，大帝應該不會做菜，頂多闡述下理念，這裡確實有炒菜……嗯，難道幕後的主人是她？她不在海上飄蕩，來貝克蘭德做什麼，不是已經找到俠盜「黑皇帝」了嗎？

克萊恩表面平靜地坐著，心裡泛起了一個又一個疑惑。

此時，街道之上，一輛馬車正駛向因蒂斯塞倫佐餐廳。

車廂內坐的是艾倫．克瑞斯一家，這位知名外科醫生是克拉格俱樂部的成員，夏洛克．莫里亞蒂的好友，曾經委託大偵探處理威爾．昂賽汀事件。

自從他妻子懷孕，他就覺得自己的運氣變得相當不錯，事業一天比一天好，收入一月比一月多，最近更是成功完成了辛德拉斯男爵的內臟手術，得到這新晉貴族的賞識，邀請他們一家到塞倫佐餐廳共進午餐。

「據說裡面的冰淇淋很不錯。」艾倫矜持地對妻子笑道。

他的妻子是位黑髮美人，肚子已經很明顯，溫婉一笑道：「我更期待羅塞爾大帝的宮廷菜。」

艾倫「嗯」了一聲，側頭望了眼窗外：「快到了。」

他話音剛落，他的妻子就捂住肚子，皺起了眉頭：「有點痛。」

不是第一次做爸爸的艾倫連忙檢查，未發現問題，可他妻子卻越來越不舒服，肚中的孩子似乎正在吵鬧。

「我、我還是不去了，我想回家休息。」艾倫的妻子主動提議道。

艾倫想了想：「我陪妳回去。」

他旋即吩咐起貼身男僕：「你在這裡下車，去餐廳代我向辛德拉斯男爵道歉。」

等到馬車開始返回，艾倫妻子的難受莫名就有了紓解，進了家門後，更是已一切正常。

她哭笑不得地指了指肚子，對丈夫道：「看來他不想吃冰淇淋。」

阿嚏！因蒂斯塞倫佐餐廳內，沒放過之前每一份食物的克萊恩又心疼又滿足地享用起了冰淇淋，途中鼻子有點發癢，抽出紙張，打了個噴嚏。

西區，一棟陰暗的房屋內，已晉升「占星人」的佛爾思積極認真地參加著各種非凡者聚會，尋找賺錢的可能。

她目前欠休兩百二十鎊，以至於被好友懷疑參與了非法賭博。

——我現在連必需的水晶球都買不起。

思緒飄散間，佛爾思忽然聽到一位聚會成員開口道：「我要出售一個『月亮木偶』。」

「月亮木偶」……

佛爾思心中一動，收回發散的注意力，側頭望向了剛才說話的聚會成員。

那位戴鐵黑色面具的先生已拿出了一個不大的木偶，向四周展示道：「我一位朋友在南大陸帕斯河谷深處發現了一片小型墓葬群，這個木偶就插在其中一位死者的右眼眼窩裡。」

佛爾思和別的聚會成員一樣，認真審視起那個木偶，發現它身材細長，整體更像小巧的木樁被雕刻上了彎月般的眼睛和嘴巴，鑲嵌滿了曬乾的枯草和花朵。

看起來沒什麼特殊……佛爾思在心裡咕噥了一句，靈感未有任何觸動，她手裡拿著的鋼筆依舊懸停於一冊銅綠色的筆記本上。

戴鐵黑色面具的先生繼續介紹道：「我和我的朋友都沒能確認這個木偶有什麼作用，只是懷疑它不那麼簡單，也許藏著不小的祕密。六十鎊，只要六十鎊，就可以將它買走，這個價錢非常公道，哪怕它真的與神祕領域無關，也是不錯的古董，能值個四五十鎊。」

「也就是說，花十鎊買一次驚喜的機會，對你們而言，這只是很小的一筆錢。」

很有誘惑力的說辭，這位先生應該是個成功的推銷員，不過，我連十鎊都沒有……

佛爾思自嘲一笑的同時，認為在場應該不會有人買來歷不明作用不明的所謂「月亮木偶」。

她念頭剛現，忽然聽見一道刻意壓低的女性嗓音響起：「五十鎊。」

這是太過有錢，願意賭一下運氣？

佛爾思一下意識轉頭，看向說話的聚會成員，只見那位女士穿著戴兜帽的長袍，臉龐隱藏在了陰影裡。

這時，「月亮木偶」的主人哈哈笑道：「那我更傾向於自己留著，也許什麼時候就能發現它的特殊了。」

說著說著，他發現沒別的人加價，於是話鋒一轉道：「當然，作為一名紳士，既然妳表達了渴求，價格也還算合理，那我願意滿足妳的心願。」

「成交。」戴兜帽的女士沉聲回應。

很快，聚會主人的侍者幫他們完成了交易，佛爾思注意到那位女士拿到「月亮木偶」時，手掌有輕微的顫抖。

她很重視這件物品啊……她或許真的知道那木偶的特殊……月亮木偶……月亮……來自南大陸……佛爾思忽有聯想，記起了「月亮」先生希望找到的那幾位「原始月亮」信徒，有點懷疑剛才那位戴兜帽的女士就是其中之一，或者存在關聯。

當然，她沒有任何證據，就連猜測的理由都顯得不夠有力。

呼……佛爾思無聲吐了口氣，決定想辦法驗證一下。

她狀似隨意地翻動手裡的硬殼筆記，將一頁黃褐色的羊皮紙呈現了出來。

這紙上印著或深或淺的各種紋路，它們構成了意象不明又古樸神祕的奇特圖畫。

這是「萊曼諾旅行筆記」的其中一頁，記錄著一種非凡能力。

它並非佛爾思後來找機會陸續記錄的那些，而是原本就存在的五頁之一。

佛爾思抬起腦袋，假裝觀察別人的交易，將戴兜帽那位女士旁邊的情況全部納入了眼底。

她發現附近牆上貼著隻深褐色的斑點蚊子，地面有不知名的蟲子緩慢爬過。

佛爾思的手指自然而輕巧地滑過了那頁黃褐色羊皮紙上的深色圖案們，腦海內迅速有一個複雜的符號成形。

無聲無息且沒有絲毫異常間，她覺得自己「讀懂」了那隻斑點褐蚊，自身的想法與對方的意念連在了一起。

那隻斑點褐蚊飛了起來，飛得很低。牠繞至戴兜帽女士的下方，小心翼翼地貼到了對方身前。

斑點褐蚊的視覺與人類不同，在佛爾思腦海內形成了難以理解的景象，但它很快崩解，重新組合，勾勒出了相應的正常的畫面：那位戴兜帽的女士輪廓線條較為柔和，膚色偏深，眉毛細長，嘴角下垂得較為厲害。

佛爾思立刻就認出了對方，她正是「月亮」先生想要尋找的「原始月亮」信徒溫莎．貝林！

一條有效線索一百鎊，直接鎖定五百鎊！

佛爾思回憶起了懸賞的內容，心頭一陣灼熱。

她第一反應就是驅使那隻斑點褐蚊，正常地咬溫莎．貝林一口，吸到她的血液，這樣一來，她之後就能借助「占星術」直接鎖定對方的行蹤了。

但是，她掙扎了一陣後，還是放棄了這個想法，因為這是非凡者聚會上最忌諱的行為，只要被發現，肯定會被所有聚會成員圍攻至死。

而聚會的召集者總是有不錯的實力，做得太多太過火，很容易被對方察覺到痕跡！

嗯，就掙一百鎊好了，之後有額外的機會再考慮直接鎖定的問題……我得早點離開這個聚會，將血液塗到「萊曼諾的旅行筆記」表面，免得遭遇迷路，那很危險……佛爾思壓制住失落的情緒，有了最終的決定。

其實，她剛才的行為已經有一點過線，這讓她不想過多停留。

希爾斯頓區，一家高檔旅館內，克萊恩立在凸肚窗後，安靜地欣賞著高空的紅月和稀薄的雲層。不知過了多久，他理了一下鬢角的白髮，伸手拉上了窗簾。

然後，他忙碌著將無線電收報機搬回了現實世界，並預先散了大半的味道。

這一次，他只等待了十來秒鐘，就感覺房間變得陰森晦暗，聽到無線電收報機發出噠噠噠的聲音。

克萊恩靠攏過去，看見一截虛幻的白紙被吐了出來，上面用魯恩文寫道：「偉大的主人，請看右側！」

右側……克萊恩又好笑又疑惑地轉頭，望向了旁邊。

他視線所及處，擺放著一面全身鏡，其上已變得深暗，似乎被人塗了一層墨水。

克萊恩念頭剛有閃過，那全身鏡一下明亮了起來，內裡有一朵又一朵虛幻的禮花衝上半空，盛放落下，絢爛而華美。

與此同時，全身鏡的正中央出現了一行金色的魯恩文：「歡迎歸來，我偉大的主人！」

這一刻，雖然「魔鏡」阿羅德斯沒有發出聲音，但克萊恩莫名覺得它正在聲嘶力竭地吶喊。

禮花平息，金色的單字扭曲重組，形成了新的文字：「偉大的主人，您謙卑的忠誠的僕人阿羅德斯想問一句，有什麼能為您效勞的嗎？」

克萊恩對此已經非常習慣，熟練地開口道：「回答我的問題。」

金色的單字再次重組：「感謝您的回答，您可以提問了。」

克萊恩早有準備地說道：「威廉姆斯街地底遺蹟內的惡靈去了哪裡？」

全身鏡上，金色的單字凝固了好幾秒，緩緩消失不見，而盛放的禮花背景先是模糊，繼而清晰，轉到了另一處場景。

那場景是一個廢棄的小教堂，到處爬滿枯萎的藤蔓，散落著灰色的石頭和鳥獸留下的糞便。

克萊恩對此相當熟悉，這正是當初他和莎倫小姐一起與惡靈對話的地方。

畫面拉近，克萊恩看見小教堂半坍塌的角落裡出現了一個不大不深的坑窪，內側有明顯的手指扒拉痕跡。

「魔術師」小姐提過這一點……

克萊恩想法湧動間，畫面內傳來了一道陰冷含笑的聲音：「合作愉快！」

隨著這句話透出泥土，場景頓時模糊扭曲，變成了被攪亂的水面，最終徹底破碎。

合作愉快……惡靈這是在對誰說合作愉快？

能讓一個「獵人」途徑的天使聚合物用這種語氣說話，對面那位的位格應該不低，甚至可能達到了天使階，可是，祂為什麼要用手來挖坑？祂應該有更多更輕鬆更不浪費時間的辦法……

這位天使本身也受到了限制？嗯，就像倫納德體內的那位老爺爺一樣？對了，當時倫納德就在貝克蘭德！這是一條線索，但還有其他各種可能，天使階並不等於天使……

惡靈操縱龐德從男爵究竟聯絡上了誰？這麼看來，因蒂斯和弗薩克的間諜都是惡靈故意放的煙霧彈啊，不愧是「陰謀家」……

克萊恩腦海內閃過了一個又一個想法，轉而對「魔鏡」阿羅德斯道：「第二個問題，我現在有三個管家人選，你認為誰更合適？」

金色的魯恩文單字一個又一個浮現道：「如果選擇里巴克和瓦爾特，能有一些額外的展開，阿斯尼亞最專業，也最『普通』。」

嗯……出身尼根公爵家族和康納德子爵家的兩位果然有額外展開……

克萊恩若有所思地點了一下頭道：「該你提問了。」

這時，金色的單字突地湧出了一堆：「偉大的主人，您認為我做管家怎麼樣？只要您能將我從蒸汽教會帶出來，我可以成為全世界最優秀的管家！」

克萊恩遲疑了一秒，委婉地回答道：「目前還不適合。」

全身鏡上的金色單字一下變得黯淡，旋即又振奮發光，蠕動重組：「好的，您忠誠的謙卑的僕人阿羅德斯會耐心等待的。」

緊接著，全身鏡上浮現出了一個複雜的圖案，並伴有解釋文字：「這是一個由對應象徵符號和魔法標識組成的符文，偉大的主人您只要還在貝克蘭德，將它書寫在紙上，就等於通知我過來。」

代表隱密和窺視的符號糅合體……

克萊恩略作辨識道：「好。」

不死者
—The Most High—
詭秘之主

第三章

一頁日記

上午九點，希爾斯頓區，一家高檔旅館內，克萊恩拿起一瓶包裝精美的白葡萄酒，含笑遞給對面的老者道：「阿斯尼亞先生，很感謝你過來和我面談，這是一份很小的禮物，還請你收下。我最遲明天會做出決定，到時候，可能會上門拜訪你。」

他這是在用委婉的態度表示對方落選。

坦白地講，他對阿斯尼亞這位老先生其實相當滿意，對方完美符合了他對管家的想像，嚴謹，得體，專業，理解力強，擅於處理各種麻煩的問題。

作為三位管家人選裡住得最遠，年紀最長的一位，他居然提前了整整半個小時，耐心地在門外等待，而里巴克和瓦爾特都只是提前了一刻鐘。

如果不是「魔鏡」阿羅德斯提示後兩者身上藏著一些額外的線索，克萊恩覺得自己會選擇這位老先生，反正他的主要目的只是借助管家的人脈，更輕鬆更自然地混入上流社會，接觸到相應的目標。

而那瓶白葡萄酒是他考慮到今天肯定有人失望而歸，浪費掉來回馬車車資，特意在因蒂斯塞倫佐餐廳買的，每瓶價值兩鎊。

這能有效豐滿道恩·唐泰斯出手闊綽，很有風度的神祕富翁形象。

另外，他也認為不能小瞧了一位貴族家庭出來的管家，這類人在過往的職業經歷裡，必然認識大量的上流社會人士、許許多多的職業管家和數之不清的僕人，涵蓋上中下三個層次，能有效地影響一位紳士的風評，而這是進入更高層次社交圈的必要參考。

在當前這個年代，五十五歲的阿斯尼亞頭髮已經白了不少，藍色眼眸沉澱著歲月帶來的智慧，他沒有拒絕道恩．唐泰斯的饋贈，接過看了兩眼，一絲不苟地行禮道：「我很喜歡這種來自卡洛德的白葡萄酒，感謝您的慷慨，讚美您的風度。」

卡洛德？對，昨天那位侍者介紹過，這是因蒂斯香檳省的一個酒莊，以出產中高層次的葡萄酒聞名，其中幾個年分的酒算得上頂級，哎，一位管家都比我了解酒類知識，也是，剛才阿斯尼亞先生說過，貴族、富豪們的酒窖是由管家或一位管家助手直接負責的……

這是不是意味著我之後要有一個酒窖，兩鎊層次是墊底類型，一百二十鎊的一千三百三十年奧爾米爾紅葡萄酒不算最好……這樣一個酒窖要多少錢啊……

想著想著，克萊恩覺得自己的胸口有點發悶，懷疑身上排除掉金幣的兩千八百八十八鎊頂不了多久。

如果不是有「小丑」這個階段的歷練，他此時肯定會出現失態情況，而不是微笑開口道：「你的喜歡就是對我的最大讚美，阿斯尼亞先生，麻煩你將下面咖啡廳內的里巴克先生請上來。」

阿斯尼亞沒有猶豫就答應了下來，不到五分鐘，里巴克敲門進入了房間待客廳。

這位先生有一頭梳理得很整齊的淡金頭髮，眼角嘴邊藏著少許皺紋，不是太明顯，他膚色健康，氣質陽剛，一看就是那種可以陪主人狩獵甚至對抗敵人的管家。

彼此問候完，克萊恩含笑請對方坐下，直捷了當地開口道：「原諒我的坦白，我不是太理解你為什麼會成為辛德拉斯男爵的管家，你的父親是尼根家族的副管家，你的爺爺是這個家族的莊園執事，你的先輩們很多都服務於公爵和他的親屬們，一直到回歸神的懷抱，而你本應該也有這樣的人生軌跡。」

因為羅塞爾大帝的影響，北大陸諸國原本喜歡以封地加爵位來表示一位貴族的習慣，變成了姓氏加爵位，除非特別正式的場合才會使用前者，當然，也有少量貴族的姓氏直接來源於封地名稱。

里巴克笑容標準地回答道：「辛德拉斯男爵是一位新晉的貴族，也是老公爵的朋友，所以，我被派到他的家裡，幫助他和他的家人適應貴族的生活，掌握相應的禮儀。」

他口中的老公爵是指現任尼根公爵的父親，去年遇刺的帕拉斯．尼根。

「那麼，你後來又為什麼離開了男爵家？」克萊恩斟酌著問道。

里巴克坦然說道：「雖然辛德拉斯男爵獲得爵位依靠的是保守黨，但他本人是王國最出名的銀行家、投資者、企業主之一，是最早的千萬富翁之一，對新黨抱有很強的同情心，願意提供一定的幫助，這讓他和很多保守派的貴族產生了矛盾，包括小公爵。」

「所以，為避免男爵為難，我主動提出了離開，他其實有挽留我，他是一位很好的雇主。」

克萊恩點了點頭，轉而問道：「你信仰『風暴之主』？」

里巴克認真地回應道：「是的，主給了我們勇氣，熱忱和責任感。」

克萊恩又問了幾句管家領域的事情，都得到了詳盡的回答，遂微笑對里巴克道：「麻煩你去樓下咖啡廳請瓦爾特先生上來。等和他談完，我就會做出決定，你可以在咖啡廳內等待十分鐘。」

「好的。」里巴克沒有一點囉嗦，立刻起身行禮，告辭離開，作風很有軍人氣派。

目送他出去，關上房門後，克萊恩重新坐下，端起紅茶，喝了一口，無聲自語道：「如果選擇他，應該會與現任尼根公爵，與保守黨建立聯繫，額外的展開或許包括之前刺殺案的一些情況。」

沒過多久，瓦爾特抵達，敲門入內。

克萊恩先是與對方寒暄了幾句，繼而問道：「你和康納德子爵的管家有什麼矛盾？你知道的，我必須弄清楚這一點，我不可能承擔得罪一位貴族的風險。」

瓦爾特額頭寬闊，黑髮烏亮，褐眸嚴肅，但又不至於讓人覺得無法交談，他想了幾秒道：「作為管家的助手，當初我負責的是子爵的孩子們，在這個過程裡，因為一些事情，我得到了某位大人物的賞識，由此被子爵器重，被管家先生提防。」

「後來，那位大人物因意外過世了，子爵對我的態度隨之發生改變，管家先生更是不太友好，這讓我認為沒有必要等待轉機。」

負責子爵的孩子們，認識了一位大人物……嗯，塔利姆也是在教導康納德子爵小兒子的過程裡，與埃德薩克王子認識的，而王子幾個月前因貝克蘭德大霧霾事件死去……這符合瓦爾特的說法……看來，這位管家先生是當初事情的邊緣受害者啊……他還是挺謹慎挺專業的，沒有揭雇主的短，沒有洩漏王子的事情，也沒怎麼說子爵管家的壞話……如果選他，額外的展開很值得期待……

克萊恩安靜聽著，聯想起了一些事情。

他轉而問了些專業的話題，表達了自己進入上流社會的願望，在得到滿意的答覆後，理了一下衣物，微笑起身道：「重新認識一下，道恩．唐泰斯，你的雇主。」

瓦爾特當即行禮道：「先生，有什麼能為您效勞的嗎？」

他始終保持著嚴肅古板，平穩不驚的樣子，似乎認為這是管家的職業素養。

「兩件事情。」克萊恩呵呵笑道，「第一，幫我將這瓶白葡萄酒帶給下面咖啡廳內的里巴克先生，並轉達我的歉意和感謝，第二，請一位事務律師，擬定專業的契約，包含你和其餘僕人的。」

「是，先生。」瓦爾特又一次行禮。

克萊恩邊將白葡萄酒交給對方，邊隨口問道：「瓦爾特，你認為我應該僱傭多少位僕人才不會失禮？」

瓦爾特接過那瓶卡洛德白葡萄酒，毫不猶豫地回答道：「您應該先確定住的地方，只有這樣，才能知道具體需要多少僕人。」

「嗯，你有什麼建議？我的要求很簡單，住在北區，我是一個虔誠的女神信徒。」克萊恩隨手在胸口畫了個緋紅之月。

根據我從報紙雜誌上看到的資訊判斷，一棟市內高檔街區的花園別墅，租金至少得每周三鎊吧，也就是每年一百五十六鎊……雖然這沒有直接的數據，但可以推斷出來，偏郊區的非常好的花園別墅在每周兩鎊左右，高檔公寓的一個幾室幾廳房間也差不多，這被評論為相當奢侈，是上層中產階級才有能力租住的地方，嗯，可以藉此初步推斷出富豪房屋的租金……

想想真是貴啊，在廷根市的時候，我、班森、梅麗莎租的無花園聯排房屋才每周十三蘇勒，額外加五便士家具使用費，之前在明斯克街住的那棟房屋，也沒到一鎊……

哎，三鎊就三鎊，我還有兩千八百八十八鎊，租得再好一點也沒關係，沒關係……

等待瓦爾特回答的時候，克萊恩默默地在心裡回憶起房屋租賃資訊，計算著每周每年要付出的金錢。

瓦爾特思考了兩秒，認真回答道：「先生，您可以選擇伯克倫德街三十二號，它靠近聖賽繆爾教堂，是棟三層樓房，有十多個房間，帶馬廄、僕人房和一個相當大的花園，附近居住著從男爵、下議院議員、資深大律師……」

「它裡面的陳設非常講究，有不少名畫和古董，所有的家具和器皿都足夠襯托您的身分，您可以先租一年，感覺滿意再考慮是否整體購買。」

聽起來很不錯啊……克萊恩笑著問道：「它一年租金多少？」

瓦爾特嚴肅而熟練地報出了數字：「含家具使用費在內，每年一千兩百鎊。」

克萊恩慶幸自己沒在喝茶，否則肯定已噴了管家一臉。

他用上了「小丑」近乎所有的控制能力，才沒讓表情出現異常。

短暫的靜默後，克萊恩端起紅茶，喝了一口，笑著說道：「這是一個選擇，可以考慮，但羅塞爾大帝曾經說過，永遠不要急著做決定，只有經過反覆的比較，才能得到最好的答案。」

「還有別的選擇嗎？」

戴著白色手套的瓦爾特表情不見絲毫異常地說道：「佩斯菲爾街也能滿足您的要求，我記得九號那棟房屋正在尋求租客，它是別墅型，兩層，十幾個房間，帶馬廄、僕人房和一個不大的花園，家具和器皿相對陳舊，但還算得體，每年租金是兩百二十鎊。」

這個價格還算合理……合理……不過佩斯菲爾街九號意味著距離聖賽繆爾教堂不超過一百公尺，雖然這很符合燈下黑的理論，但來來往往的路人裡肯定有不少的值夜者，當我想祕密離開和返回的時候，非常不方便，容易出問題……

原本租金預算只有一百五六十鎊的克萊恩經過前面那棟花園樓房的價格洗禮，突然覺得兩百二十鎊還算不錯。

這讓他懷疑管家瓦爾特是不是故意先說貴的。

克萊恩想了幾秒道：「還有嗎？」

瓦爾特沒有一絲一毫不耐煩地回答道：「伯克倫德街一百六十號的房屋也在出租，同樣是帶花園、馬廄、僕人房的三層小樓，共十幾個房間，但地理位置不如三十二號那棟，陳設布置、家具器皿也僅能稱得上得體，每年租金是三百一十五鎊。」

三百一十五鎊……

克萊恩腦海裡略顯麻木地閃過了租金價格，沉吟著問道：「你的建議是什麼？」

這一刻，他的心裡其實已經有了答案，但作為雇主，不能急於表態，因為決定裡如果有什麼常識性的紕漏，容易被人看輕。

瓦爾特認真想了想道：「伯克倫德街一百六十號那棟。相比較而言，這裡的鄰居對您進入上流社會更有幫助，而三十二號那棟房屋，太過奢侈，直接租住會讓周圍的鄰居認為您缺乏必要的涵養，不夠得體。」

簡單來說就是，新來乍到就租住一千兩百鎊每年的房屋，容易被鄰居定義為急於炫耀的暴發戶……對一個致力於進入上流社會的富翁而言，這樣的風評非常不好……

克萊恩品了一口紅茶，含笑問道：「那你為什麼要提出伯克倫德街三十二號這個選項？」

瓦爾特不慌不忙地行了一禮道：「尊敬的先生，我只是一個管家，我的責任不是做決定，而是展現所有合適的選項，並提出一定的建議供您參考。」

「在不清楚您具體喜好的情況下，我必須盡可能全面地給出可供選擇的目標。」

很專業啊……他應該有擔心道恩．唐泰斯是一個喜歡炫耀的暴發戶，所以最先給出伯克倫德街三十二號這個選擇包含某種程度上的試探，以便於之後調整建議方向和管理風格……

克萊恩笑了一聲道：「排除掉三十二號那棟房屋，我們二選一。做決定前，我習慣去現場看一看，我們午餐後出發。」

「是，先生。」瓦爾特還是那副嚴肅古板的樣子。

大橋南區，豐收教堂內，埃姆林．懷特一邊擦拭著銀製燭臺，一邊想著「魔術師」小姐提供的線索。

「一個隱密的非凡者聚會……這等於沒提供線索啊，要想追查下去，相當困難，而且短時間內我也沒辦法加入那個聚會……」埃姆林對著銀器的表面，審視了一下自己，抬手梳理起頭髮。

然後，他放好抹布，退到教堂第一排椅子處，坐了下來，目光沒有焦距地看著烏特拉夫斯基主教在聖壇前認真禱告。

一個又一個想法躍出，時而碰撞出火花，埃姆林突然把握到了一個細節：「為什麼會恰好出現一個能讓『原始月亮』信徒極端感興趣的木偶？」

月亮木偶，月亮木偶……這感覺像是釣魚的魚餌啊，難道，難道是魯斯．巴托里他們設計的陷阱？埃姆林眼睛一亮，霍地站起。

魯斯．巴托里是參與狩獵競賽的一位血族男爵，被埃姆林視為最強的競爭對手。

埃姆林越想越覺得有這個可能，因為他記得巴托里是一個古物愛好者，尤其喜歡蒐集來自南大陸的奇奇怪怪物品！

來回踱了幾步，他嘴角一點點勾起，嘿了一聲，無聲自語道：「我沒辦法進入那個非凡者聚會查溫莎這個『原始月亮』信徒的下落，但我可以監控魯斯．巴托里，然後搶在他之前，解決掉目標！哈哈，我很期待他會有什麼樣的表情。」

「嗯，『魔術師』小姐這條線索確實值一百鎊。」

就在埃姆林異常興奮的時候，烏特拉夫斯基神父結束禱告，走了過來。

他低頭看著埃姆林，溫和說道：「我們的虔誠不在於言語，要體現在每一個細節裡，而你今天不夠專心，重新擦一遍燭臺。」

「好、好的。」埃姆林突感慚愧地回應道。

等到神父轉身走向告解室，他才醒悟過來，又好笑又好氣地低語道：「我一點也不虔誠，我不需要體現虔誠！」

一排排挺直的因蒂斯梧桐樹屹立於兩側，讓街道顯得清幽而恬靜，克萊恩提著鑲嵌黃金的手杖，緩步走出了一百六十號那棟房屋。

他無聲吸了口氣，側頭對管家瓦爾特道：「你告訴這裡的主人，我很滿意。暫時只租一年吧，接下來我們可能搬到更好的地方，比如皇后區。」

他這句話隱含了自己想要獲得爵位的野心，因為皇后區是貴族聚集的地方。

至於為什麼不只租半年，節省資金，則是因為這類高檔房屋只接受長約，一年是最短的期限。

坦白地講，如果不愁錢，克萊恩還是挺喜歡這棟房屋的，它草坪乾淨，花園美麗，房屋陳設得體，器物精緻，臥室眾多，家具足夠，每層都含多個盥洗室，側後方的馬廄和僕人房也沒有偷工減料的情況，是克萊恩之前能想像的最好住所。

瓦爾特當即回應道：「我等一下就去請一位事務律師。」

「先生，對僕人，您有什麼具體的要求？」

克萊恩漫步於因蒂斯梧桐樹下，微笑著說道：「我想先聽聽你的建議。」

瓦爾特想了一下道：「先生，不管怎麼樣，您都還需要一位女管家。」

之前面談的時候，克萊恩有提到道恩·唐泰斯未婚無子，在貝克蘭德也沒有情人，所以不需要貼身女僕。

見道恩·唐泰斯只是輕輕頷首，沒有表態，瓦爾特往下說道：「她的職責是管理女僕和家庭財務支出，先生，您不能將所有事情都交給我，交給同一個人，制衡，是政治上的藝術，也是家庭內部管理的好辦法，羅塞爾大帝說過，絕對的權力導致絕對的腐敗。」

「在金錢面前，我對自己很有信心，但也僅止於信心。」

嗯，很坦誠……一位女管家還是有必要的，年薪大概三四十鎊的樣子吧……

克萊恩點了一下頭：「好。」

此時，瓦爾特筆挺地走在克萊恩側後方，伸手幫他攔下了一輛出租馬車。

上了馬車，他繼續說道：「女管家的人選，我會讓『幫助家庭僕人協會』給出名單，由您親自挑選，我不提供建議。」

「以目前的居住情況看，您還需要一位家庭財產管理員，可以男性，也可以女性，一位貼身男僕，兩個負責臥室的一等女僕，兩個負責客廳起居室的二等女僕，兩個負責接待客人的男僕，一個儲藏室女僕，一個廚房女僕，兩個洗滌女僕，兩個粗活男僕。」

「除了這些，還要一個廚師，兩個園丁，兩個馬車夫，或者一個車夫，一個車夫助手，如果有必要，可以增加一個侍從，一個小工，一個家庭護士，一個廚師助手。」

「您現在還沒有馬車，之後必須擁有兩輛，一輛四輪轎式，三百鎊左右，一輛兩輪，大致一百鎊……」

聽著管家詳細地介紹需要的僕人，克萊恩腦海一陣發麻，有點不想再去計算這要花自己多少錢，反正都是按月按周支付，不用一次給一年的。

不算侍從、小工、家庭護士、廚師助手，男性僕人十到十一個，女性僕人加女管家九到十人……比我之前預計的差不多翻倍，每周支出得超過十鎊了吧……這只有等全部僱傭好，談好薪水，才能確定……還有馬車……

克萊恩看著瓦爾特的嘴巴動個不停，思緒不由自主就飄散了開來。

瓦爾特見沉穩儒雅極有風度的道恩·唐泰斯先生頻頻點頭，下意識將話題拓展了一點：「您之後還需要在郊外租一座莊園，招待一些朋友去那裡度過愉快的周末，這不用著急，可以等您在一百六十號舉行過幾次舞會和晚宴後……」

「先生，您不要在這個街區的鄰居面前提雜活女僕，只有那些年收入不到五百鎊，無法僱傭到足夠女僕去做不同事情的家庭，才會請雜活女僕……」

克萊恩麻木地聽著，條件反射般帶上了溫和的笑容。

回到旅館，目送管家瓦爾特出門，他才坐了下來，失去了所有的表情。

等到兩點四十分，克萊恩揉了一下額角，緩緩起身，進入臥室，準備召集這周的塔羅會。

灰霧之上，穹頂高聳的宮殿內，「愚者」克萊恩看了眼提前拉入的「太陽」和預先具現的「世界」，掐著點蔓延靈性，觸碰向代表「正義」、「倒吊人」、「魔術師」、「月亮」和「隱者」的深紅星辰。

一道道光芒隨之騰起，相對模糊的身影們出現在了青銅長桌兩側。

剛從林場返回城堡的「正義」奧黛麗已換上裙裝，袖口蕾絲層疊，壓著一顆顆圓潤的珍珠。她輕巧而熟練地站了起來，虛提裙擺，行了一禮：「午安，『愚者』先生！」

克萊恩心情好轉了不少，含笑點頭，回應了對方。

與此同時，他忍不住暗嘆了一聲：「一個新晉的富豪都這麼費錢，『正義』小姐這種貴族，平時得有多大的開銷啊……」

等成員們互相致意後，他悠然望向了「隱者」，知道這位海盜將軍多半又會提供新的羅塞爾日記。

不出他預料，「隱者」嘉德麗雅主動開口道：「『愚者』先生，我這次只蒐集到了一頁羅塞爾日記。」

只有一頁？「神祕女王」不是應該隨隨便便就能拿出一本嗎？

這幾天飽受考驗的克萊恩不見一絲異常，輕輕頷首道：「這不是問題。」

嘉德麗雅當即具現出一頁黃褐色的日記，看著它以靈界穿梭的姿態落到「愚者」先生的手裡。

克萊恩故作隨意地低頭望去，略感愕然地發現這頁日記的最開始沒有相應的日期。

也就是說，它是相連日記的第二頁……貝爾納黛為什麼不把第一頁也拿過來，她應該能進行初步分辨的，畢竟老尼爾都可以做到……難道她沒有？或者日記完全被打亂弄混了，她難以還原正確的順序？這是否說明羅塞爾大帝隕落後，他的物品被各方勢力搶奪，有所散佚，而彼時的貝爾納黛尚無能力抗衡，等成為了「神祕女王」，才開始著手做相應的事情……

克萊恩邊猜測邊快速閱讀起紙張上的內容。

真是出乎我意料啊，「門」先生透露的第四紀歷史越來越有意思了。

這個被困在風暴之中，迷失於黑暗深處的倒楣傢伙告訴我，「黑皇帝」死過一次，又復活了過來。

這和那個古老隱密組織內部提到的某些事情驚人的吻合，在那個聚會上，他們說，「黑皇帝」的九座祕密陵寢如果沒被全部摧毀，這位行走於人間的神靈哪怕真的消亡，也能從其中一座陵寢內甦醒重生。

而即使九座陵寢全部被摧毀，只要「黑皇帝」建立的秩序還有一定的殘留，祂也能詭異地復活歸來，唯有新的「黑皇帝」誕生，才能讓祂徹徹底底地泯滅，再也不會出現。

根據「門」先生的講述，「黑皇帝」復活的過程有三個階段，一是「唯一性」脫離擁有者，概念化抽象化，二是「黑皇帝」的臣民們再次聽到這位神靈威嚴的聲音，三是融合了「唯一性」的「黑皇帝」在「星界」重現，三份序列一非凡特性自動回歸它們的皇帝手中，這是其他真神都無法扭轉無法阻止的秩序。

這樣一來，同為這條途徑序列一「弒序親王」的「血皇帝」和「夜皇」就相當尷尬了，很可能瞬間跌落位格，倒退至序列二。「門」先生說，當時「風暴之主」、「黑夜女神」祂們選擇了「夜皇」，幫助祂轉到了相近的非凡道路，也就是「審判者」途徑，「圖鐸—特倫索斯特聯合帝國」由此分裂。

而被逼到絕境的「血皇帝」亞利斯塔．圖鐸做出了一個瘋狂的決定，那就是轉到不相近的非凡途徑，用失去理智變成瘋子為代價，強行晉升為真神。

不得不說，這個決定充滿了不理性的色彩，幾乎沒有實現的可能，但「門」先生告訴我，亞利斯塔．圖鐸最終成功了，最瘋狂的真神誕生了！

這真的不可思議，但「門」先生沒有講述具體的細節，有所保留。

我問祂，瘋狂和死亡哪個更難以接受，祂說當然是死亡，因為只要活著，哪怕已徹底瘋狂也不是沒辦法恢復。

祂笑著舉例，一個瘋狂的真神可以憑藉本能與各種生靈交配，誕生各種後代，這個過程裡，如果足夠幸運，衝突的非凡特性全部被排了出來，那瘋狂會隨著漫長時間的流逝，一點點得到好轉。

「門」先生故意沒有說這會殘留什麼問題，沒解釋為什麼幾乎沒誰做類似的選擇，但我聽得出來，這肯定有極大的隱患。

不得不說，「門」先生對真神的事情有著超乎我想像的了解，在祂被放逐前，祂很可能已經嘗試銜擊序列〇……難怪祂對查拉圖充滿不屑，對各位真神毫無敬意。

我更不想將祂放回現實世界了。

資訊量好大……不愧是貝爾納黛特意挑選過的一頁日記……等等，她為什麼會選這一頁？這對她來說有什麼重要意義？從這一天開始，羅塞爾大帝慢慢出了問題，最終瘋狂？瘋狂……

難道……不會吧……羅塞爾當時的處境與「血皇帝」亞利斯塔．圖鐸很像啊，原本的途徑已經斷絕，相鄰的途徑又有人或物堵著，不是那麼容易攀登……難道、難道，他在巨大的壓力下，做出了和「血皇帝」一樣的不理性決定，試圖轉到非相鄰途徑？

這樣一來，他晚年的瘋狂就是真的失去了理智，而非被人潑髒水，難怪貝爾納黛背棄他，憎惡他，又試圖尋找真相……從這個角度看，有的事情就很有趣了，羅塞爾強行登基稱帝，羅塞爾頒布《民法典》，用地球十八和十九世紀的秩序來取代原有的規則，羅塞爾大肆傳播自己的語錄，宣揚自己的審美……

呵呵，我真是小看這位老鄉兼「前輩」了，我一直以為他是在Cosplay拿破崙和凱撒，自娛自樂，原來是在為「黑皇帝」做準備啊……不，他當時的日記，我也看過幾頁，思維清晰，情緒正常，甚至還能和某某貴族夫人某某貴族小姐深度溝通……

嗯，他那個時候未必已做出最後的決定，但在有意識地留一條後路？

《民法典》高機率不是羅塞爾有意去做的，身為篡位者，頒布新的律法是必然的選擇，而可供參考的對象裡，《民法典》是相對最符合社會情況和歷史進程的……

之後的稱帝行為，應該就是貝爾納黛覺得無法理解，有點難以接受的……作為羅塞爾最寵愛的孩子，她在父親稱帝前或許就注意到了一定的異常，於是挑選了大帝那段時期寫的最長的一則日記給「星之上將」……

克萊恩不由自主地聯想開來，似乎看見藏於迷霧深處的沉重歷史在自己面前翻開了充滿血液和鐵鏽味道的一頁。

這讓他越來越好奇羅塞爾最終瘋狂的導火線。

與此同時，他也解開了之前的一些疑惑：「原來『黑皇帝』歸來是以這種方式復活，和我之前的猜測很相近……」

「第四紀的歷史裡，竟然還藏著一個『圖鐸—特倫索斯特聯合帝國』，受到『風暴之主』、『黑夜女神』等六神的支持……威廉姆斯街地底遺蹟內那兩張並排的王座似乎可以解釋了，這屬於聯合帝國……」

「根據『門』先生的說法，六神選擇了『夜皇』，導致聯合帝國分裂，那麼，誰幫助『血皇帝』抓到或擊殺三位『獵人』途徑序列一的？其中，『紅天使』梅迪奇高機率比當時的『血皇帝』強大啊……原初魔女？死神？原始月亮？宇宙暗面？欲望母樹？」

克萊恩用列舉法猜測著，但毫無頭緒，他迅速讓日記消失，微笑對「隱者」道：「妳有什麼請求？」

嘉德麗雅沒有掩飾，坦然問道：「這篇日記的主角，除了羅塞爾大帝，還有哪位？」

她這個問題頓時讓「正義」奧黛麗側頭望向了「愚者」先生，眼眸晶亮，充滿好奇，就連耳朵都似乎支起來了。

「倒吊人」阿爾傑他們對此也很感興趣，能被羅塞爾大帝寫在日記裡，肯定不是一般人！

克萊恩隱約猜到了他們的想法，忍不住在心裡吐槽了兩句：也就是這篇日記是貝爾納黛精心挑選出來的，換做其他，我就得告訴你們，另外的主角是魔女，魔女，獵人，獵人，某某貴族夫人，某某貴族小姐……

思考了兩秒鐘，悠然靠著椅背的克萊恩含笑回答道：「『門』先生。」

「門」先生……能被「愚者」先生這麼稱呼的存在，至少接近神靈了吧？「正義」奧黛麗從語氣和用詞揣測起了「門」先生的身分，得到了一定的答案。

「隱者」嘉德麗雅等人也有類似的想法，但誰也不清楚「門」先生究竟是誰，彼此打量間，收穫的都是搖頭。

見「魔術師」佛爾思與其他成員有著一樣的反應，克萊恩故意望向這位女士，輕笑道：「妳對祂應該不會陌生。」

「啊？」「魔術師」佛爾思一臉茫然。

她完全不覺得自己會認識所謂的「門」先生，對方的層次似乎非常高！

第四章

知識等於金錢

我對「門」先生不陌生？除了「愚者」先生，我也就對七神不陌生了，而且只進過蒸汽與機械之神的教堂……

「魔術師」佛爾思一邊迷惑，一邊飛快回想著自己能接觸到的高層次高位格存在。

因為數量寥寥無幾，她很快就排除掉了其他可能，突然，她眼睛一亮，聯想到了某件事情，聯想到了初次與「愚者」先生對話時的某些內容。

她望著被灰霧籠罩的青銅長桌最上首，嗓音略顯顫抖地說道：「是製造滿月囈語的那位嗎？」

克萊恩低笑頷首道：「對。」

滿月囈語……這是什麼？「正義」奧黛麗等人聽得你看我，我看你，就像剛進入神祕學世界的普通人一樣。

他們之前完全沒聽說過所謂的「滿月囈語」。

果然，「魔術師」小姐很不簡單，竟然了解「門」先生，清楚相關的事情，我最初的判斷是沒有問題的……雖然她需要的非凡材料層次較低，但這有太多的可能……

「隱者」嘉德麗雅微不可見地點了一下頭，打算自由交流的時候再詳細請教「門」先生的問題，並願意為此付出一定的代價。

一位能讓羅塞爾大帝在日記裡鄭重提及，讓「愚者」先生口吻相對正式的存在，必然牽扯許多祕密，絕不簡單！

此時，「魔術師」佛爾思無聲吐了口氣，感覺自己離解決掉「詛咒」又近了一步。

至少，我已經知道滿月時的囈語是誰發出的……

她放低目光，真誠地對「愚者」先生道：「感謝您的提醒。」

克萊恩沒有多說，也未指出「門」先生疑似亞伯拉罕家族的先祖伯特利，環視一圈，語氣輕鬆地說道：「你們開始吧。」

說完，他立刻操縱「世界」，嘶啞著開口道：「我有兩件神奇物品想要出售。」

兩件神奇物品……「世界」先生最近每次聚會都能拿出很有價值的事物啊……不愧是「愚者」先生的眷者……

「正義」奧黛麗又感慨又讚嘆地將目光投向了青銅長桌最下首，略顯期待地等著「世界」展示物品，介紹能力。

「倒吊人」阿爾傑一陣心動，知道「世界」出售的神奇物品肯定不會差，但想到自己已經沒有積累，就連那個原始島嶼的祕密都交易給了對方，又無聲暗嘆，莫名沮喪。

還有五個小時抵達帕蘇島的他恨不得立刻飛過去，完成述職，然後離開那裡，找到奧布尼斯海怪，晉升為「海洋歌者」。

到了這一步，他就可以和「世界」一起探索那座原始島嶼，得到相應的收穫，紓解自身的「財政危機」了！

而「太陽」戴里克、「月亮」埃姆林和「魔術師」佛爾思雖然對神奇物品都有一定的好奇，但缺乏必要的購買欲望。

他們一個是因為到了序列六，就能向「六人議事團」申請，從白銀城積攢的神奇物品裡挑選一件，一個是想著狩獵競賽會獲得獎勵，暫時不清楚具體是什麼，盲目購買外面的物品容易出現重複和浪費，而且身上的兩三千鎊現金還得預備著支付線索費，一個則是純粹的沒錢。

「隱者」嘉德麗雅頗感興趣地看著「世界」格爾曼．斯帕羅，思考著對方的神奇物品可能來自哪裡。

如果合適，且與身上的那兩件神奇物品不衝突，她有意願買下。

見預想中的兩位大主顧或多或少都有點意動，「世界」低沉笑道：「一件是『幸運天平』，這是我自己命的名……」

他邊說邊向「愚者」先生申請，具現出了那條垂著古代錢幣般墜子的銀製項鍊。

介紹完神奇效果和負面影響，他看了「正義」奧黛麗一眼，特別提醒道：「這條項鍊不建議缺乏足夠戰鬥力的非凡者購買，雖然它能讓人躲掉致命的攻擊，但後續的爆發性反噬同樣危險，必須有足夠的戰鬥力，足夠敏銳的反應，才有機會撐過去。」

想了想自己目前更偏輔助，更偏控制和影響，且沒什麼實戰經驗，「正義」奧黛麗略感失落地點了一下頭，表示「世界」先生說得很對。

「世界」先生對我對塔羅會成員還是很不錯嘛，竟然願意做這樣的提醒，這會妨礙他賣物品的……奧黛麗在心裡調整了一下對「世界」的認知。

「隱者」則越聽越覺得熟悉，那「幸運天平」的效果，她似乎曾經大概在哪裡見識過。

一幅幅畫面飛快回閃，最終定格在幾幕場景上，嘉德麗雅眸光微縮，略感愕然地開口道：「塞尼奧爾？」

這應該就是「血之上將」塞尼奧爾那根項鍊，外觀很像，效果基本一致！格爾曼．斯帕羅從哪裡得到的？他又做了什麼？「未來號」這幾天都沒有靠岸，我是不是錯過了什麼重要消息？

「隱者」嘉德麗雅直覺地懷疑起「世界」又弄出大事了！

克萊恩想了想，操縱「世界」低沉笑道：「他已經死了。」

他不排斥讓「正義」小姐他們初步知曉格爾曼．斯帕羅等於「世界」，反正已經有兩位清楚，而這個身分也不準備再經常使用，只偶爾出現。

一位強力且經常出手的成員，會讓其他人對塔羅會更有歸屬感！

他已經死了……格爾曼．斯帕羅幹掉了塞尼奧爾？我上次和他戰鬥時，也只是有些優勢而已。

「隱者」嘉德麗雅發現自己越來越看不清楚「世界」的實力了。

雖然「血之上將」的賞金高於她，但主要是因為做的壞事多，單論本身加神奇物品的實力，嘉德麗雅要稍強一點。

——她和塞尼奧爾也不是沒有爆發過衝突，好幾次都占據了上風，只是無法重創對方。

至於格爾曼．斯帕羅，在「未來號」相遇時，她認為對方是不如自己的，甚至未必能贏狀態完好的「疾病中將」特雷茜。

等到這位瘋狂冒險家完成晉升，狩獵了「屠殺者」吉爾希艾斯，她才判斷對方有真正海盜將軍級實力，和自己在一個層面。

可是，這才一周過去，格爾曼．斯帕羅又完成了一次狩獵，幹掉了海盜將軍裡排名前三的「血之上將」塞尼奧爾！

這件事情，「隱者」嘉德麗雅自問是辦不到的！

死了？「血之上將」塞尼奧爾死了？格爾曼．斯帕羅幹的？他這是一周一個序列五嗎？而且還一個比一個強……就算是「愚者」先生的眷者，這樣的實力也太過誇張了吧？尤其他還沒到半神……會不會是別的眷者配合完成的？教會應該有相應的卷宗，但我目前的地位，沒資格調閱……

「倒吊人」阿爾傑暗自震驚，不由自主地思考起合理的解釋。

「正義」奧黛麗還在東切斯特郡的家族城堡裡，日常只能看到幾份全國性報紙和雜誌，並不清楚海上發生了什麼事情，僅是從「隱者」女士的語氣和話語判斷，「世界」先生又做了一件了不起的大事！

塞尼奧爾……「倒吊人」先生好像提過，這是「血之上將」的名字……「世界」先生除掉了這個海盜將軍，拿到了他的物品？真是厲害呀，這簡直就是我的夢想！以前聽說七大海盜將軍的時候，我就幻想過自己成為強大的非凡者，出海冒險，將他們全部捉拿，交給王國……我們塔羅會的實力已經這麼強了啊！

唔，我得調查一下殺掉「血之上將」的是誰，這樣就能弄清楚「世界」先生的現實身分了……這樣，他會不會不高興？不，他主動提出，應該就是願意被知道……「正義」奧黛麗欣喜地想著。

時常需要看各種報紙蒐集素材的「魔術師」佛爾思則瞬間回想起了最近讀過的一些新聞：「血之上將」塞尼奧爾疑似被瘋狂冒險家格爾曼．斯帕羅擊殺！

難道，難道「世界」先生就是那位身價，不，賞金五萬鎊的瘋狂冒險家！佛爾思肅然起敬，真正地開始相信對方有能力幫自己幹掉那位極光會神使，疑似「旅行家」的路易斯．維恩！

「月亮」埃姆林的感受和「正義」奧黛麗差不多。

因為他很少看各種小報，每天活動的區域也不包含什麼消息聚集地，「太陽」戴里克則一點也不驚訝，他早就確信「世界」先生非常厲害，哪怕「倒吊人」曾經說過「血之上將」塞尼奧爾很強，沒直觀印象的他也認為肯定不如「世界」先生。

「隱者」嘉德麗雅沉默了好幾秒道：「你打算賣多少錢，或者換什麼物品？如果價格合適，我可以考慮。」

很好！終於有人感興趣了！

背負著沉重財政壓力的克萊恩操縱「世界」道：「一萬兩千金鎊。」

他害怕「隱者」嘉德麗雅被這個報價嚇退，忙又補了一句：「妳可以選擇用一部分金幣代替，這樣總體只用一萬一千鎊。」

克萊恩相信搶劫過各國運金船的「星之上將」應該有必要的黃金儲備，即使不多，也還可以從別的海盜那裡換取，這能讓他籌集夠給信使小姐的第一筆欠款。

至於打撈海底沉船這種事情，因為有風暴教會存在，克萊恩相信容易找的，目前能找到的，應該早就被暴躁老哥們完成了。

——「海王」不比「海神」弱，而風暴教會內部，「海王」這個層次的，三五位是肯定有的！

嘉德麗雅默算了一陣道：「價值四千鎊的金幣，加上六千五百鎊現金，如果你同意，我們就成交。」

這些錢對她來說，也不是那麼容易籌集的，不過，她的背後還有摩斯苦修會，能用一萬鎊左右的價格拿到「幸運天平」，任何隱密組織內部都不會有人拒絕。

不愧是一位海盜將軍……可惜我得躲著「玫瑰學派」，不能去「血之上將」的船上搜刮……

克萊恩讓「世界」認真地考慮了一下道：「成交。」

總算……達成交易的這一刻，克萊恩悄然鬆了口氣，覺得身上的壓力減輕了不少。

雖然信使小姐說那一萬枚魯恩金幣可以分期償還，且沒規定什麼時候開始，但克萊恩還是不想拖得太久，害怕惹怒蕾妮特·緹尼科爾。

這可是半神級的靈界生物，只要真的生氣，哪怕有契約規束，她也有的是辦法為難「雇主」！

而且扮演富翁的開銷真是太大了，二十來個僕人的薪水和相應費用只是其中很小一部分，接下來的馬車、馬匹、酒水、送鄰居的禮物、舞會的支出、掩飾身分的投資一樣比一樣要命，不多儲備點現金，我真怕什麼時候就破產難以繼續了……

哎，六千五百鎊加身上原本的錢，夠撐到確定目標了吧？不，這兩天的經歷告訴我，永遠不要拿自己的見識去想像富翁的生活，應該還得有個五六千鎊才能勉強維持……

克萊恩很想抬手揉一下太陽穴，但最終還是忍住了這個衝動。

他收拾心情，讓「世界」再次環視一圈，嘶啞笑道：「第二件物品是『生物毒素瓶』……」

他用相對簡潔的語言描述了具現出來的那個棕色半透明玻璃小瓶，重點講了幾種毒素的特點，生效的時間，提前預防的辦法和隨身攜帶的負面影響。

「正義」奧黛麗聽得又是脊椎骨發冷又略感不好意思，前者是因為那種能讓人抓下自身皮膚和血肉的可怕毒素，後者是由於那大範圍的奇怪催情效果。

這真是一件瘋狂的神奇物品啊……唔，它是必須提前準備才能有效發揮作用的類型，對普通的

「觀眾」來說，相當鍥和，因為觀察和讀心能幫助這條途徑的低序列非凡者提前察覺危險，做出應對……可是，我不用這樣，如果提前察覺了危險，可以直接呼喊保護者……

而且，而且效果不是我喜歡的！還容易危害到自己！奧黛麗，妳已經是成熟理智的非凡者，不能看到什麼都想買！

奧黛麗認真思考了幾秒，放棄了詢問價格的想法。

見「正義」小姐沒有開口，克萊恩忍不住讓「世界」補了一句：「五千兩百鎊。」

「正義」奧黛麗牙齒輕咬了一下嘴唇內側，禮貌地搖頭道：「我希望獲得的是更有攻擊性的神奇物品。」

「觀眾」也是一條前期缺乏正面攻擊力，只擅於影響和控制目標的途徑。

「五千兩百鎊。」「倒吊人」阿爾傑、「魔術師」佛爾思、「月亮」埃姆林同時小聲地重複著價格，再沒有一絲一毫多餘的想法。

「五千兩百鎊……」

「隱者」嘉德麗雅不知想起了什麼，明顯停頓了一下，然後快速補充道：「對我來說，沒有必要。」

「隱者」女士似乎在害怕什麼……

「正義」奧黛麗敏銳讀出了對方的情緒。

剛才那個瞬間，嘉德麗雅先是覺得「生物毒素瓶」與「毒素專家」弗蘭克．李很契合，而且能力不算太重疊，有互補的地方，想著要不要幫自家大副買下來，反正他也存了不少錢。

旋即就考慮到弗蘭克．李獲得「生物毒素瓶」後，不知會做出什麼可怕的實驗，莫名打了個冷顫，放棄了最開始的想法。

她並不希望看見未來號的甲板上長出船員們的孩子，還是咩咩叫的那種。

等聚會後，就給莎倫小姐寫信，告訴她，「血之上將」的項鍊賣出去了，只剩「生物毒素瓶」了……

克萊恩掩飾住內心的失望，想了想又讓「世界」開口道：「我有一本《祕密之書》，是南大陸『巫王』卡拉曼留下的神祕學書籍，適合有不錯基礎的中序列非凡者。價格一千鎊。」

知識就等於金錢！

經過「愚者」先生、「倒吊人」先生和心理鍊金會其他成員長久教導的「正義」奧黛麗一下心動了。

她現在已經擁有非常扎實的神祕學基礎知識，正渴望著進階的內容。

之後心理鍊金會應該也會教導我一部分高層次的神祕學知識，但肯定不會很全面，局限在心靈領域……

奧黛麗簡單地說服了自己，微微點頭道：「這正是我想要的。」

「魔術師」佛爾思同樣很感興趣，可想了想身上的金錢，又默默閉上了嘴巴，至於其他成員，並不缺乏類似的知識。

不愧是「正義」小姐，完全沒還價，我的底線其實只有八百鎊，不，根本沒有底線，知識這種東西又不是只能賣一次……

克萊恩心情愉悅地讓「世界」低笑道：「成交。不過，我必須提醒一句，絕對不要向『原始月亮』祈禱，這會讓妳變成與不同物種瘋狂交配並生下各種孩子的蠕動肉塊，當然，也不能向其他的隱密存在祈禱，這同樣非常危險。」

「正義」奧黛麗聽得一陣害怕，忍不住改變了一下坐姿。

她旋即平靜，望向青銅長桌最上首，堅定地說道：「舉行祕密儀式時，我只向『愚者』先生祈禱。」

她說得真心誠意，沒有一絲一毫的虛假。

「正義」小姐對「愚者」真的很崇拜很相信啊……

克萊恩莫名感動之餘，又有點慚愧，因為「海神權杖」的領域和「原始月亮」不太重疊，有些儀式，他無法完成最有效的響應，只能嘗試著調動灰霧之上這片神祕空間的少許力量回饋。

接著，身為「愚者」的他，表示了一下態度：「很好。」

與此同時，初步達成目的的他讓「世界」隨口說道：「我這裡還有一份『審訊者』非凡特性，只要一千兩百鎊。」

……他究竟有多少物品啊……「魔術師」佛爾思都嚇呆了。

考慮到休的錢還差不少，且缺乏相應的配方，她只能收回目光，裝作沒有聽見。

至於「愚者」先生下屬那裡的「審訊者」非凡特性，她並不認為對方會替自己保留這麼久。

見無人回應，「世界」咳了一聲道：「我沒有交易了。」

他話音剛落，一直等待的「倒吊人」阿爾傑就望向「隱者」嘉德麗雅道：「我想知道哪裡有不屬於風暴教會的奧布尼斯海怪存在。」

不屬於風暴教會的奧布尼斯海怪？「倒吊人」真的不是風暴教會的成員？

「隱者」嘉德麗雅的眉頭皺了一下，旋即舒展開來：「我幫你打聽一下，有確切的線索後再談價格。」

「好。」阿爾傑無聲吐了口氣。

場面隨之靜默了幾秒，「月亮」埃姆林見狀，對「魔術師」佛爾思道：「那一百鎊線索費用，我今天就會給妳。」

「謝謝。」「魔術師」佛爾思情緒不是很高地說道。

剛才「世界」先生的交易都是千鎊，萬鎊，讓她有點麻木了。

「月亮」埃姆林旋即轉頭看向「太陽」戴里克：「你要的長者之樹根莖結晶和輔助材料都有了。你把白銀城周圍有哪些怪物哪些資源的清單給我，我挑幾件價值相當的物品。」

「嗯，它們一共花了我兩千鎊，再加上我的報酬兩百鎊，總計兩千兩百鎊。」

埃姆林此時只想換到一些能很快脫手的事物，否則他身上就沒什麼錢了。

「好的，呃，謝謝你，『月亮』先生。」「太陽」戴里克心中一喜，突然覺得「月亮」先生好像也不是那麼令人討厭。

他迅速具現出相應的清單，遞給了「月亮」埃姆林。

埃姆林隨意地翻看起那些紙張，看著看著，忽地感覺不對。

因為僅是這份資料本身，就有很高的價值，能體現出白銀城周圍區域的詳細情況和相應資源！

我記得，他們好像也是沒支付報酬就看了這份清單的……

「月亮」埃姆林忍不住瞄了「倒吊人」阿爾傑和「隱者」嘉德麗雅各一眼。

這個瞬間，他似乎明白了點什麼。

再看「太陽」時，埃姆林既有了新的優越感，又帶著無法消除的心虛，清了清喉嚨道：「這個、這個，還有這個……」

「太陽」戴里克認真記了下來，表示自己無需回到白銀城，在下午鎮周圍就能湊夠這些物品。

接下來，「正義」奧黛麗又詢問了迷幻風鈴樹果實的線索，得到了讓她失望的答案。

交易到此結束，無需「愚者」克萊恩宣布，他們主動進入了自由交流環節。

「倒吊人」阿爾傑側頭對小「太陽」道：「你還在下午鎮？」

「是的，但即將返回白銀城了，新的探索小隊今天已經抵達。」「太陽」戴里克不僅認真回答了「倒吊人」先生的問題，還主動提到，「我已經告訴『首席』，我在清除下午鎮怪物的過程裡，得到了『公證人』魔藥配方。」

「倒吊人」輕輕頷首道：「他是什麼態度？」

「他只說了『很好』。」「太陽」戴里克用心回憶著當時的情況。

「倒吊人」阿爾傑聞言低笑了一聲道：「你可以初步放心了，你們『首席』很樂意看見你這樣成長，相比較而言，他對那位『牧羊人』長老會更加提防。」

他沒再繼續這個話題，轉而對所有成員拋出了一個消息：「最近有不少海盜去過班西港，發現那裡已經被徹底摧毀，即使重建，也得好幾年。」

聽完「倒吊人」的講述，克萊恩不可避免地又聯想起了「紅天使」梅迪奇，聯想起了地底遺蹟內那個惡靈。

不過，他沒有分享這次探索的發現，一是暫時沒有必要，二是涉及莎倫小姐。

至於其他成員，上次已經知曉班西港被毀滅的消息，「倒吊人」又未透露新的情報，自然沒有回應的想法。

見所有人都未開口，阿爾傑掃了「世界」一眼，收回目光，平靜說道：「該你們了。」

「隱者」嘉德麗雅當即側頭，望向「魔術師」佛爾思：「女士，對於『門』先生，妳還有什麼了解？我可以支付相應的報酬。」

本來不想透露自己問題的佛爾思聽到後面半句話，忽地猶豫，一陣動搖。

報酬，不知道「隱者」女士能給我多少錢……我對「門」先生了解得也不夠多啊……而且部分是源於「愚者」先生的話語……

「魔術師」佛爾思再次看向青銅長桌最上首道：「尊敬的『愚者』先生，我可以講嗎？」

因為每次滿月時，都會見到對方，克萊恩知道「魔術師」小姐經濟狀況不是太好，遂微笑點頭道：「可以。」

佛爾思無聲鬆了口氣，轉而對「隱者」嘉德麗雅道：「五百鎊，妳可以申請單獨交流。」

嘉德麗雅沒有還價，想了想道：「不用，妳直接說吧。」

她希望別的成員聽到「魔術師」小姐的講述後，想起更多的「門」先生相關。

佛爾思點了一下頭，斟酌著語言道：「我曾經得到過一件神奇物品，它能幫助人進行靈界穿梭，可使用之後，每當滿月或血月的時候，就會聽見奇怪的囈語，這會帶來近乎失控的痛苦。」

「而據『愚者』先生講，這囈語來自『門』先生。」

她頓了一秒，補充道：「祂有可能是在求助。」

原來佛爾思在默默承受著這樣的痛苦啊……她平時一點也沒有表現出來，總是一副很享受生活的樣子……

「正義」奧黛麗一邊下意識同情起朋友，一邊檢討自己沒有效利用「觀眾」的能力發現佛爾思的不妥。

靈界穿梭的神奇物品……滿月時的囈語……疑似在求救……

「隱者」嘉德麗雅在心裡複述起「魔術師」小姐話語裡的重點，滿意地頷首道：「感謝妳的描述。」

她的目光隨之掃過其他成員，遺憾地發現無人有額外反應。

自由交流繼續進行，沒什麼波瀾地來到了尾聲。

目送各位成員離開並幫助他們完成了幾筆交易的實質操作部分後，克萊恩返回現實世界，略感放鬆地坐到安樂椅上，休息了一陣。

接著，他走到書桌前，拿出紙筆，給莎倫寫信，告訴對方幸運項鍊已經賣出，只剩下「生物毒素瓶」，另外還有「瘋子」的非凡特性。

折好信紙，寫上希爾斯頓區加爾德街一百二十號、瑪瑞亞太太等資訊後，克萊恩再次打開鐵製捲菸盒，讓「血之上將」塞尼奧爾無聲無息浮現在旁邊。

這位「怨魂」就像貼身男僕一樣，謙卑地拿起桌上的信，消失在了房間內。

幾個街區外的一個郵筒處，一封信憑空產生，落入了裡面。

東切斯特郡，霍爾家族的城堡內。奧黛麗碧眸沒有焦距地看著鏡子，腦海內迴盪的都是《祕密之書》的內容。

這些知識交錯著組成了一本虛幻的書冊，一經回想，就能呈現，並根據意念翻閱到相應的頁數。這是克萊恩能直接調動灰霧之上神祕空間少許力量後，將賜予的資訊與「占卜家」夢境回想能力結合在一起的產物，能維持一到兩周的時間。

而這足以讓奧黛麗讀完《祕密之書》，之後若有記不清楚的地方，還能繼續請求賜予。

「『愚者』先生的狀態似乎越來越好了……」奧黛麗欣喜地想著，眼眸逐漸恢復了光彩。

她站了起來，走向門口，對著無聊趴坐在外面的金毛大狗笑道：「蘇茜，妳這個樣子可不夠淑女。」

蘇茜警惕地左右看了一眼，抽了抽鼻子，才開口說道：「這是獵犬訓練時最標準的動作。」

但妳並不是合格的獵犬……

奧黛麗腹誹了一句，笑著說道：「我還以為妳會這麼回答我：奧黛麗，我只是一條狗！」

蘇茜認真回應道：「過於重複的話語容易被別人把握到自身的習慣和心理活動。奧黛麗，那本心理學的書上是這麼說的。」

……奧黛麗一時竟找不到語言應對，就在這時，她看見自家父親霍爾伯爵帶著一名貼身男僕，一名侍從，沿著城堡的樓梯走了上來。

而哪怕外面正陽光明媚，這裡依舊昏沉黯淡，甚至有燭臺已被點燃，它們鑲嵌在牆上，照亮著臺階。

「這座城堡真是太古老了，我認為它必須有一次大的翻修了。」霍爾伯爵隨意地對女兒抱怨了一句。

奧黛麗矜持點頭道：「是的，親愛的伯爵，這正是我不喜歡這裡的原因，它讓我感覺自己在慢慢腐爛。」

「但其實我每年都會花費一萬三千鎊修葺這裡。」霍爾伯爵笑著感嘆道。

奧黛麗瞄了蘇茜一眼，對著自家父親露出笑容道：「爸爸，你有什麼事情找我？」

霍爾伯爵指了指侍從手裡的紙張道：「一封來自貝克蘭德的電報，有人在出售腳踏車公司百分之十的股份，寶貝，有沒有興趣？我認為這個行業有著非常光明的前景，而它現在遠沒有達到最低的預期。」

「腳踏車？」奧黛麗對這個名詞頗為陌生，眼眸微轉，表情迷惑。

霍爾伯爵微笑看著女兒道：「一種兩輪的，供人騎行的機械，妳可以這麼理解，一般人的馬車。在魯恩，在貝克蘭德，人數最多的不是貴族，也不是商人，而是從事體力勞動的普通人，其次則是他們之中較有技術較有地位的類型，這就是腳踏車瞄準的人群，他們有著絕對的多數和一定的購買能力，哪怕只有百分之十願意購買腳踏車，也能讓這家公司獲得非常不錯的發展。」

「嗯，他們有掌握相應的專利。」

奧黛麗相信父親的眼光，也聽得懂霍爾伯爵描述的前景，輕輕點頭：「那百分之十股份大概價值多少。」

「根據初步調查，貝克蘭德腳踏車公司目前僅價值五萬鎊，這是因為商品的推廣和銷售的爆發還需要時間來醞釀，所以，不能簡單地認為百分之十的股份只值五千鎊，我的建議是首輪報價八千鎊，心理底價是一萬五千鎊，我會派人幫你負責這件事情。」霍爾伯爵簡潔說道。

一萬鎊左右……我這個月的現金都用得差不多了……

奧黛麗略顯不好意思地說道：「爸爸，我一下拿不出這筆錢，而變賣股票、地產、礦藏，或等待它們的收益，都需要一定的時間。」

霍爾伯爵哈哈笑道：「不需要這麼麻煩，妳將貝克蘭德軍火集團或者普利茲商用船舶公司的股份短期質押給銀行，就能拿到足夠的現金，等到事情結束，再把腳踏車公司的股份長期質押給銀行，用貸款歸還前面的貸款。」

「這樣一來，妳只需要付出一到兩周的較高利息就能完成交易，而腳踏車公司每年的分紅足以支付長期貸款的利息，讓妳可以耐心地等待升值，而這是高機率的事情。」

奧黛麗雖然沒接受過完整的商業金融教育，但有一個身為大銀行家的父親，對類似的事情並不算陌生，略一思索就明白了整個流程，確認般反問道：「也就是說，我只需要付出兩三百鎊就能拿到腳踏車公司百分之十的股份？」

「或許更少一點。」霍爾伯爵含笑說道。

奧黛麗明白父親的意思，作為巴伐特銀行的最大股東，貝克蘭德銀行的第四大股東，他有足夠的能力讓女兒拿到利息合理的短期借款。

「謝謝你，親愛的伯爵。」奧黛麗噙著笑容，提起裙襬，行了一禮。

夜晚的月光下，海水深藍近黑，阿爾傑．威爾遜立在船頭，看著帕蘇島靜靜匍匐的輪廓。

這是風暴教會的總部，真神眷顧之地！

作為教會的中層，阿爾傑記得自己只來過三次，一次是找到「幽藍復仇者號」，晉升為「航海家」後，一次是去年的述職，還有一次，則是很久以前，作為一名有著深藍頭髮的混血兒，被挑選入總部，成為兒童唱詩班的一員，但毫無唱歌天賦的他，很快就被打發離開，重回出生島嶼的小教堂內做僕役，而那裡的牧師是個對下屬非常粗暴的人。

每當回憶起這段經歷，他的表情都會變得頗為沉凝，渴望著登上高位。

風聲之中，「幽藍復仇者號」安靜前行，駛向了港口。

同樣已進入黑夜的貝克蘭德，穿著筆挺正裝戴著絲綢禮帽的埃姆林．懷特潛伏到了另一位血族男爵魯斯．巴托里的宅邸外面。

他相信對方很快就會展開行動，收回魚餌，而對一名血族來說，這樣一個有著紅月的夜晚非常適合狩獵。

過了不知多久，埃姆林眼睛突然一亮，看見一道身影從房屋朝後的窗戶躍了下來，無聲落地。

緋紅但黯淡的月光下，埃姆林掏出一個金屬小瓶，擰開蓋子，咕嚕喝了一口。

然後，他似乎變成了陰影，浮動於牆上地面，飛快而無聲地跟隨著魯斯．巴托里。

血族一向以速度著稱，兩位男爵一前一後，奔跑於陰暗的巷子裡和無光的街道邊緣，用了大半個小時就抵達混亂骯髒的東區，停在一棟陳舊的公寓前。

眼見魯斯．巴托里選擇攀爬管道，用動靜最小的方式前往三樓，埃姆林放緩腳步，沒急切著綴在對方後面，因為這樣很容易被發現。

認真考慮了兩秒，他拿出一個半透明的類香水瓶，擰開蓋子，往下按壓，將裡面的液體噴灑在了身上。

這種魔藥的作用只有一個，那就是消除本身的氣味，與周圍一致！

放好手中的瓶子，埃姆林又拿出一個黃銅色的金屬小瓶，將裡面的液體咕嚕一聲，喝得乾乾淨淨。

「『魔藥教授』真麻煩……」他嘀咕了一句，低頭看見自己的雙手一寸一寸變得透明，黃銅色的金屬小瓶似乎漂浮在了袖口前方。

等埃姆林塞回這個小瓶時，原地只剩下一套正裝、一頂禮帽和一雙無扣無綁帶皮鞋，它們組成人形，在那裡動來動去。

另一個全透明的類香水瓶飛了出來，浮在半空，自行按壓，滋滋有聲地將內裡的魔藥噴到了那身衣物上。

正裝、禮帽和皮鞋的輪廓一點點變淡，最終消失不見。

完成了「隱身」的埃姆林瞄了眼魯斯．巴托里進入的房間，無形無聲地攀爬管道，以極致的速度追了上去。

趁著窗戶半開，他像是一朵透明的雲，沒有產生半點動靜地飄入了房間，躲到角落，看著臉龐瘦長但很有味道的魯斯．巴托里尋找目標。

後者的眉頭逐漸皺起，因為這裡空空盪蕩，不要說人，就連最近一周開始活躍的蚊子都沒有。

而這位血族男爵可以確切地肯定，「月亮木偶」就在這裡。

突然，吱呀的聲音響起，打破了凝固般的安靜。

房間的大門隨之退後，一位穿著黑色長裙的女子慢悠悠走了進來，看著魯斯．巴托里，語氣飄忽地說道：「你們在找誰……」

埃姆林循聲望去，只見來者膚色偏深，眉毛細長，輪廓線條柔和，嘴角下垂厲害，正是目標溫莎。

不過，在埃姆林的眼中，這位「原始月亮」的虔誠信徒與畫像上的她已經有了一定的改變，現在的她眼睛彎起，眉毛彎起，嘴巴彎起，像是在模仿當前的緋紅之月。

而她的額頭，她的臉頰，她的脖子，她裸露在外面的皮膚，都長著曬乾般的枯草和花朵，一叢一叢，一朵一朵。

……嘶，魯斯．巴托里究竟賣了什麼東西給她？怎麼會變成這副樣子？

埃姆林嚇了一跳，覺得脖子後方的汗毛一根根立了起來。

與此同時，地面、牆壁、門口和天花板上，一叢又一叢枯草長了出來，夾雜著乾萎的花朵。

它們將這個房間與外界徹底隔離，營造出了一個非常詭異的場景。

魯斯．巴托里聞到了危險的味道，沒有試圖對話，毫不猶豫拿出一個金屬小瓶，咕嚕喝掉了裡面的液體。

「啪！」

他丟下那個瓶子，身體拖出殘影地撲向了異變的溫莎，雙手指甲伸長，體外黑氣繚繞。

鑲嵌滿枯草和乾花的溫莎就像一個大型布娃娃，以同樣快的速度迎了上去，完全不在乎自己受傷地一爪抓向了魯斯．巴托里。

「砰砰砰！」

一連串碰撞後，魯斯．巴托里倒飛了出去，撞在了牆上。

他的衣袖已被扯斷，皮膚上是可以看見白骨的抓痕。

而血肉之間，曬乾的枯草和花朵正緩慢地往外生長！

真是怪物啊……埃姆林初次遇上這種敵人，一直縮在角落裡，差點忘記幫忙。

他沒魯莽地現身，腦海內各種想法飛快地閃過，邊觀察魯斯．巴托里與溫莎的戰鬥，邊考慮該以什麼樣的方式應對這樣的局面。

最怪異的是那些枯草和花朵……枯草和花朵……它們應該很怕火！

埃姆林心中一動，當即放棄隱身，拿出另一個金屬小瓶，擰開蓋子，咕嚕喝入。

噗的一聲，他噴出了嘴裡所有的液體。

那些灰紅色的水珠一遇到空氣，立刻爆燃，往旁邊延伸出熾熱的火焰。

火焰疊火焰，火焰連火焰，瞬間就讓房間變成了赤紅的海洋！

劈里啪啦的聲音裡，曬乾般的枯草和花朵相繼被點燃，並以極快的速度感染著同伴。

僅僅兩三秒鐘，這密封的環境就接近被破壞，而溫莎身上的枯草和乾花也開始燃燒。

這個時候，魯斯・巴托里的胸前已被挖了一個大洞，失去了大部分戰鬥力，正依靠血族的超強恢復能力艱難維持。

看著火炬般的敵人，埃姆林敏銳察覺到了對方氣息的衰落，毫不猶豫就撲了過去，繞著溫莎，連做抓擊。

他的腳底，一道道黑氣升起，纏繞向那位原始月亮的信徒，就像有了生命力的枷鎖。

「砰砰砰、砰砰砰！」

激烈而短促的響聲裡，兩道身影忽然貼近。

一切動靜隨之消失，埃姆林左掌抓住了溫莎的喉嚨，將她提了起來。

猶豫了一秒，看到對方猙獰的樣子，他喀嚓一聲，擰斷了敵人的脖子。

「啪！」

一個細長的，鑲嵌滿枯草與乾花的小型木偶從溫莎身上掉落於地，房間內的火焰逐漸平息。

埃姆林扯下溫莎變異的腦袋，轉過身體，望向正劇烈喘息的魯斯・巴托里，用空著的右手按在胸前，含笑行了一禮：「感謝你的幫忙。」

看到魯斯・巴托里一下變得憤怒，又無力搶奪，埃姆林心情非常不錯地補了兩句：「記得把那個木偶和析出的非凡特性交給尼拜斯大人，它們很有問題。」

說完，他背後黑氣凝聚，長出了兩隻虛幻的蝙蝠翅膀。

嘩啦一下，翅膀搧動，埃姆林轉身飛出了窗戶，落向附近的陰暗巷子。

踩穩地面後，他收起凝聚的黑氣，回頭看了一眼。

見魯斯·巴托里沒有跟來，埃姆林鬆了口氣，握拳抵住嘴巴，邊咳嗽邊咕噥道：「我討厭火焰，討厭煙氣！」

他正要遠離東區，背後忽生涼意。

埃姆林精神一下緊繃，提著溫莎變異的腦袋，緩慢轉身，望向了角落的陰影處。

他首先看見那裡站了一個很小的黑影，接著看清楚了對方的樣子：身體細長如同木樁，眼睛嘴巴彎成月亮，表面鑲嵌著不少枯草和乾花，正是之前房間內的「月亮木偶」！

它纏上我了……這究竟是什麼物品……這裡距離尼拜斯大人的住所還有很遠……外面真危險……一個個想法在埃姆林腦海內浮現，讓他脊椎發涼，肌肉緊繃。

念頭閃爍間，他忽生靈感，盯著那個「月亮木偶」，用古赫密斯語低聲開口道：「不屬於這個時代的愚者；灰霧之上的神祕主宰；執掌好運的黃黑之王……」

「誰大半夜的不睡覺啊！」克萊恩翻身坐起，略顯憤怒地揉了一下額角。

他快速離開床鋪，逆走四步，進入灰霧之上，坐到了屬於「愚者」的位置。

埃姆林·懷特這個傢伙？

克萊恩瞄了一眼，疑惑地蔓延靈性，觸碰向代表「月亮」的深紅星辰。

他旋即看見了姿態僵硬的埃姆林，看見對方正注視著一個細長怪異的木偶。

那木偶的身上，披著濃郁但虛幻的緋紅月光，它們如同潮水般輕輕起伏，與高空中的某樣事物產生著聯繫。

此時，這緋紅的月光正無聲蔓延，籠罩向埃姆林．懷特。

有問題……這個木偶問題不小……借助灰霧看見更多的克萊恩毫不猶豫讓「海神權杖」離開雜物堆，飛入了自己的手中。

白骨短杖頂端的青藍色寶石隨之一顆接一顆亮起，綻放出耀眼的光芒。

誦念完「愚者」先生的尊名，請求了援助後，埃姆林只覺本就低溫的血液越來越涼，漸漸有凝結成霜的感覺。

這讓他身體迅速僵硬，眼睜睜看著那個「月亮木偶」一搖一擺地走了過來。

就在這時，巷子內的半空銀白亂竄，驅散了所有的陰沉和晦暗。

「啪！」

那些閃電絞成一團，落在了「月亮木偶」的身上，將它淹沒於銀白之中。

光芒一閃而逝，那奇異的木偶全身焦黑，失去裝飾地倒了下去，而埃姆林體內的血液不再凍結，恢復了流動。

很快擺脫僵硬的他，知道「愚者」先生還在注視著這裡，忙低聲問道：「您需要，不，我可以向您奉獻什麼？」

他一直相信「愚者」先生遵循著等價交換的規則，所以認為請求了援助就得付出相應的代價。

短暫的靜默後，他看見無邊無際的灰霧和隱隱約約的身影，聽到了居高臨下的威嚴聲音：「那個木偶。」

「好的。」埃姆林上前兩步，彎腰撿起了那個木偶，接著處理現場，飛快離開東區。

而克萊恩在小心謹慎地用紙人天使干擾了占卜後，才回到現實世界。

當他準備繼續睡覺時，卻愕然發現外面月光大亮，如染鮮血。

咦……

克萊恩疑惑地走到窗邊，看向外面，只見彎彎的月亮不知什麼時候已經變圓，赤紅似血。

又一次「血月」。

第五章

一唱一和

——「血月」？

阿爾傑．威爾遜抬頭望了眼天空，平穩走進了前方的雷霆教堂，這是他明天述職的地方。

而在島嶼中央，高聳山峰的頂端，還有一座教堂，叫做「風暴之淵」，它是風暴教會總部裡的總部，聖殿中的聖殿。

雷霆教堂內部，穹頂高闊，拱券接續，四周壁畫相連，沒有一點空白，以金和藍色為主，讓行走在裡面的人下意識就感覺神聖莊嚴，不由自主低下了腦袋。

阿爾傑．威爾遜經常與隱密存在接觸，長期於神靈居所般的宮殿裡聚會，對此已沒有以往的感覺，不再那麼敬畏，不過他並沒有表現出這一點，與周圍的水手們一樣，始終低頭看著地面，放輕放柔腳步，就連呼吸都不敢明顯。

安靜的氛圍裡，他們在牧師引領下，一路來到教堂後方的神職人員住處，各自得到一個房間。

關上大門，阿爾傑只見如血的月光從窗戶照入，讓環境變得陰冷邪異，而無數的幽影怨魂彷彿正隔著薄薄的帷幕注視著現實世界。

每當「血月」出現，靈性總會高漲，源於靈界和地獄的力量將得到極大的提升，生靈的負面情緒也呈爆發狀態，序列越高，感受越為明顯。

隱隱約約間，阿爾傑聽見了哭泣聲，低喊聲，私語聲，這與他之前在雷霆教堂內的肅穆感覺截然不同。

他的眼前彷彿浮現出了一道道虛幻的手臂，它們從牆上，從地板上，從天花板上延伸往外，就像立體的蒼白森林。

龐。

阿爾傑知曉「血月」時的異常，沒有一點驚慌地摘掉船長帽，進入盥洗室，用自來水洗滌起臉龐。

這個過程裡，他忽然聽見了一道悠遠動聽的歌聲。

這歌聲模糊不清，似從島嶼中央傳來，又環繞不絕，彷彿就在阿爾傑身旁，它並不讓人感覺恐懼，就如同一位遠離了家人遠離了親眷遠離了愛人的女子在懸崖邊緣，看著奔湧的潮水，輕吟慢唱，憂傷重重。

阿爾傑扯下一塊毛巾，擦了一下臉龐，然後側耳傾聽了幾秒。

他逐漸皺起眉頭，從教士長袍的暗袋內取出一個不大的鐵盒，將它湊近了耳旁。

這裡面裝的是他從「世界」那裡購買來的「海洋歌者」非凡特性，他懷疑是物品內殘留的精神在血月的影響下，出現臨時的增長。

隨著鐵盒靠近，阿爾傑耳旁的歌聲頓時有部分變得清晰，憂鬱，悲傷，思念，痛苦等情緒宛若實質。

可是，除此之外，依舊有縹緲古老的歌聲傳來，與清晰的部分界限分明，似乎在一唱一和！

「這是誰的歌聲？像是精靈的……教會內部某件源於精靈的物品？我身上這份「海洋歌者」非凡特性源於一位精靈？」阿爾傑有所猜測地點了一下頭。

因為同為「水手」途徑，風暴教會一直以來都在蒐集精靈遺物，它們有的被調配成了魔藥，有的作為封印物，被隔離於地底，有的負面作用較小，被獎賞給了神職人員，所以，類似事物在「血月之夜」彼此激發，出現異常，不算奇怪。

如果是神奇物品，那事情沒有一點問題，若是封印物，歌聲能穿透隔離則說明它絕不簡單……

阿爾傑收回思緒，刷了個牙，躺到了床上。

他很快睡著，進入了夢境。

不知過了多久，阿爾傑突然有些清醒，隱約知道自己在作夢，但又有主動的意識打量周圍。

他發現上方是盪漾的深藍海水，一層又一層重疊了起來，根本看不見天空，前方則是一座彷彿由珊瑚組成的華麗宮殿，高大，壯美，陰暗，晦沉。

阿爾傑下意識走向了那座宮殿，走進了敞開的大門。

內裡一根根珊瑚巨柱聳立，撐起了誇張的穹頂，牆壁和上方繪滿以表現風暴恐怖為主的壁畫。

上百公尺外的盡頭，一個鑲嵌著藍寶石、祖母綠、圓潤珍珠的座椅處於九層臺階之上，分外吸引人眼球。

阿爾傑順勢望了過去，只見那裡坐著一位穿繁復古樸長裙的女子，她頭髮黑亮，挽成了高髻，輪廓線條柔和，五官精緻，有著不因時代改變而遭遇偏見的美麗。

這女子表情冷漠，耳朵稍尖，棕眸幽深，就那樣居高臨下地看著阿爾傑。

她的手裡則把玩著一個花紋繁複的黃金酒杯。

阿爾傑正要說話，那女子眼中銀芒大盛，彷彿有閃電亮起，衝了出來，刺破了夢境！

呼……阿爾傑翻身坐起，下意識喘了口氣，只覺剛才的夢境既模糊又清晰。

其中，模糊的是那女子的長相、壁畫的細節和珊瑚宮殿的具體樣子，清晰的是那雙蘊藏閃電般的眼睛和略尖的耳朵。

一個上位精靈？她遺留的物品在血月的作用下，與我身上的「海洋歌者」非凡特性產生了共鳴，以至於影響到我的夢境？

阿爾傑一邊做著猜測，一邊隨意地想著會是哪件物品。

因為地位不高，知道的封印物和神奇物品有限，且了解一些別人不清楚的知識，他很快就有了一個目標：「『天災』高希納姆？祂留下的那本《天災之書》應該是已經送到帕蘇島了……等述職完，離開這裡，再向『愚者』先生請教，看剛才的事情是否會遺留什麼不好影響……」

——阿爾傑可不敢在風暴教會的總部誦念「愚者」的尊名。

天亮以後，他沒有表現出一點異常，在僕役的引領下，進入了一個擺有長條桌的房間，接受三位「代罰者」執事的詢問。

這三位執事裡，只有一位擁有深藍色的頭髮，因為這並不是服食「水手」途徑魔藥後一定會出現的改變，但這種特徵會相當頑強地遺傳下去，就像精靈一族，原本黑髮多過藍髮，可到了現代，有精靈血統的混血兒，絕大部分是藍髮。

阿爾傑坐到長條桌下首，有條有理地回答起執事們的詢問，將自己這段時間在海上做過什麼，打算做什麼，成功了哪些，失敗了哪些一一講了出來。

而這會與其他船員的講述進行對比，防止有人撒謊。

到了述職尾聲，那位深藍色頭髮的執事看了阿爾傑一眼，嗓音粗厚地問道：「你認識『星之上將』嘉德麗雅嗎？」

不僅認識……

阿爾傑險些嚇到，想了想才回答：「在海盜大會上見過。」

那位執事並沒有糾纏剛才那個問題，直捷了當地說道：「想辦法認識她，從她那裡調查格爾曼．斯帕羅的情況。」

原來是這樣……因為格爾曼狩獵了「血之上將」？

阿爾傑故作不解地問道：「格爾曼．斯帕羅又做了什麼？」

那位深藍頭髮的執事沒好氣地說道：「他差點把拜亞姆毀了！好了，這不是你該知道的事情，總之，你記住，格爾曼．斯帕羅是一個非常危險的傢伙，背後有一個隱密邪惡的組織，那個組織有半神，與玫瑰學派敵對！」

差點毀掉拜亞姆？組織有半神？與玫瑰學派敵對？

阿爾傑故意沒有掩飾地表現出了自己的錯愕。

他還以為格爾曼受到加倍的重視是因為狩獵了「血之上將」塞尼奧爾，誰知事情比他想像得複雜很多誇張很多！

格爾曼．斯帕羅究竟做了什麼？等路過拜亞姆，我得尋找現場看一看……還有，我們塔羅會的死敵不是極光會嗎？「愚者」先生不是一直在針對「真實造物主」嗎？怎麼變成了，不，又多了一個玫瑰學派？

阿爾傑在心裡自語了幾句。

至於塔羅會有半神的事情，他並不意外，甚至覺得這才符合常理，一位古老存在的手下，怎麼會沒有半神？

而且當初「颶風中將」齊林格斯無聲無息詭異死去的事情，已經讓他相信「愚者」先生有一位高序列的眷者！

還好我與格爾曼的碰面很隱密，要不然事情就麻煩了……

阿爾傑安靜聽完，沒有多問，像往常一樣，接下任務，起身離開了房間。

貝克蘭德北區，伯克倫德街一百六十號外面，一位位僕人排成兩列，迎接著自己的主人到來。

鬢角發白，藍眼幽邃的道恩·唐泰斯穿著燕尾正裝，戴著絲綢禮帽，拿著鑲金手杖，在管家瓦爾特和貼身男僕理查德森陪同下，從僕人中間經過，來到了三層樓房的入口。

這裡等待著的是他今早挑選好的女管家塔內婭。

她四十歲出頭，髮髻扎得一絲不苟，五官普通，但氣質幹練，戴著一副金邊眼鏡，穿著黑白交織但有別於女僕的長裙。

克萊恩從資料和面談得知，這位女士出生於東區，是黑夜女神的信徒，在十五歲的時候選擇接受教會一個慈善基金的培訓，成為了一名合格的女僕。

得益於十多年的努力，以及夜間學校的免費課程，她在一個富商家裡從最低等的女僕一直做到了女僕長，然後於對方女兒出嫁後，跟隨過去，擔任女管家，直至那一家財政出現危機，才不得不離開，對家庭內部管理非常有經驗。

這位女士剛簽完契約，得到道恩·唐泰斯給予的一千鎊本月初筆現金後，就與管家瓦爾特爭執起馬車是買還是租。

在她看來，既然唐泰斯先生的目標是進入上流社會，搬到西區，甚至皇后區，那麼馬車肯定需要特別訂製，這樣才不會有失身分，在此之前，租用高檔馬車一年，等事情有了希望，再去訂製，是相對更合理的選擇，既不浪費，也不失禮。

她說服了瓦爾特，當然也說服了克萊恩，因為租一年高檔馬車含馬匹只用八十八鎊，兩輪的四十二鎊。

果然，控制家庭支出的必須是一個擅於比較擅於計算的人……

克萊恩一陣感慨，對著塔內婭微笑點頭，邁步通過了三層樓房的大門。

這裡將是富翁道恩．唐泰斯接下來的舞臺。

進入屋內，克萊恩首先看見的是一個門廳，這裡非常寬敞，擺有多把椅子和傘架，而且布置典雅，裝飾得體，如果不是預先知道結構並實地考察過，克萊恩甚至會認為這是一個待客廳。

通過第二扇大門，他眼前霍然開朗，出現了一個可以供幾十上百個客人跳舞的大廳。

這大廳中央鋪著色彩鮮豔厚實綿柔的地毯，四周是光亮明晰的大理石地磚，擺放有鋼琴、石雕等物品，並支起一根根鑲嵌飾品的石柱撐住二樓。

它左側是一排落地窗，外面是青碧的草坪和盛放的花園，右側有牆壁、木門和走廊，通往休息室、儲藏室、盥洗室、廚房和管家房間等地方。

大廳高達兩層，有水晶吊燈從天花板上垂落，讓人一下就可以想像出夜晚來臨後的樣子。

前行至盡頭，兩側各有樓梯通往第二層。

這裡的迴廊成正方形，中央空出來的部分正好是大廳鋪著地毯的位置，克萊恩只要拿一杯酒，站在二樓欄杆後，就能悠然地欣賞下面的舞會。

第二層房間眾多，有客廳，有起居室，有餐廳，有盥洗室，有桌球室，有大量的臥房，如果客人需要留宿，就會住在這裡。

同樣的，二樓有兩處樓梯通往第三層，那裡才是道恩·唐泰斯住的地方，有誇張的主臥，有可以曬到太陽欣賞風景的帶吧檯半開放房間，有一個堪稱小型圖書館的書房，有兩個衣帽間和貼身男僕、值夜女僕分別居住的小臥室，以及屬於家庭成員的房間、盥洗室，不過克萊恩目前只是單身一人。

至於其他僕人，則在樓房後方的那一排平房內，另一個方向是馬廄。

樓房地下部分同樣寬敞，有大儲藏室和酒窖。

脫掉外套的克萊恩，腰背挺直地立在三樓半開放房間的大陽臺上，眺望著周圍街區的風景，忍不住在心裡感嘆了一句：「貴果然還是有貴的意義，那三百一十五鎊租金也不算太浪費……」

他已在昨天下午支付了一年的租金，只能強迫自己對這裡越來越順眼。

與此同時，他還直接支付了瓦爾特一年的薪水一百一十五鎊，因為他得手安提哥努斯家族筆記後，很可能就要潛逃，連累管家先生失業。

基於這樣的理念，他今早也一次付了女管家塔內婭四十二鎊的年薪，讓這位女士初步感受到了道恩·唐泰斯先生出手的闊綽，做人的氣度。

而在兩位管家的商量和忙碌下，僕人們已經雇齊，一位男性的家庭財產管理員年薪三十鎊，一位貼身男僕理查德森年薪三十五鎊，兩位負責接待客人在餐桌旁伺候的男僕年薪各二十五鎊，兩位一等女僕年薪各十八鎊，兩位二等女僕年薪各十二鎊，兩位粗活男僕年薪也是各十二鎊。

除了這些，廚師年薪三十鎊，廚房助手十五鎊，廚房女僕十三鎊，儲藏室女僕十一鎊，家庭護士二十五鎊，小工十鎊，兩個馬車夫各二十五鎊，兩個園丁各二十鎊，兩個洗滌女僕各十鎊，總計四百一時三鎊，差不多每周八鎊。

再算上兩位管家的年薪，克萊恩每年要支付五百七十鎊，約合每周十一鎊，這還沒算提供食物、衣服、各種生活日用品的開支。

每周一睜開眼睛，什麼收入都還沒有，就要支出十幾二十鎊……

克萊恩隨意心算了一下，就強迫自己將目光移向花園。

中午付掉兩輛馬車的租金和僕人們的第一周薪水，並給了女管家塔內婭日常開銷用的一千鎊現金後，他身上只剩下一千兩百八十六鎊鈔票和十八枚金幣，不過「正義」小姐和「隱者」女士的款項這周之內就會陸續「到帳」。

也不知道塔內婭那裡的一千鎊能支持多久，僅是貯備足以應對舞會宴會的各種酒類飲料，就至少要幾百鎊吧……

富翁道恩．唐泰斯先生陷入沉思，難以自拔。

為了平復情緒，他決定趁管家、僕人們忙碌著處理新家事務的時間，去灰霧之上轉一圈，研究下埃姆林．懷特獻祭的那個怪異木偶。

——血月發生後，克萊恩不得不重返那片神祕空間，將佛爾思拉入，強忍著睡意聽對方絮叨些貝克蘭德的日常，等到一切平息，他實在太睏，接受完埃姆林的獻祭，確認沒有異常後，就回到現實世界，倒頭入睡。

理了一下線條有型的深色馬甲，克萊恩走至入口，拉開房門，對外面侍立的貼身男僕理查德森道：

「我習慣在這個時間午睡三刻鐘，不要讓任何人打擾我。」

「好的，先生。」理查德森謙卑地回應道。

他是一個混血私生子，父親是魯恩人，一個莊園的管事，母親是東拜朗當地人，那個莊園的奴隸。他出生以後，飽受歧視和欺凌，養成了懦弱服從的性格，因為外表相當不錯，適合接待客人，被那個莊園的主人挑選為男僕，帶到了貝克蘭德。

等到魯恩王國上下兩院通過了廢除奴隸制的法案，他慘遭失業，只好向「大都市幫助家庭僕人協會」請求援助。

在克萊恩之前，他服務過兩個家庭，犯了些錯誤，也積累了不少經驗，被管家瓦爾特看中，成為了道恩．唐泰斯的貼身男僕。

看了眼身材挺拔，與自己現在差不多高的理查德森，克萊恩微不可見地搖了搖頭，在心裡感嘆了一句：

「這種外形上可以當明星的傢伙，在這個年代竟然只能做個僕人，而且明明長得那麼高大，卻膽小懦弱。」

「不過，這也算是優點，聽話，沉默，服從，主人吩咐什麼就做什麼，絕對不自作主張……如果我只有一個貼身男僕，需要他處理各種事務，那理查德森肯定不合格，但是，我還有瓦爾特管家，還有那麼多僕人，剩下的事情，以他的經驗和能力，足夠應付了。」

沒有多說，克萊恩關門反鎖，回到安樂椅旁，逆走四步，進入了灰霧之上。

他坐至屬於「愚者」的位置，將手一招，讓那個通體焦黑的「月亮木偶」飛了過來，落到面前。經過反覆的審視，克萊恩沒找到特異的地方，於是具現出紙筆，書寫下占卜語句。

「它的來歷。」

放下鋼筆，克萊恩等待了幾秒才拿起紙張，向後靠住椅背。

嗯，靈性直覺沒有阻止我占卜，這說明「月亮木偶」潛藏的危險沒有玫瑰學派的非凡特性大……克萊恩嘀咕了一句，熟練地低念起占卜語句。

灰濛濛的天地裡，他看見了一個插著一圈火把的祭臺。

祭臺上鋪著疑似人皮的事物，到處都是血淋淋的痕跡，中央擺放著三根蠟燭和幾個細長如同木樁的人偶。

這些小型木偶眼睛彎彎，嘴巴彎彎，似乎對應著天空緋紅的新月。

所以，它們始終掛著詭異的笑容，身上則鑲嵌滿枯草與乾花。

一位穿著暗紅長袍的祭司正腳步用力地繞著祭壇轉圈，就像在跳一支癲癇病患者發明的舞蹈。

不知什麼時候，月光匯聚，照在了那些木偶身上，越來越亮，到了最後，那裡彷彿有水波在輕輕晃蕩。

儀式很快進入尾聲，那名祭司拿起一個細長的木偶，走到被綁在旁邊架子上的人類身前，一下將它插入了對方的眼窩。

凄厲的慘叫聲裡，畫面飛快改變，那些眼窩插著「月亮木偶」的死者被規律地埋葬在了一片地方。

場景開始跳躍式發展，每當滿月和血月的時候，輝芒就會灑落在那片墓葬之地，水一樣滲透進去，周圍黑暗而深沉。

克萊恩睜開眼睛，調整了一下坐姿，大致明白了「月亮木偶」的來歷：它們源於一場向「原始月亮」祈求的儀式，長達幾百年的儀式！

這幾百年裡，它們吸收著紅月的力量，一點點變異，直到被某些殖民者挖掘出來。

它們平常不會有什麼古怪的地方，只有「原始月亮」的信徒用正確的辦法才能開啟，至於效果是什麼，克萊恩並不清楚。

從某種意義上來講，這些木偶相當於「原始月亮」的神恩者……昨晚被我劈死一個後，那邪神就憤怒了，於是有了血月？克萊恩手指輕敲斑駁長桌邊緣，有了初步的判斷。

嗯，「原始月亮」的怒火直接改變月象，表現為血月……如果這個猜測是對的，那就說明在紅月這個領域，女神是不如「原始月亮」的，甚至可能只是占了一個名號，執掌著一件「〇」級封印物……克萊恩小幅度點頭，嘗試起占卜「月亮木偶」的弱點。

這一次，他看見了陽光，看見了閃電。

也就是說，「太陽」領域的非凡能力和「風暴」領域的閃電，最適合對付它……

克萊恩一邊解讀啟示的內容，一邊將「月亮木偶」丟入雜物堆裡，返回了現實世界。

一個小時後，衣著筆挺的瓦爾特戴著白手套敲門進入房間，行了一禮道：「先生，我接下來將印製一些您的名片，和小禮物一起，送到周圍鄰居的手裡。」

「他們會觀察幾天，確認您的情況，如果願意接納您，就會回禮，並邀請您去做客。您的名片需要添加什麼頭銜？」

頭銜……不屬於這個時代的愚者？

克萊恩暗自吐槽了一句，微笑回應道：「來自迪西的商人道恩．唐泰斯就足夠了。」

瓦爾特點了一下頭，轉而說道：「根據您的意圖，我將立刻給您安排禮儀課，重點是跳舞，我會請一位專業的家庭教師過來。」

翻看過不少雜誌的克萊恩知道自己想要進入的圈子多有舞會，對管家瓦爾特的建議不覺意外，點頭說道：「好。」

說完，他側頭對貼身男僕理查德森道：「準備馬車，我要去聖賽繆爾教堂。」

克萊恩記得很清楚，自己的主要目的是扮演黑夜女神的虔誠信徒，接觸相應的神職人員，從而找到混入查尼斯門的機會，所以，打算有空就去教堂做個祈禱，展現誠意，混個臉熟。

「是，先生。」理查德森恭敬回答道。

沒過多久，穿上外套戴好禮帽的克萊恩就登上了租來的豪華四輪轎式馬車，邊欣賞沿途的風景，邊品著放有檸檬片的紅茶。

其實，在車廂內有一個小吧檯，裡面放著管家瓦爾特預備的金朗齊、凜冬黑蘭德等蒸餾酒和各種源於因蒂斯的紅白葡萄酒。

不過克萊恩並不怎麼愛喝酒，身為一名非凡者，他也不喜歡那種醉醺醺的感覺，這容易讓他聯想起失控，所以，用去教堂不能喝酒為藉口，吩咐貼身男僕理查德森預先準備了一壺侯爵紅茶。

「如果可以，其實我更想要一杯甜冰茶，這是南方的味道。」克萊恩半開玩笑地對理查德森說道。

「我下次會預備的。」理查德森當即回應道。

克萊恩笑著搖了搖頭：「不，不用，這不夠體面。等我和這裡的鄰居們熟悉了，會舉行一場有迪西特色的宴會，到時候再準備甜冰茶，呵呵，我想他們的孩子應該很喜歡。」

理查德森見自己理解錯了雇主的意思，忙略顯緊張地開口道：「我會記住的。」

從伯克倫德街一百六十號到佩斯菲爾街的聖賽繆爾教堂，步行只需要二十分鐘左右，如果不是為了體面且已經租了馬車雇了車夫，克萊恩更願意走過去，消化食物，強身健體。

很快，馬車停到了教堂外面的廣場邊緣，克萊恩拿著鑲金手杖，走了下去，駐足觀賞了一陣白鴿們的舞蹈。

進入教堂，來到大祈禱廳，他將禮帽和手杖交給理查德森，自己找了個靠近過道的位置坐下，埋低腦袋，交握雙手，認真而安靜地開始祈禱。

理查德森坐至他的側後方，放好各種物品，瞄了眼聖壇上的黑暗聖徽，也跟著閉上了眼睛。

安寧靜謐的氣氛裡，克萊恩覺得自己的靈性出現了輕微的發散現象，對此並不詫異，因為在教堂內祈禱的信眾，都會有類似的遭遇——帶著虔誠信念的少量靈性一點一滴匯聚，為地底的查尼斯門封印提供著力量。

不知過了多久，他靈感突有觸動，悄然睜開眼睛，隱蔽地看向了斜前方。

那裡站著位穿神職人員黑色長袍的老者，頭髮稀疏，顏色如霜，臉龐蒼白得像是死人。

遠遠望去，他氣息陰冷，表情缺乏，與大祈禱廳內昏暗微光的環境有某種程度上的交融。

內部看守者……

克萊恩只是掃了一眼，就做出判斷，重新閉目祈禱，當然，他已記住了對方的容貌特點：大鼻子，灰藍色眼睛，臉部皮膚鬆弛，未留有鬍鬚。

那位神職人員打扮的老者此時也坐了下來，專心致志地向女神禱告，整個祈禱廳內，只前方牆壁的上方有幾個孔洞，照入純淨的光芒，像璀璨的星辰一樣，讓黑暗的環境顯得柔和與神聖。

時間一分一秒過去，克萊恩靈感又一次被觸動。

他小心睜開眼睛，看見那位穿黑色長袍的內部看守者離開座位，進入了側方的通道。

那裡應該是通往教堂後方的……內部看守者們都住在教堂內？他們沒有親人沒有家庭沒有自己的住所？從他們的狀態來看，這似乎也不算太意外，而且看守查尼斯門內部的人，接受主教們的監管，也是正常的措施……這意味著我確實得與聖賽繆爾教堂的主教牧師們變成朋友，獲得自由出入教堂後方的機會……

克萊恩沒有多瞧，閉上雙眼，思考著種種問題。

又過了好一陣子，他緩慢起身，走向聖壇，站到奉獻箱前方，拿出五十鎊現金，虔誠地投了進去。

這讓今日值守的主教和牧師都望了過來，目光變得友善，記住了他的模樣。

完成這一切，克萊恩對幾位神職人員輕輕頷首，轉身沿過道走向了出口，理查德森拿著他的帽子和手杖，緊隨於後。

出了大祈禱廳，他行於一幅幅精美壁畫和穿透高處彩色玻璃的光芒中，往大門位置走去。

就在這時，那裡進來了幾道人影，為首者是個兩鬢頭髮深長，五官輪廓柔和的中年男子，他穿著黑色風衣，沒戴手套，也未拿手杖。

這位男士的左後方是個同樣穿黑色風衣的年輕男子，他墨發綠瞳，長相英俊，就是髮型顯得有些隨意，像是早上起床後沒進行過仔細梳理一樣。

他的樣子，他的身影，克萊恩都異常熟悉，可又有一種幾年十幾年未見的錯覺：倫納德．米切爾！

克萊恩眸光縮了一下，腳底沒有絲毫的停頓，保持著之前的步頻與步幅，迎向了那幾位穿黑色風衣的「值夜者」。

是的，克萊恩確認他們是「值夜者」！

相遇之時，他隨意地掃了倫納德等人一眼，然後越過他們，走向大門。

大門敞開著，外面層雲稀薄，陽光純粹，白鴿飛舞。

倫納德．米切爾也無所事事般望了路過的信眾們一眼，收回目光，嘆息說道：「希望這次能在貝克蘭德多待幾天，好好休息一陣。這次的案子不僅危險刺激，而且必須時刻繃緊精神。」

他們這組「紅手套」剛破獲了一起披人皮的惡魔事件，抓捕到了其中兩個目標。

這表面看似輕鬆，實際一點也不簡單，他們經歷了不少挫折和反撲才艱難完成任務，每位隊員不僅身累，而且心疲。

隊長索斯特搖頭笑道：「這就是我們『紅手套』的生活，你選擇加入的時候，就應該知道會這樣。不過，祝賀你，這次能晉升『安魂師』了。」

倫納德．米切爾撇嘴笑道：「這比我想像得慢。還有，索斯特隊長你終於到序列五了。」

「這並不是教會的問題，如果我能很好地承受，五年前就可以成為『靈巫』了。」索斯特收起笑容，走向大祈禱廳道，「去向女神禱告吧，這能有效消除你們的心理壓力，恢復精神狀態。」

說話間，這組「紅手套」進入了昏暗寧靜的大廳，各自找了個位置坐下。

倫納德正要專心祈禱，忽然聽見腦海內有道略顯蒼老的嗓音響起：「剛才那個人有點問題。」

「誰？」倫納德埋下腦袋，壓著嗓音問道。

那略顯蒼老的嗓音回答道：「你們在門口遇見的那幾個人之一，我寄居於你體內，實力也未恢復，沒辦法看得太清楚。」

倫納德回憶了一下，低聲問道：「什麼問題？」

「他身上有古老的氣息。」倫納德腦海內的嗓音簡單說道。

「一位活了很久的非凡者？」倫納德嘀咕道，「我會試著查一查的。」

與此同時，他在心裡想道：老頭肯定有隱瞞一些情況，他很少這麼主動地提醒我誰有問題，卻又說得含糊不清……等找到了目標，確認暫時沒有危害，就先放著不管，免得因此捲入第四紀那些不死怪物的爭鬥裡……如果那位真會帶來災難，就直接向大主教彙報……

喬伍德區，一棟房屋內。

「這是之前借妳的錢。」佛爾思將兩百二十鎊欠款遞給了休。

她已經收到來自「月亮」先生的一百鎊和源於「隱者」女士的五百鎊。

休．迪爾查抓了一下自己雜亂不夠柔順的金髮，看了看錢，又抬頭看了看佛爾思，脫口問道：「妳真的參與非法賭博了？我必須告訴妳，這種賭博肯定是圈套和陷阱，讓妳贏錢只是為了讓妳輸得更多！雖然妳是戲法大師，有機會欺瞞過他們，但類似的賭局很可能藏著別的非凡者！」

「停、停、停！」佛爾思按下雙手，好氣又好笑地說道，「我看起來像是那種會參與非法賭博的人嗎？」

「像！」休毫不猶豫回答道，「如果不是我阻止，妳甚至不會單純地吸菸，妳還想抽大麻！」

那是因為滿月囈語帶來的痛苦讓我尋求麻痺，現在不會這樣了……

佛爾思沒和休爭辯，直接解釋道：「我在一個非凡者聚會裡賣了我擁有的神祕學知識，呵呵，那位很有慷慨，出價幾百鎊。」

「這樣啊……」休瞬間將剛才的問題拋到腦後，轉而說道，「東區最近出現了一個新的非凡者聚會，我被邀請了。」

「新的非凡者聚會？」佛爾思先是一愣，旋即有些期待。

根據她老師多里安．格雷和「愚者」先生的一些話語，她知道路易斯．維恩是極光會的神使，這次來貝克蘭德，很可能是頂替之前失蹤的A先生，重建這座大都市內的極光會勢力，所以，他有不小的可能喬裝打扮，弄一個新的非凡者聚會出來。

佛爾思想了想，狀似無意地對休道：「妳要參加嗎？」

「當然，我得準備『審訊者』的魔藥配方了。」休非常果決地回答道。

佛爾思點了一下頭，捂嘴打了個哈欠道：「妳有資格邀請新成員的時候，記得帶我一起去。」

第六章

魯恩式含蓄

深夜，平斯特街七號，倫納德．米切爾坐至椅上，抬起雙腳，伸到書桌位置，擱在了邊緣。

接著，他向後一靠，壓得木頭連接處吱嘎作響，呼吸逐漸變得悠長。

不知過了多久，他的眼皮耷拉了下來，遮住了眸子。

這個時候，倫納德的靈已來到了一片灰濛濛的世界，但所處的地方依舊是自己的臥室。他飛到窗邊，看見濃郁的灰霧籠罩了附近的街區，並一直延伸往外，似乎要囊括整個貝克蘭德。

街道旁邊的煤氣路燈，不同房屋內的溫暖火光，此時都顯得異常黯淡，只能照亮周圍很小的區域，並染上了些許朦朧。

與此同時，一團團虛幻的橢圓形光球或藏或現，交錯著籠罩了一處處房屋，似乎是它們存在的源泉。

這就是「夢魘」眼中的城市。

倫納德按照之前調查到的情況，以「夢魘」形態躍出窗戶，飛向了喬伍德區明斯克街十七號。

他沒直接闖入，在濃郁的霧氣裡落到對方門口，禮貌地拉響了門鈴。

「布穀」「布穀」的聲音裡，穿著睡裙的斯塔琳．薩默爾打開了大門。

她邊將鑲銀的宮廷羽毛扇擋在胸口，邊又迷糊又疑惑地問道：「你找哪位？」

她正是克萊恩扮演夏洛克．莫里亞蒂時的房東，是位三十歲左右的金髮藍眼女士。

倫納德此時已換上了黑白格的魯恩警察制服，隨意出示了一下證件道：「妳認識夏洛克．莫里亞蒂嗎？」

因在夢中，斯塔琳反應很慢，過了好幾秒才道：「他出了什麼事情嗎？」

她反問的同時，在倫納德的影響下，於旁邊自然地具現出了心目中的夏洛克．莫里亞蒂：戴一頂半高絲綢禮帽，穿雙排扣長禮服，鼻梁上架著金邊眼鏡，嘴邊長了一圈的鬍鬚……

這與倫納德之前得到的夏洛克．莫里亞蒂長相一致，故此沒有懷疑，直接說道：「他捲入了一起案件，正在接受調查。希望妳能配合我們的工作。」

「好、好的。」斯塔琳本想抬起下巴，可不知為什麼又有點恐懼。

倫納德想了一秒道：「他什麼時候租的房子？」

「去年九月初。」斯塔琳回憶了一下道。

倫納德繼續問道：「妳對他有什麼了解？或者說，在妳心裡，他是什麼樣的人？」

提及這個，斯塔琳像是早就考慮過答案一樣道：「他來自間海郡，有那邊的口音，是一個很有能力的偵探，曾經幫助瑪麗解決她丈夫偷情的事情，不過，他的收入並不高，甚至請不起全職的雜活女僕，只能讓我的女僕兼職幫忙……我的孩子告訴我，他是個很會講故事的人，尤其擅長偵探方面的故事，這或許是他選擇那個行業的原因……」

沒給倫納德打斷的機會，她滔滔不絕地繼續說道：「他不像一般的偵探那麼粗魯，讀過文法學校，學過歷史，最讓人羨慕的一點是，得到瑪麗的感謝，加入了克拉格俱樂部，那裡都是很有身分的人，我曾經去過幾次……後來他好像在偵探圈子裡出名了，經常有私家偵探來找他……」

倫納德聽得有些不耐煩，忍不住抬手揉了一下額角。

從斯塔琳太太這裡，他沒能得到什麼有用的資訊，除了夏洛克．莫里亞蒂經濟狀況不是太好且擅於講偵探故事這兩點，其餘都在他之前調查出來的情報範圍內，他甚至還知道夏洛克．莫里亞蒂與艾辛格．斯坦頓關係不錯。

接下來從克拉格俱樂部內和夏洛克．莫里亞蒂關係較好的幾位查起……耐著性子聽完斯塔琳太太的嘮叨，倫納德當即感謝對方，離開了她的夢境。

伯克倫德街一百六十號，道恩．唐泰斯的府邸內，可供上百個客人跳舞的大廳內，克萊恩正擁著一位三十多歲的女士翩翩起舞。

這是瓦爾特找來的禮儀教師，叫做瓦哈娜．海森。

她有著常見的女性名字，本人卻並不普通，五官明明只中等偏上，但極有氣質，一舉一動都很有韻味。

據瓦爾特介紹，她出生男爵家庭，自幼受到良好的教育，後來進入宮廷，擔任女官，直到結婚。因為家族已敗落，丈夫經濟狀況也一般，信仰黑夜女神的她選擇成為禮儀方面的家庭教師，經常出入不同的貴族或富豪家庭，教導他們的孩子。

雖然管家沒有明說，但克萊恩知道在這位女士面前不能表現得太差，否則風評就基本沒救了。

——貴族，富豪，和其他上流社會人士打聽一個人情況的重要途徑之一就是通過共同的熟人。而某些時候，僕人間的交往也有這方面的意味。

腳步輕移，身體晃動，黑髮輕挽的瓦哈娜讚許地點了下頭：「唐泰斯先生，真的很難想像你之前並沒有學過這種舞步。不到兩刻鐘，你就熟練得像是從小接受過類似教育的貴族。」

「是妳教導得好。」克萊恩謙虛一笑，表情溫和，不見張揚。

有著「小丑」的平衡協調能力，跳舞對他來說，是一件非常簡單的事情。
瓦哈娜低下頭，輕笑了一聲道：「你是一位很能讓女士高興的紳士。」
她淺棕色的眸子隨即抬起，掃過了道恩．唐泰斯摻雜銀絲的鬢角和幽邃的藍眸。
「這是我今天聽到的最好的讚美。」克萊恩笑著回應的同時，腳步沒有停頓，帶著瓦哈娜輕巧地轉了個圈，不遠處，請來的樂隊讓優美的旋律繼續迴盪於大廳內。
他有心與瓦哈娜熟悉，並不只是提升風評，還因為對方擔任過宮廷女官。
瓦哈娜糾正了道恩．唐泰斯一個微小的錯誤後道：「邀請女士跳舞，並不僅僅只是跳舞，還要有必須的交談，不能像是兩個人偶，除非你們都沉浸於音樂沉浸於舞蹈的節奏裡不想說話，當然，這也是一種溝通，心靈的溝通。」
「交談的時候，一定要含蓄，這裡是魯恩，不是因蒂斯。簡單來說就是，不要直接不要粗魯，讓自己顯得有風度。」
「我舉個例子，如果你想讚美女士的香水，不能直接說味道多麼好聞，也不能問是哪種香水並給予讚美，你要聯想到更含蓄的意蘊，側面提上一句，嗯，你可以這麼說：我好像來到了春天的郊外。當然，這必須符合香水的特點。」
沒有文學感，不是應該說「今夜月色真美」嗎？
克萊恩用日式含蓄梗腹誹一句，自嘲一笑道：「謝謝妳剛才沒說我的那些讚美不夠有風度。」
瓦哈娜的笑容一下變深，說道：「唐泰斯先生，你知道社交場合很受女性歡迎的紳士是什麼樣的嗎？」

「不知道。」克萊恩坦然搖頭。

瓦哈娜笑容不減地說道：「第二受歡迎的是讓女士覺得他很聰明的男性。」

「第一呢？」克萊恩配合問道。

瓦哈娜瞄了他一眼道：「第一受歡迎的是讓女士覺得自己很聰明的男性。」

說到這裡，她笑了笑，沒有再開口，克萊恩則一下明白了她暗藏的稱讚。

這就是魯恩式的含蓄啊……不像是因蒂斯那邊，都奔著下半身去的……嗯，這都是報紙雜誌上的報導，真實的因蒂斯社交場是什麼樣子，無法據此確定，反正兩國總是互相詆毀……大帝的時代，倒是很符合那種描述……

克萊恩有所恍然地點了點頭。

兩個小時的禮儀課程就在這樣融洽的氛圍裡來到了尾聲，克萊恩帶著管家瓦爾特、貼身男僕理查德森將瓦哈娜．海森老師送到門口，給了她一件小禮物。

那是德里姆公司的「月光」香水，裡面摻雜著灰琥珀，價格相當昂貴。

至於具體是多少，克萊恩並不清楚，因為是管家瓦爾特負責買的，支出從女管家那裡走，等到那一千鎊花得差不多了，需要新的資金時，塔內婭才會拿著票據和表單找他審核。

克萊恩之所以知道是哪家公司，什麼香水，是因為管家先生提前有告訴他，免得瓦哈娜女士問起時，他什麼都不清楚，顯得不夠有誠意。

從這些細節，他深刻領會到了一位好管家的作用。

看起來滿意的瓦哈娜．海森女士離開，克萊恩忍住了揉額角的衝動，由衷地在心裡感嘆：「這比和非凡者戰鬥還累，必須時刻注意動作，斟酌說辭……我必須得休息一下了。」

就在這時，戴著白手套的瓦爾特上前一步道：「先生，既然您在禮儀學習上的進展很快，那就可以將其餘的課程提前了。」

「什麼課程？」克萊恩一陣頭痛。

「歷史，國際政治，哲學，音樂，以及高爾夫、賽馬、狩獵等運動的常識……」瓦爾特一絲不苟地回答道。

「哲學？」克萊恩略感愕然地反問道。

瓦爾特點了一下頭道：「這是上流社會最容易談起的話題之一，不需要您有非常深入的研究，但至少要知道別人在討論什麼，知道實用主義哲學的源頭是孔西索、馬雷德和帕特森，不是羅塞爾大帝，知道提出『人生來自由』的是盧爾彌。」

「許多富豪初次進入上流社會時，總是容易在這方面犯錯，他們習慣於將不知道的話語不知道的哲學思想推給羅塞爾大帝。」

克萊恩被說得越來越頭痛，強行笑道：「我最近沒什麼事情，除了午睡和去教堂，你可以將課程安排在任何時候。」

一個幽暗的房間內，信封漂了起來，自行打開，抖出了紙張。

莎倫戴著小巧軟帽的身影勾勒於旁邊，拿住信紙，認真看了一遍。

她旋即書寫回信，布置儀式，開始召喚夏洛克·莫里亞蒂的信使。

這個過程裡，她沒有忘記放上一枚金幣。

很快，莎倫念完了咒文，看見燭火膨脹，染上陰綠。

蕾妮特．緹尼科爾提著四個金髮紅眼腦袋的身影隨之鑽出燭火，來到了莎倫的面前。

莎倫目光一滯，人偶般的臉龐突然有了強烈的情緒變化。

她脫口而出道：「老師！妳不是已經……」

伯克倫德街一百六十號，採光極佳的書房內。

這裡書架成排，收藏眾多，一眼望去就像是進了私人圖書館。

克萊恩正坐在一張高背椅上，看著今日份的報紙，發現無論《塔索克報》，還是《貝克蘭德日報》，顯眼位置都多了條廣告——轉讓貝克蘭德腳踏車公司百分之十股份的。

斯坦頓先生做事還是挺俐落的嘛，這才幾天就完成了財務調查和價值評估……

克萊恩剛暗自感慨了一聲，靈感突有觸動。

他快速開啟靈視，看見信使小姐蕾妮特．緹尼科爾從虛空內走了出來，手裡依舊提著那四個金髮紅眼的腦袋，其中一個有咬著一封信。

應該是莎倫小姐的回信吧……

克萊恩一邊想著，一邊伸手接過，並輕輕頷首道：「謝謝。」

說話的同時，他下意識望了眼書房門口，因為外面值守著貼身男僕理查德森。

拆掉信封，攤開紙張，克萊恩快速瀏覽了一眼，確認書信的主人就是莎倫小姐，她表示目前沒有購買「生物毒素瓶」的想法，等過一段時間，如果這件神奇物品還在，或許會考慮。

這是財政狀況不夠寬裕？或者在存錢做更重要的事情？

克萊恩隨意思考了一下，直覺地認為是後面那種可能，因為那位叫做扎特溫的半神不可能一直逗留在貝克蘭德，莎倫和馬里奇算是初步擺脫了玫瑰學派的追捕，以他們的非凡實力和序列特點，環境寬鬆的情況下，弄錢還是較為簡單的，而且，他們似乎控制著「勇敢者酒吧」的黑市軍火交易，充當著伊恩背後的支持者，僅是這一條線，就能賺不少。

想著想著，克萊恩抬起了腦袋，看見信使小姐四對八隻紅色眼睛正沒有轉動地盯著自己。

他嚇了一跳，以為對方要催促還債，清了清喉嚨道：「不需要回信。這周之內，會支付第一筆欠款。」

蕾妮特・緹尼科爾的四個腦袋依次開口，說道：「不用……」「著急……」「沒有……」「利息……」

信使小姐還是挺好的啊……

克萊恩感嘆之中，蕾妮特・緹尼科爾的身影消失在了原地，回到了靈界深處。

燒掉信紙，休息了兩刻鐘，他走到門口，吩咐理查德森準備馬車。

他打算在下午的哲學課前去一次教堂。

沿途順利，只喝了幾口紅茶的克萊恩很快來到了聖賽繆爾教堂外的廣場。

欣賞了一陣白鴿帶來的安寧感後，他邁步越過教堂大門，進入祈禱大廳，隨意找了個位置坐下，理查德森則和上次一樣，抱著雇主的帽子和手杖，坐於斜後方。

思緒放空的祈禱裡，克萊恩靈感又有觸動，本能睜開眼睛，望向左側。

他隨即看見了墨發綠瞳的倫納德．米切爾。

這位「值夜者」沒穿風衣，一件未扎入腰帶的白襯衫配直筒褲和黑馬甲，風格非常隨意。

見那位鬢角染霜的中年紳士望了過來，他含笑點了一下頭，收回目光，閉上眼眸，假裝祈禱。

他不擔心對方會發現自己在打量他，因為他只是掃了一眼，沒有多餘的動作，剛才不少信徒也有類似的舉止。

一位長得不錯很有氣質的紳士進入這裡，難免會受到一定程度的矚目，倫納德．米切爾自己就經常被別人這麼注視，對此深有體會。

這個時候，他的腦海內，略顯蒼老的嗓音響了起來：「就是他。」

呵，沒有辜負我昨天和今天一直往教堂跑的努力……

倫納德略顯得意地想道，表面卻不動聲色。

克萊恩同樣在假裝祈禱，思考心裡泛起的疑惑：「倫納德這傢伙什麼時候如此虔誠了？雖然他肯定比我虔誠，但絕對不是每天都進教堂的那種，一周，甚至兩周，才那麼一次……」

「他是有目的來的？他剛才似乎在打量我……」

想到這裡，克萊恩突然有所明悟：「他體內的老爺爺是索羅亞斯德家族的天使，也就是『偷盜者』途徑的天使……」

「『瀆神者』阿蒙是這條途徑的天使之王，祂能發現灰霧，甚至想入侵進去……所以，倫納德體內的老爺爺有極大可能已察覺到我身上的灰霧力量或者說痕跡！」

有了這樣的判斷後，克萊恩一顆心頓時提了起來，似乎周圍已布滿了危險的陷阱。

他保持著禱告的動作不變，眼皮底下的眸子也未出現轉動，整個人平靜內斂，與教堂內部的氛圍完全一致。

不知過了多久，他緩慢起身，走向聖壇，來到了奉獻箱前，將總計五十鎊的鈔票投了進去。

接著，他與之前一樣，含笑對今日負責的主教和牧師點了一下頭，得到了相當友善的回應。

一路走出聖賽繆爾教堂，克萊恩從理查德森手裡接過帽子，於廣場處餵了十來分鐘的白鴿。

而他的後面，陸續有禱告完的信徒出來，包括倫納德．米切爾。

克萊恩沒有打量正門位置，悠閒地拍了一下手掌，拿過鑲金手杖，走向了停在附近的四輪轎式馬車。

倫納德同樣在廣場處投餵白鴿，看著目標登上馬車離開，卻毫無跟蹤的想法。

既然對方有古老的氣息，得到了體內寄居者的重視，他當然不敢疏忽大意，不敢採取直接的行動，那會非常危險。

他準備先清查外圍，蒐集必要的情報。

到時候看老頭怎麼說……而且現在也不是沒有調查的方向，那種高檔馬車，在整個貝克蘭德，數量都相當有限，無論自己家的，還是租來的，都很容易確定源頭，然後我就能知道那位先生的身分和來歷了……倫納德望著白鴿，悠然想道。

他是一位有著豐富經驗的「值夜者」，更是「值夜者」裡的精英「紅手套」！

就在這時，一隻白鴿撲棱著翅膀飛了過來，嘴裡似乎叼有一張紙條。

倫納德皺眉伸出左掌，看著那隻白鴿降低高度，將紙條丟了下來，然後搧動翅膀，再次飛起。

抬手握住那張紙條，倫納德又警惕又疑惑地將它展開，看見上面只得兩個單字：「索羅亞斯德；寄生者。」

這……倫納德的瞳孔霍然收縮，只覺全身的汗毛都立了起來，情緒在瞬間有爆炸的傾向。

那位紳士看穿了我的祕密？不愧是有古老氣息的人！他或許真是第四紀殘餘下來的不死怪物之一！他這是在警告我？讓我不要插手他的事情，甚至不要靠近他？

此時此刻，再回想那位鬢角發白藍眸深邃的中年紳士，倫納德．米切爾只覺對方一舉一動間都帶著強烈的威懾感，讓人不敢直視，不敢靠近。

他頓時失去了調查對方的想法，看著白鴿同時落下，壓低嗓音道：「老頭，那位或許是你的老朋友。如果想調查什麼，還是等你實力恢復得差不多之後吧。」

「老朋友……」

那略顯蒼老的嗓音重複起這兩個單字，似乎有著一定的疑惑，卻不敢確定什麼。

倫納德很快收斂住了情緒，輕笑了一聲道：「原來你是索羅亞斯德家族的人……」

這時，不到一百公尺外，佩斯菲爾街與其他街道交叉的路口。

黑髮摻雜著些許銀絲的道恩．唐泰斯向後靠住廂壁，緩慢合攏了眼睛，讓線條分明的五官輪廓藏到了車內陰影裡。

他的貼身男僕理查德森側方，一位穿暗紅外套戴陳舊三角帽的中年男子虛幻浮現，向著主人行了一禮，然後消失不見，未驚動任何人。

馬車緩慢轉向，廣場位置，一群白鴿嘩得飛了起來。

回到家中，進入那個有大陽臺的房間，沿途沉默的克萊恩才無聲嘆了口氣。

如果倫納德在那位老爺爺的蠱惑下，不接受警告，他就要再寫一張紙條過去，內容是：「我知道『瀆神者』阿蒙在哪裡」。

言外之意就是，再來打亂我的事情，我就告訴「瀆神者」阿蒙，這裡有一位索羅亞斯德家族的天使。

這並不會讓那位老爺爺覺得道恩·唐泰斯虛弱，必須靠別人才能對抗他，更接近一種警告不超過三次的禮貌和對一位天使的尊重。

若兩次警告知後還不收斂，那辦法就不只是通知「瀆神者」阿蒙了。

嗯，很高機率能震懾住他們，那位老爺爺選擇淺層面的寄生肯定有別的圖謀或難處，應該也不願意被我掀掉牌桌……呵呵，這事還得謝謝「魔鏡」阿羅德斯，如果不是預先知道倫納德體內有個「偷盜者」天使，我肯定發現不了自己已經被盯上，更別說用合適的措辭和辦法警告他們了……

克萊恩心情較為平靜地想道，已沒有了之前那種緊張和慌亂。

他放鬆之中，房門咚咚咚被敲響，貼身男僕理查德森道：「先生，管家找您。」

「請他進來。」克萊恩轉身離開大陽臺，回到了半開放的房間內。

戴著白手套的瓦爾特開門進來道：「先生，您的哲學老師哈米德先生到了。」

哲學課……

克萊恩頭痛地揉了一下額角。

他之前有聽瓦爾特說過，哈米德先生是風暴之主的信徒，著名學者盧爾彌也是，魯恩王國很大一部分哲學家同樣是。

這讓他相當詫異，因為在他心裡風暴信徒等於暴躁老哥。

看來得改變呆板不夠客觀的印象了……呵，成為哲學家的前提條件是，找不到妻子，或者家庭關係不和睦？

克萊恩吐槽的同時，邊整理衣物，走向門口，邊對管家瓦爾特道：「好的，我現在就過去。」

一堂哲學課結束後，克萊恩有種自己已經三天三夜沒睡覺的感覺，滿腦子都是懷疑主義、形上學、先驗後驗、唯名論唯實論、社會羅塞爾主義、存在主義、實證主義等名稱和概念。

如果不是原身學歷史的時候，有附帶了解一些哲學知識，他甚至懷疑自己能不能完整地撐過一堂課。

這可不比他在地球讀大學那會的非一對一教育，聽不懂還能睡個覺發下呆或者看小說玩手機。

「倒是哈米德先生和我想像得不太一樣，風趣，爽朗，外向，講課不枯燥，既不像哲學老師，也沒有『風暴之主』信徒們常常持有的那些觀念……」克萊恩抬手揉了一下額角，轉身離開門口，走向大廳深處的樓梯，一路返回第三層，他的貼身男僕理查德森則沉默地跟在側後。

這個過程裡，他發現男僕女傭們都在忙碌著自己的事情，沒一個偷懶，只有自己這位雇主經過時，才會停頓下來，行禮問好，顯得很有教養。

塔內婭在家庭內部事務的安排和管理上，還是很有能力的……

克萊恩踏足三樓過道，走向了半開放的那個房間。

還未入內，克萊恩就看見管家瓦爾特正在將兩支雙管獵槍掛到牆上，讓裡面多了點粗獷豪邁的感覺。

這是每一位富商家裡都會有的布置，「狩獵證」非常好申請，雙管獵槍的威力也不小，足以讓家裡的男僕女傭們對付潛入的盜賊甚至綁架犯。

掛好之後，瓦爾特退後兩步，審視了獵槍幾眼，從衣物內側口袋裡掏出了一個金殼懷表。

「啪！」

他按開懷表，看向蓋子內側，嚴肅古板的臉龐明顯柔和了幾分。

克萊恩輕咳了一聲以提醒管家先生，然後推開半掩的房門，走了進去。

瓦爾特將懷表合攏，放回原位，側身行禮道：「先生，一共辦下來六張『狩獵證』，買了六枝雙管獵槍和相應的霰彈。」

克萊恩腋下正藏著「喪鐘」左輪，對此並不是太在意，僅點了一下頭，表示知道了。

他隨即露出溫和的笑容，閒聊般問道：「我之前看『幫助家庭僕人協會』的資料時，注意到瓦爾特你似乎已經有妻子和孩子？」

管家，或者說總管家，是雇主的副手，是很多事情都無法繞開的心腹，所以，與管家聯絡感情是每一位雇主都會做的事情，克萊恩也不想例外。

而且，他還記得「魔鏡」阿羅德斯說過，管家瓦爾特先生身上會有額外的展開。

瓦爾特一本正經地回應道：「是的，我在康納德子爵家做莊園僕人的時候，因某些事務的需要，與一位女士經常接觸，產生了感情，隨後在女神的注視下，步入了婚姻的殿堂，有了一個女兒，她現在就讀於一所文法學校，希望能通過貝克蘭德大學的入學考試，不過這是兩年後才用考慮的事情……」

提及妻子女兒時，這位不苟言笑的管家先生語氣不自覺就變得舒緩。

——在當前，所有的教會都在強調重視家庭，以對抗技術進步時代潮流帶來的生活壓力和精神問題，唯一有區別的地方在於，不同教會的側重點不同，黑夜是男女平等家庭互助，風暴是男士忙碌於外，女性打理家庭，做前者的支撐天使，蒸汽是多學技術多勞動，各有擅長，彼此互補。

克萊恩聽得莫名感慨，轉而說道：「塔內婭女士似乎還是單身？」

「是的。」瓦爾特的表情重歸嚴肅道，「現代社會，男僕和女傭依舊是不夠平等的，這不是指薪水，女管家與男管家、管家助手屬於同一個層次，都有二十五到五十鎊年薪，而是更深層次的理念和想法，是教會致力於改變，但充滿阻撓的部分，畢竟女神不是魯恩唯一的信仰。」

他頓了頓，補充道：「男僕可以結婚，而女傭如果有了家庭，就意味著失業或者成為最低等的，臨時僱傭的，不需要住在雇主家的洗滌女僕，這一切要到女管家階段才能扭轉，但這並不是年輕沒有經驗的女士能夠勝任的。」

克萊恩沒有繼續這個話題，輕輕頷首，邁步走向了安樂椅位置。

這時，他目光掃過了旁邊茶几上堆放的報紙。

心中一動，克萊恩停下腳步，側過身體，對管家先生道：「我在報紙上看到了一則廣告，關於貝克蘭德腳踏車公司股份轉讓的，你找專業的律師和會計過去諮詢一下，弄清楚具體的情況。」

「呵呵，我對這個行業很感興趣，如果價格適合，考慮買下。」

剛才那個瞬間，克萊恩想到了一個問題，那就是一位攜帶巨款來貝克蘭德尋找更進一步機會的富翁，不可能不關注貝克蘭德腳踏車公司股份的轉讓。

即使「他」看不到這個行業的前景，正常也會找人了解一下，否則不符合人設。

當然，也能順便抬價，讓那百分之十股份賣到更多的錢……嗯，必須記住，單純抬一下就行，不能太貪心，要是抬著抬著砸手裡，就該哭了，那會讓我所有的流動資金全部陷進去，無力維持日常生活的開銷……

克萊恩邊做著美好的幻想，邊在心裡告誡了自己幾句。

「是，先生。」瓦爾特沒有多問，直接應承了下來。

下午四點三十五分，貼身男僕理查德森敲門進入房間，對正悠閒閱讀書籍的道恩．唐泰斯道：「先生，莫里．馬赫特先生和他的夫人莉亞娜女士，以及聖賽繆爾教堂的主教埃萊克特拉先生前來拜訪。」

莫里．馬赫特？那位下院議員？還有，聖賽繆爾教堂的主教怎麼也來了……

克萊恩想了一下，含笑問道：「有這樣的禮節嗎？」

他暫時只上了兩堂禮儀課，知道這個階層間，彼此拜訪不會這麼直接，都是先派管家和僕人上門，遞送邀請函或約定來訪的時間。

理查德森習慣性低頭道：「有。因為管家先生去送名片和禮物時，有告知各位鄰居，您最近一周的下午都在家裡。」

「這種情況下，收到名片的鄰居在打聽好您的情況，觀察了相應的細節後，不僅可以派自己的僕人來邀請您做客，還能於下午四點到五點之間，以外出散步順便路過的姿態，上門做一次半正式的拜訪，嗯，女士會穿相應的散步裝，否則就是不夠得體，而您可以請他們享用下午茶。」

克萊恩邊走向門口，任由理查德森取下外套，給自己穿上，邊隨口問道：「那為什麼還有埃萊克特拉主教？」

這才是他最在意的事情，剛才的問題只是一個鋪墊。

理查德森早有準備般回答道：「埃萊克特拉主教下午在馬赫特議員家裡做客，應該是他們閒聊的過程裡提起了您，臨時決定過來做一次散步拜訪。」

他手上的動作完全沒受說話影響，熟練地幫道恩·唐泰斯整理好了著裝。

克萊恩「嗯」了一聲，等到理查德森上前拉開房門，才走了出去。

很快，他在二樓的小客廳見到了三位來訪者。

莫里·馬赫特是位典型的魯恩紳士，四十來歲，黑髮棕眸，輪廓深刻，髮際線較高，臉型略顯瘦長，曾經服務於軍隊，退伍後投身政壇，從貝克蘭德周邊起步，一路成為了王國下院議員，是黑夜女神的信徒，新黨成員，支持改善大氣環境。

他的夫人莉亞娜出身大律師家庭，為丈夫從政提供了不少資源，同樣是黑夜女神的信徒。

埃萊克特拉穿著雙排扣的神職人員黑袍，外表年齡也就剛四十的樣子，藍眸幽深，臉龐清瘦，五官不算好看，卻讓人莫名地感覺順眼，是克萊恩向奉獻箱投錢時曾見過的一位主教。

看見道恩．唐泰斯入內，莫里．馬赫特上前兩步，輕笑一聲道：「我這幾天一直聽說街區一百六十號搬來了位虔誠的女神信徒，想著一定要拜訪一下，今天剛好散步路過，就冒昧上門了，還請原諒我們的失禮。」

克萊恩露出笑容，在胸口順時針點了四下道：「這種時候，只需要讚美女神。」

「讚美女神！」埃萊克特拉和莉亞娜暗自點頭，跟著在胸口畫了個緋紅之月。

結束寒暄，克萊恩請三位客人各自落座，女僕則及時地送上了紅茶和咖啡——女管家塔內婭之前就已經詢問過對方要喝什麼。

「唐泰斯先生，聽說你是從迪西來的商人，不知道以前在哪個行業？」莫里．馬赫特閒聊般問道，並開了句玩笑，「你這個姓總是讓我聯想到很多。」

這是指羅塞爾大帝某本暢銷小說的主角姓氏。

克萊恩笑了一聲，風趣反問道：「挖到寶藏屬於哪個行業？」

這也是那本暢銷小說的內容。

沒等議員先生他們回應，他說起早就編好的內容：「我曾經擁有自己的礦藏，但你們知道的，這總會有挖完的一天，因礦而生的城市終將因此衰落。」

他暗指自己出生迪西郡的幾個資源型城市，在那些地方，黑幫橫行，隱形富翁眾多，普通人要想調查清楚道恩．唐泰斯的情況，沒有半年以上的時間很難辦到。

埃萊克特拉主教若有所思地點頭道：「所以，你選擇來貝克蘭德尋找新的機會？不知道引領你進入教會的是哪位？」

對於埃萊克特拉主教後面那個問題，克萊恩早有預演過，聞言嘆息道：「是我的父親，一位真正有著智慧的長者，可惜，他已在多年前於一場意外裡去世。」

說這句話的時候，他融入了原主父母亡故時的感受、自己身在異鄉無法回家所積累的情緒和廷根市那段經歷留下的痕跡，語氣看似平淡，帶著些許笑意，卻自有一種哀而不傷雋永不絕的味道潛藏。

「抱歉，他必已進入神國，在女神注視下安眠。」埃萊克特拉主教誠懇說道，並在胸口順時針點了四下，畫了個緋紅之月。

不等道恩．唐泰斯回應，他看著對方，開口邀請道：「後天有一場為亡者舉行的月亮彌撒，以幫助他們沉睡到女神的國度，得到永恆的安寧，不知道你有沒有興趣參與？」

黑夜女神教會的節禮日並不多，最重要的是冬禮日，其次是滿月時的大彌撒，也叫月亮彌撒，之後就是每周周日的正常彌撒和禱告了，不過，不同教區不同大教堂因各自的守護聖徒或天使不同，會有一個屬於自身的特殊節禮日。

「這正是我希望的。」克萊恩起身行禮，由衷說道。

這能讓他充分地接觸聖賽繆爾教堂的牧師和主教們，甚至與教區主教搭上關係，為以後進出教堂某些區域奠定基礎。

而與此同時，他再一次感受到了「黑夜」途徑為什麼能與「死神」途徑互換：兩者都有安寧、永眠、黑暗等權柄，代表著結束和終點！

接下來，莫里．馬赫特沒再就道恩．唐泰斯的身分、經歷等展開話題，彷彿剛才真的只是隨意問了一句，他和他的夫人莉亞娜閒聊起了過去多年裡到迪西海灣度假的經歷，惡補過相關事項並在那裡住了兩天的克萊恩用一副本地土著的語氣給予回應，著重分享了迪西特色的烤魚。

這個過程裡，他還裝作不經意地提及了自身到西拜朗經商時的狩獵活動，對那裡的原始叢林似乎非常熟悉。

他這是在為道恩·唐泰斯第二層身分做一些必要的鋪墊，而西拜朗和東拜朗不同，魯恩和因蒂斯的殖民勢力相當，常有衝突，就連實際控制的區域都三不五時發生改變，要想在那裡查到一位商人或冒險者的活動軌跡，並不是一件簡單的事情，尤其道恩·唐泰斯用的還可能是假名。

至於西拜朗原始叢林內的狩獵經歷，克萊恩並不是隨意編造的，也非從哪本雜誌哪張報紙上抄來的，他是以迷霧海最強獵人安德森提及的自身光輝事蹟為藍本，抽取細節，放棄主幹，自行演繹而成，既真實，又虛假。

聽到叢林內的粗大蟒蛇，食人的利齒魚類，可以自己捕獲獵物的花朵，馬赫特議員的夫人莉亞娜三不五時就發出驚嘆聲，一副又害怕又想繼續了解的樣子，而議員和主教同樣很感興趣，總是會忍不住打斷道恩·唐泰斯的描述，詢問一些細節性的內容。

「你真是一位出色的獵手！當初我在東拜朗服役時，一直沒機會進入叢林，沒想到那裡這麼危險。」等對面極有風度的中年紳士講完，莫里·馬赫特拿起一小塊絲絨蛋糕，真誠地讚美道，「以後如果有機會，我想請你一起去打獵。」

他們交談的過程中，女僕已送來了下午茶點心，一位男僕負責在旁邊伺候。

聽到馬赫特議員半真半假的邀請，克萊恩笑著回應道：「我已經迫不及待。」

又閒聊了一陣，講了講貝克蘭德大氣治理情況，三位客人提出了告辭，因剛才認識，還談不上熟悉，克萊恩沒有挽留，帶著貼身男僕理查德森，將他們送到了門口。

看著主教、議員和議員夫人離開，克萊恩臉上的笑容一點點變淡，卻又沒有徹底消失。

他對現在的進度還算滿意，埃萊克特拉主教後面連著黑夜女神教會，是他這次回到貝克蘭德的主要目的，莫里．馬赫特議員是退伍的軍人，現任的議員，毫無疑問屬於某個或某幾個軍官俱樂部，有助於他繼續調查貝克蘭德大霧霾事件。

接下來就是一點點加深聯繫……克萊恩回到小客廳內，看見女僕已將剩餘的點心和紅茶收走。

他本打算再吃一點的……

——不管其他食物怎麼樣，魯恩，尤其貝克蘭德的甜品點心那都是相當出眾，而道恩．唐泰斯請來的那位廚師，尤其擅長這個領域，就連莉亞娜夫人剛才都對此連連稱讚，克萊恩也在心裡深表認同。

收回目光，克萊恩沒有說話，沉穩地走向了通往第三層的樓梯。

晚餐前，管家瓦爾特終於回到家裡，向他彙報了貝克蘭德腳踏車公司百分之十股份的事情。

「先生，我們足夠幸運，之前已經有人僱傭專業的律師和會計調查了貝克蘭德腳踏車公司的情況，在廣告刊登前就向賣家提供了報價，但後續的談判裡，有出價更高的買家介入，他無力繼續，只能放棄。這樣一來，我們不用等待調查報告，可以直接僱傭原本那個團隊。」

克萊恩點了一下頭，沒有掩飾地問道：「現在出到什麼價格了？」

「放棄的那位買家出價是六千鎊，心理底線是七千鎊，另外的買家情況，出售者沒有透露，不過從各方面的消息回饋看，至少是八千鎊。」

八千鎊，還不錯……要不要再抬一手呢？如果我這邊稍微加一點價，對方就直接放棄了，那豈不是很尷尬？

克萊恩輕輕頷首道：「你把相應的報告給我，我考慮一下。」

翻完報告，用完晚餐，為了豎立闊綽但精明的實幹派形象，克萊恩側頭對理查德森道：「準備兩輪馬車，我要出去一趟。」

他本以為理查德森會詫異地問為什麼是兩輪馬車，這不夠體面，誰知這位貼身男僕只是閃過了一絲疑惑就恭敬回應道：「好的，先生。」

服從命令，不問為什麼，這也算是一個優點……

克萊恩暗自感嘆了一聲，等著理查德森回來幫他披好外套。

上了兩輪馬車，他直接吩咐道：「去貝克蘭德橋區域和東區邊緣轉一圈。」

理查德森依舊沒問目的，只是讓車夫小心駕馭馬匹。

馬車穿過喬伍德區，在一根根煤氣路燈的照耀下，抵達了貝克蘭德橋區域。

克萊恩沒有說去哪裡，只是讓車夫在附近的街道上隨意穿梭。

他靠著廂壁，眺望向外面的街道，只見一位位行人衣物陳舊，面有疲色地走著，似乎剛剛才結束一天的忙碌，正急著回家享用晚餐，偶爾，會有一輛響鈴的腳踏車路過，矯捷地衝向遠方，騎者的表情相對行人而言，更顯朝氣，洋溢出一種難以言喻的自豪。

非常直觀的層次劃分，雖然只是技術工人和普通工人的區別，周薪一到二鎊與不到一鎊的區別……克萊恩緩慢吐了口氣，下意識抬頭望了眼天空。

此時的貝克蘭德已經徹底進入黑夜，但霧霾不算嚴重，能穿透過去，看見不少璀璨的星辰。

大霧霾事件後，環境治理真的是一天好過一天……但東區居民下層勞工的境況似乎並沒有太過實質的改變，雖然可能薪水更高了，勞動時間也得到了一定的改善，但前者因為大量人口湧入，各方面物價都有一定上漲，被抵消了很大一部分，後者改變的程度則相當有限，頂多從原來的十五、十六個小時縮短成十一、十二個小時……

真是什麼出問題就重點解決什麼，其他沒爆發就先當沒有……嗯，王國還在內部改革中，很多東西都還沒有理順……

克萊恩思緒飄散地看著，直至馬車離開喬伍德區。

「未來號」上，「星之上將」嘉德麗雅立在船長室窗後，看著弗蘭克．李將一個木桶推到陰影裡，往裡面不知放了點什麼，然後牢牢蓋住。

他最近似乎都在研究黑暗環境下的植物生長……怎麼突然變得正常了？

嘉德麗雅疑惑地皺了一下眉頭，總擔心弗蘭克．李在醞釀大的「發明」。

等一下讓妮娜去問問……

她剛閃過這麼一個想法，靈感突有觸動，回頭看見書桌上多了一封信。

臉上不自覺勾勒出淺淺的笑意，嘉德麗雅走了過去，拆信展開，快速瀏覽了一遍：「有兩隻不屬於風暴教會的奧布尼斯在蘇尼亞島正北方向的『深淵漩渦』附近……找到亞伯拉罕家族的直系後裔……做得很好。」

「深淵漩渦」是一片危險海域的名稱，並非深淵。

亞伯拉罕家族……嘉德麗雅想了一陣，沒找到線索，準備下次塔羅聚會時問一問。

第二天上午，認真占卜過要不要抬一次價的克萊恩對管家瓦爾特道：「僱傭那個團隊，繼續談判，我的底價是九千鎊。」

「好的，先生。」

瓦爾特旋即露出歉意道：「我家裡發生了點事情，希望能提前有半天的假期。」

「沒問題，需要幫忙嗎？」克萊恩溫和問道。

「謝謝您的好意，我能夠解決，而且這並不著急，我會先處理好股權談判的事情。」瓦爾特誠懇說道。

克萊恩沒有再問，點了點頭，批准了他的假期。

等到管家先生離開房間，克萊恩才側頭對理查德森道：「瓦爾特今早有見什麼人嗎？」

「管家先生收到了一封信。」理查德森沒有隱瞞地回答道。

不死者

—The Most High—

詭秘之主

第七章

大彌撒

收到了一封信？不是說家裡有事嗎？瓦爾特的家人就住在貝克蘭德，真有什麼事情，直接坐公共馬車或者出租馬車過來，不是比寄信更快？以他的收入和鄉下的土地，肯定負擔得起……

克萊恩彷彿只是隨口一問般點了點頭，未再說話。

他緩步走回安樂椅位置，坐了下來，拿起一份報紙，很認真地開始閱讀。

理查德森見狀，沒有多說什麼，安靜地向後退出房間，無聲合攏了木門。

等到喀嚓的聲音輕微響起，克萊恩才將目光從報紙上移開，望向門口，暗自想道：我又發現了理查德森一個優點，他喜歡觀察周圍的情況，並能注意到有價值的資訊，之前埃萊克特拉主教到莫里·馬赫特議員家做客的事情，最先就是他在陽臺上看見的……

不過這又和觀眾不同，重點是事件，而非細節……瓦爾特的事情稍微有點反常，難道這就是「魔鏡」阿羅德斯說的額外展開？

不管怎麼樣，先去占卜一下，免得有危害還不自知……

想到這裡，克萊恩當即進入房間的盥洗室，逆走四步，來到灰霧之上，而每次以「愚者」狀態存在時，他灰霧底下的內核都是克萊恩·莫雷蒂的模樣，不會與夏洛克·莫里亞蒂、格爾曼·斯帕羅、道恩·唐泰斯等形象重疊。

因為缺乏必要的資訊，他只能針對自身的安危占卜，所以未用「夢境法」，直接取下腕口的靈擺，書寫出對應的占卜語句：「瓦爾特的異常會給我帶來危險。」

左手持握，閉上眼睛，克萊恩進入冥想狀態，低念起剛才寫下的話語。

整整七遍之後，他睜開眼睛，望向銀鍊，只見黃水晶吊墜在做逆時針旋轉，幅度和速度都相當正常。這也就是說瓦爾特的異常不會給他帶來危險。

但也只能說明這一個問題，或許我會因此遇上沒有危險的麻煩……另外，還有一種可能，危不危險取決於是否做出了正常的選擇，如果貿然摻合，不危險也會變得危險……

克萊恩根據豐富的經驗進行起解讀。

他剛放下這件事情，忽然看見象徵「隱者」的深紅星辰綻放光芒，出現了膨脹和收縮。

這是「幸運天平」的款項要到了？

克萊恩心中一喜，當即將靈性蔓延了過去。

接觸之後，他一陣失望，因為「星之上將」嘉德麗雅只是在請求「愚者」先生將她的話語轉達給「倒吊人」，根本沒提和「世界」的交易什麼時候完成。

「蘇尼亞島正北方向的『深淵漩渦』就有奧布尼斯海怪？『倒吊人』先生運氣不錯嘛，至少不用像我一樣，必須進入神戰遺蹟……當然，奧布尼斯海怪也很危險，想借助它舉行儀式並不是那麼簡單的事情，『倒吊人』先生說不定還得請求『海神』幫助……」

「『隱者』女士的要求竟然是幫忙找到亞伯拉罕家族的直系後裔……這說明『神祕女王』相當清楚『門』先生的來歷啊……大帝對她提過？」克萊恩邊從「星之上將」嘉德麗雅的話語聯想開來，邊將相應的影像丟入了代表「倒吊人」的深紅星辰。

這個時候，阿爾傑·威爾遜剛結束述職，通過考核，重新登上了「幽藍復仇者號」。

看見無邊灰霧，聽到「隱者」的話語後，他表面不動聲色地走向了船長室，步幅步頻與往常保持著一致。

進入房間，合攏大門，他來到酒櫃前，取了一瓶海盜們最愛喝的「烈朗齊」，翻開一個啤酒杯，直接倒了半杯。

阿爾傑旋即拿起那個玻璃杯，湊到嘴邊，噸噸噸地喝了起來，就像裡面不是烈酒，而是清水一樣。

這個過程裡，他眼睛半閉，似乎沉浸在了自己的世界裡。

喝完那半杯「烈朗齊」，阿爾傑放下杯子，擦了擦嘴巴，低笑了一聲道：「亞伯拉罕家族的直系後裔？這對別人來說非常困難，幾乎沒有線索，但我可以問『魔術師』小姐，她的老師就是……呵呵，『星之上將』還不知道這件事情。」

他迅速收斂住情緒，來回踱了幾步，最終決定放棄剛才的想法，坦然回應「隱者」嘉德麗雅的要求。

「『星之上將』不會只讓我幫忙，下周塔羅會上，她很可能會向所有成員發布這個任務，而其他人同樣知道「魔術師」小姐的老師是亞伯拉罕家族的人……很容易就被戳穿的事情沒必要欺騙，不能因貪圖小便宜而破壞之後可能存在的多起交易……有的時候，誠實是代價最小的辦法……」

阿爾傑停住腳步，恭敬地埋下腦袋，誦念起「愚者」先生的尊名：「……請轉告『隱者』女士，關於亞伯拉罕家族直系後裔的線索，她可以直接詢問『魔術師』小姐……」

交待完請「星之上將」更換要求的事情後，阿爾傑主動提及自己在「血月之夜」的遭遇，向「愚者」先生詢問，與「海洋歌者」非凡特性產生共鳴的是否為《天災之書》，夢境裡那座珊瑚宮殿內，拿著黃金酒杯的女性是否為高希納姆。

還有這種事情？「天災女王」真的死而未僵啊。應該就是祂自己將非凡特性做了分割，一部分製成了《天災之書》，一部分留在海底遺蹟內，嗯，也許還有第三第四部分，但不知道在哪裡……

「倒吊人」一講完，克萊恩就毫無疑問地確定對方夢到的那位精靈是「天災女王」高希納姆！這並非直覺，而是有根據的推斷：他曾經得到過精靈王后高希納姆最喜歡的那個黃金酒杯，而夢裡有類似的器皿。

精靈歌者夏塔絲知道「天災女王」生活方面的一些細節，並對這位天使有著不淺的感情，說明她高機率是高希納姆身邊的精靈，她遺留的非凡特性與《天災之書》在「血月之夜」產生共鳴完全可以理解。

想到這裡，克萊恩突然記起了一件事情，那就是他將高希納姆最喜歡的那個黃金酒杯交給了「冰山中將」艾德雯娜，讓對方把這件器皿放入夏塔絲的墓穴裡。

如果那位「天災女王」真的還未徹底死去，黃金酒杯與她身邊精靈屍骸的合葬會不會產生某種異變？

克萊恩忙算了一下時間，發現自己並不確定「黃金夢想號」有沒有駛到蘇尼亞島。

略作思索，他先沉穩平靜地回應了「倒吊人」：「對。」

接著，他將對方前面部分話語「投遞」給了象徵「隱者」嘉德麗雅的深紅星辰。

做完這一切，克萊恩才具現出「世界」格爾曼．斯帕羅，讓他祈禱道：「偉大的『愚者』先生，請轉告達尼茲，讓他就精靈歌者夏塔絲的屍骸和黃金酒杯是否存在異常的事情詢問『冰山中將』艾德雯娜．愛德華茲。」

呼……

完成操作的克萊恩吐了口氣，將相應的影像丟入了身邊特別標記過的祈禱光點裡，然後回到現實世界，走出了盥洗室。

來到穿衣鏡前，看著鬢角染霜，藍眼深邃的身影，他嘴角一點點翹起，知道自己又從「愚者」先生回歸神祕富豪道恩．唐泰斯了。

拜亞姆，原始森林內，正在反抗軍一個基地喝酒吃肉，大聲吹牛的達尼茲突然抖了一下，差點被嘴裡的液體嗆到。

雖然這已經不是他第一次得到偉大的「愚者」回應，但依舊讓他戰戰兢兢，莫名害怕。

等分辨清楚了人影，聽明白了話語，他才吐了口氣，知道是格爾曼．斯帕羅找自己辦事。

「詢問船長？這很簡單啊……過幾天黃金夢想號就會來接我了……嘿嘿，格爾曼．斯帕羅在偉大的『愚者』面前，一點也不瘋狂，甚至很虔誠很恭敬嘛……」達尼茲很快放鬆下來，悠然想道。

與此同時，「未來號」上，得到回覆的「星之上將」嘉德麗雅略感愕然地無聲自語一句：「直接詢問『魔術師』小姐？」

「對，她似乎是『學徒』途徑的非凡者……她竟然與亞伯拉罕家族有關聯？她果然不簡單！」嘉德麗雅考慮了一下，決定先不給「倒吊人」新的任務，因為她不確定「魔術師」小姐是否願意透露亞伯拉罕家族的線索。

瓦爾特在下午就回到了伯克倫德街一百六十號，表情正常，與以往一樣，事情似乎很輕鬆就得到了解決。

克萊恩沒有多問什麼，他覺得雙方的關係還沒到能讓管家先生坦誠的程度，而問題又沒有直接爆發在他的眼前，再也無法遮掩。

時間在學習中飛快流逝，第二天傍晚，滿月即將來臨前，克萊恩帶著貼身男僕理查德森，乘坐租來的高檔馬車，前往聖賽繆爾教堂，準備參加月亮彌撒。

他並沒有為可能會來的捐獻擔心，因為「正義」小姐那一千鎊已經支付，他身上的金錢達到了兩千一百八十六鎊，捐個幾百鎊並不會讓他為難。

也只是不為難而已……克萊恩暗嘆一聲，望了眼窗外的對稱鐘樓，離開馬車，穿過廣場，走入了聖賽繆爾教堂。

在大祈禱廳外等待了近十分鐘，克萊恩和參加月亮彌撒的其他信徒一起，在牧師引領下，進入了裡面。

昏暗寧靜的氛圍中，迎接他們的是整齊而空靈的誦念聲：「緋紅的滿月升起，映著大地，所有人都沉入了甜蜜的夢，夢見自己，夢見父母妻子（丈夫）和兒女，這就是永遠……」

聖潔而有節律的聲音層層迴盪之間，大祈禱廳內的信眾們不由自主就安寧了下來，似乎忘記了生活煩惱，不再憂心現實世界的種種難題。

他們在幾位牧師引領下，各自找到位置坐好，聖壇前方，負責這次大彌撒的埃萊克特拉主教拿著《夜之啟示錄》，開始做簡單的布道。

等到這個環節步入尾聲，牧師們拿起清水和麵包，分發給克萊恩等人，這是黑夜的眷顧，是生者與亡者共享的食物。

還未享用晚餐的克萊恩自然沒有浪費那塊品質一般的麵包和杯子裡的清水，然後看見聖壇上一根根蠟燭亮起，在黑暗的襯托下，彷彿夜晚的星辰，散發出讓人安心的光與熱。

這個時候，埃萊克特拉主教帶著諸位牧師，帶著唱詩班所有人，又一次齊聲誦念：「我們會抬頭仰望那片夜空，溫情地說出祂的名字：『黑夜女神』！」

「除了『黑夜女神』，沒有別的話語，但願女神在天使唱歌的間隙，把它們和甜蜜的靜默一起摘取，並握在祂溫柔的右手裡。」

「『女神！』如果祂聽見，一定會答應，一定會向亡者顯露純淨的笑容：『來吧，休息吧，安眠吧，我的孩子們！』」

空寂的嗓音帶著神聖的感覺鑽入了每一位信徒的耳朵裡，似乎與在場所有的靈都產生了共鳴，作為一位序列五的非凡者，克萊恩這一刻也彷彿有了精神體被洗滌的感覺，靈性自然而舒緩地流淌了出去。

接著，他眼前似乎出現了一片寧靜的黑暗，沒有絲毫聲音的黑暗。

黑暗裡，一具具屍體躺在那裡，臉色蒼白但安詳，彷彿並未死去，只是在沉眠。

克萊恩心神沉澱平和地行走於這片黑暗裡，忽然頓住腳步，望向了斜前方。

那月亮花靜靜綻放的地方，睡著好幾個人。

他們是沒戴帽子蓋著風衣的鄧恩。史密斯，是依舊穿著黑色古典長袍的老尼爾，是個子不高努力存錢的科恩黎。

他們放鬆地閉著眼睛，嘴角似乎掛有很淡的笑意，周圍豎著一塊又一塊墓碑，每一塊都寫著同樣的單字：「守護者。」

克萊恩一下閉上了雙眼，耳畔隨之響起那聖潔而空靈的聲音：「交叉起你的雙手，放在你的胸口，做那無言的祈禱，並用你的內心呼喊：唯一的歸宿是安寧！」

克萊恩低著腦袋，閉著眼睛，抬起自己的雙手，交叉放在了胸前，然後無聲重複道：「唯一的歸宿是安寧！」

「唯一的歸宿是安寧！」

一遍又一遍，直至大祈禱廳變得極端安靜，克萊恩才睜開雙眸，抬手揉了下兩側的眼角。

他緩慢吐了口氣，向左右看了一眼，借助燭臺的光芒，發現絕大部分信眾都滿臉淚痕而不自知，就連自己的貼身男僕理查德森也失態地讓淚水不斷往下滑落，未做擦拭。

月亮彌撒更接近於一場儀式，有非凡力量參與的儀式，作用應該是與每個人的靈共鳴，讓不同的人在黑暗裡看見關係密切的逝者，釋放哀思，獲得寧靜……

嗯，這不是針對非凡者才有的異變，我可以放心了……對普通人來說，這就是剎那的幻覺與內心情緒的宣洩，只會認為女神偉大，不會懷疑有超自然力量……

『黑夜』途徑的序列五，在靈的掌控上似乎有了極大的提升……克萊恩收回目光，於心裡做出判斷。

緊接著，他又回想起了那片黑暗，想起了躺在月亮花之中的那些亡者。

閉了閉眼睛，克萊恩讓自己思緒發散開來：「那樣一片長著月亮花、夜香草、深眠花的黑暗平原就是女神神國的某種呈現？那神戰遺蹟夜晚的危險源泉，又對應什麼呢？」

克萊恩腦海內漸漸勾勒出了在蘇尼亞海最東面看見的清冷夜色和夜色之下籠罩海面的迷霧。

那迷霧之中，有漆黑的古老的尖頂教堂，一隻隻烏鴉盤旋徘徊於上，似祭奠，似哀悼，而那教堂的周圍還有普通的民居、簡陋的木屋、灰白的磨坊和影影綽綽的人影。

按理來說，這與夜晚與夢境有著密切聯繫的迷霧場景，應該是由女神或毀滅魔狼弗雷格拉殘留的氣息形成的，可卻與相應神國的呈現沒有一點相同之處……

嗯，凡人不可窺探神靈，或許剛才那片長滿花與草的黑暗平原根本不是神國投影，而是儀式附帶的產物……

克萊恩見月亮彌撒已來到結尾，遂將手掌伸向衣物內側口袋，拿出了錢包。

他握著皮夾，起身進入過道，一路來到聖壇，在埃萊克特拉主教慈和悲憫的表情裡，斜行至奉獻箱前。

於胸口順時針點了四下，畫出緋紅之月後，克萊恩將所有的大額鈔票都投了進去。

總計三百鎊！

這一刻，克萊恩沒像之前幾次那麼肉痛和不捨，心情非常平靜，因為他想起了老尼爾歸還欠款的儀式。

那一次，他們在女神的庇佑下，撿到了裝有三百多鎊現金的錢夾。

退了一步，再次畫了個緋紅之月，他將位置讓給了後面的捐獻者。

此時埃萊克特拉主教主動迎了過來，邊順時針點四下畫紅月邊開口說道：「願女神庇佑你。」

「願女神能知道，我現在最希望的是聆聽教誨。」克萊恩微笑回應道。

埃萊克特拉主教望了眼祈禱大廳側面的出口道：「如果你不介意等待一刻鐘，我可以在藏書室給你講經。」

「這正是我渴望的。」克萊恩溫和笑道。

埃萊克特拉主教當即讓一位牧師領著道恩·唐泰斯主僕從側面通道走出大祈禱廳，繞行至盤旋樓梯不遠處的藏書室。

這裡擺放著一個又一個大書架，上面放滿了各種與黑夜女神教會相關的典籍，並在兩側各布置了些桌椅，供牧師主教們學習和向信徒布道使用。

十二分鐘後，埃萊克特拉主教帶著讓人心情平靜的笑容進入了藏書室，看見鬢角發白氣質儒雅的道恩．唐泰斯正立在一排書架前，專心地翻看一本典籍，很有學者的感覺。

「在看什麼？」他笑著問道。

克萊恩將書籍合攏，自嘲一笑道：「《夜之啟示錄》。坦白地講，雖然我虔誠地信仰著女神，但過去多年忙碌於生活，始終沒有靜下心來認真地閱讀這本聖典。」

說話的同時，他表面沒有任何異常，內心卻隱有點忐忑，害怕女神直接給一閃電，以獎賞虔誠的信徒道恩．唐泰斯。

嗯，閃電不在女神的領域內……

克萊恩於心裡自我安慰了一句。

埃萊克特拉主教笑了笑，接過《夜之啟示錄》道：「從現在開始也不算晚。」

他旋即請道恩．唐泰斯到一張桌子旁坐下，系統地為對方講解起《夜之啟示錄》的構成和裡面的關鍵聖言。

理查德森則拿著雇主的帽子和手杖，坐到稍遠一點的地方，一邊安靜等待，一邊分心聽著主教布道。

時間一分一秒流逝，狀似認真的克萊恩靈感突有觸動，腦海內自然浮現出了門外的場景。

這是他的直覺預感，源於「小丑」，被灰霧加強過的直覺預感！

門外，一位套著神職人員黑袍的老者經過那裡，走向了就在附近的盤旋樓梯。

他的白髮還算茂密，卻沒做什麼梳理，顯得相當凌亂，他臉龐消瘦，有種皮膚直接包著骨頭的感覺，氣質相當陰冷，皮膚異常蒼白，眼眸是少見的純黑色。

這身影很快消失在了門口，不遠處隨之傳來腳步聲逐漸變高的動靜。

內部看守者！但並非我之前在大祈禱廳遇到的那位……嗯，今天是他輪值？

克萊恩專注地看著埃萊克特拉主教，擺出一副正思索聖典內容的模樣。

他對內部看守者這個時間點出現在教堂內部，經過藏書室，並不覺得意外，因為查尼斯門後的封印力量在夜晚會達到鼎盛，不再適合活著的生物，所以，內部看守者都是日出進入，日落離開，而現在天剛全黑。

記住今天是幾號，周幾……之後逐漸增加相應的資訊，摸清楚內部看守者的輪值規律，這樣才能在合適的時間扮演合適的目標……

克萊恩收回思緒，仔細聽講，於半個小時後起身告辭。

他微笑對埃萊克特拉主教道：「不知道我之後是否還有這個榮幸聽你布道？」

「沒有問題。」面對剛奉獻了三百鎊的富翁，埃萊克特拉主教說不出拒絕的話語，甚至很樂意地點頭道，「只要你來教堂，只要我有時間。」

克萊恩沒去糾纏細節，免得引人懷疑，誠懇道了聲謝，帶著貼身男僕理查德森離開了聖賽繆爾教堂。

他回到家中，還不到八點，正好享用晚餐，悠閒地度過這一天剩餘的時光。

深夜，主臥室內，沉眠的克萊恩忽然睜開了眼睛。

他的靈性直覺告訴他，有人潛入了自己這棟房屋！

有人潛入？克萊恩沒有立刻翻身坐起，只是側過身體，將右掌探入枕頭底下，悄然握住了「喪鐘」左輪，與此同時，他緩慢舒張左手五指，讓「蠕動的飢餓」處於待激發狀態。

——知道回貝克蘭德後難以給「蠕動的飢餓」找到食物，他提前在迪西海灣康納特市潛入監牢，找了個死刑犯，確認罪行無誤，投餵給了手套。

「玫瑰學派」的人鎖定我了？不，不可能那麼快，再說，如果是他們，肯定不會貿然上門，而是等待機會，爭取在我經過偏僻的地方時，一擊得手，免得驚動了貝克蘭德的官方勢力……我在月亮彌撒上捐獻的金額太多，被犯罪分子盯上了？

嗯，一位初來貝克蘭德出手闊綽的外鄉富翁，確實很容易成為別人的目標……當然，也可能是「值夜者」做例行性的清查……

一個個念頭轉動間，克萊恩聽見有很小的動靜從隔壁半開放房間的大陽臺傳來。

緊接著，鎖芯微響，落地窗近乎無聲地被拉開。

克萊恩仔細傾聽，察覺有腳步聲穿過半開放的房間，進入走廊。稍有停頓，這腳步聲向著主臥室走來，然後越了過去，擰動了貼身男僕那個房間的門把手。

走錯地方了？或者說，就是來找理查德森的？

克萊恩心中一動，鬆開握住「喪鐘」左輪的右掌，伸向了相距不遠的鐵製捲菸盒。

他解除掉「靈性之牆」後，一道穿暗紅外套戴陳舊三角帽的虛幻身影瞬間浮現在旁邊，走入了全身鏡內。

當塞尼奧爾這個「怨魂」祕偶跳躍至理查德森房間的玻璃窗上時，正好看見一道膚色棕黃，輪廓柔和，頭髮烏黑的身影走出房門，而理查德森無聲地坐在床沿，身體前傾，背部有所拱起，就像融入了黑暗裡。

他表情時而恐懼，時而為難，時而流露出軟弱的感覺，最終歸於沉寂。

果然是來找理查德森的……形象特點接近南大陸人種……身手敏捷，行動熟練，應該不是普通人……這是理查德森在南大陸那個莊園時認識的朋友，或者說，他母親那邊的關係？

理查德森只是個年薪三十五鎊的貼身男僕，有什麼事情需要找他幫忙？

克萊恩一邊借助塞尼奧爾的視角觀察，一邊在心裡做著猜測。

這一刻，他忽然有點明白理查德森為什麼擅於觀察，喜歡在陽臺上打量來往行人了。

他害怕被某些人找到！

希望不是什麼大問題，不要影響到我的計畫……等一下做個占卜……如果理查德森總是不能解決麻煩，那就得找個藉口將他解僱……

克萊恩見貼身男僕已重新躺下，遂收回了「怨魂」祕偶。

與此同時，住在平斯特街七號的倫納德．米切爾又一次進入了籠罩在霧氣裡的沉睡貝克蘭德。

他之前已在夢中詢問過《每日觀察報》的邁克．約瑟夫記者，得出夏洛克．莫里亞蒂並非主動捲入蘭爾烏斯事件，而是受僱傭才參與的結論，這讓對方的嫌疑直線下降。

若非這位大偵探的身影還出現在卡平事件的邊緣，並與豐收教堂的埃姆林．懷特有密切關係，倫納德．米切爾都想放棄調查，繼續追尋因斯．贊格威爾的下落。

因為夏洛克．莫里亞蒂在克拉格俱樂部交好的朋友不多，一個已在埃德薩克王子事件裡死去，一個就是邁克．約瑟夫記者，所以，倫納德當前的目標只剩一位：艾倫．克瑞斯醫生。

「從內部資料看，這位醫生也捲入過一起非凡事件，涉及『怪物』途徑……在被調換過物品後，他不再倒楣和做噩夢，生活回到了正軌……呵，夏洛克．莫里亞蒂認識的人大部分都與非凡有牽扯啊，這位偵探肯定不簡單……」倫納德一邊想著，一邊拉響了象徵艾倫．克瑞斯夢境的門鈴。

進入夢境，他隨意找了張沙發坐下，看著對面的艾倫醫生道：「你具體講一下你和夏洛克．莫里亞蒂認識的經過吧。」

夢中的艾倫沒有隱瞞，從瑪麗太太介紹夏洛克．莫里亞蒂加入克拉格俱樂部，自己受邀作為推薦人開始，一直講到大偵探建議他將遇上的不尋常事情告訴黑夜女神教會的主教。

真像資料裡描述得那樣，夏洛克．莫里亞蒂對官方勢力的態度相當親善，並得到了艾辛格．斯坦頓的背書……

倫納德看了一眼艾倫醫生具現出來的大鬍子夏洛克，收回目光，繼續傾聽。

艾倫詳細講完相關的事情，末了道：「他前往南方度假，一直沒有返回，我始終很擔心。」

「不過，他是一個充滿智慧，又有愛心的大偵探，我想他應該不會出什麼問題，希望他來得及參加我孩子出生後的慶祝宴會。」

「也許吧……」倫納德懷疑夏洛克．莫里亞蒂不會再回到貝克蘭德了。

他隨即禮貌告辭，走出了艾倫醫生的夢境。

前行幾步，他下意識回頭看了一眼，只見那棟有花園的房屋內，一個個代表夢境的迷濛光球交錯，塞滿了全部空間，沒有任何問題。

是我的錯覺嗎？我總覺得身上有了點變化……

倫納德低語一句，轉身飛向平斯特街。

他視線所及，下方迷霧濃郁，一盞盞煤氣路燈黯淡而蒼白。

突然，倫納德停止了飛行，將目光投向了一棟建築。

那房屋內，五六個迷濛光球靜靜地懸浮，與周圍其他建築沒什麼不同。可是，倫納德的靈感裡，屋中似乎存在著一個能吸納所有光線的黑團，而且他發現自己不認識這片街區這條街道。

他一陣心悸，懷疑自己是不是看到了什麼不該看的事物，忙收回視線，準備脫離這裡，向自己身體所在的地方趕去。

就在這時，那棟看起來普普通通的建築物內響起了一道戲謔的聲音：「不如進來坐一坐，喝一杯茶？」

倫納德腦海內所有的念頭瞬間爆炸，想都不想就高速飛行了起來。

他的靈感裡，後面的聯排房屋、花園小樓們一個接一個變大，門窗化成嘴巴，向他咬了過來！附近鐵黑色的煤氣路燈杆則嗖嗖往上生長，將周圍變成了一片鋼鐵叢林，似乎在阻攔倫納德。

倫納德沒有停止，沒有回頭，只覺背心的陰冷越來越明顯越來越濃郁！

他身體漸漸有些僵硬，彷彿被無數看不見的手抓住了身體。

就在他以為自己快支撐不住時，前方熟悉的房屋熟悉的窗戶熟悉的燈光齊齊映入了他的眼簾。

倫納德忙屏住呼吸，猛地下落，墜入了自己的夢境！

呼……他一下甦醒過來，滿頭冷汗。

「老頭，我剛才究竟遇到了什麼？」倫納德縮回架在書桌邊緣的雙腿，後怕地問道。

他腦海內那道略顯蒼老的聲音過了幾秒才回應：「我不清楚。」

倫納德眼簾頓時半垂了下來，沒有再問。

他旋即將目光投向窗外，只見夜晚的貝克蘭德燈火處處，安寧靜謐。

伯克倫德街一百六十號，道恩．唐泰斯府邸內。

「先生，瓦哈娜．海森女士來了。」理查德森進入房間，對克萊恩說道。

克萊恩聞言，放下報紙，抬起腦袋，看了自己貼身男僕一眼，發現他依舊少言寡語，沉默內斂，畏畏縮縮，沒絲毫的異常。

如果不是占卜結果還好……貿然解僱也容易引人懷疑……克萊恩無聲嘀咕了半句，什麼事情都未發生過一樣站起身來，讓理查德森幫自己穿上外套。

一刻鐘後，他擁著禮儀老師瓦哈娜．海森，學起另一支社交場合常用的舞蹈。

「我感覺我過幾天就會失業了。」過了一陣，瓦哈娜含蓄地表揚了道恩．唐泰斯的進度一句，末了道，「不過你還是有點拘謹，雖然不需要你像因蒂斯男人一樣，總是和女士貼得很緊，但也不用始終保持一定的距離，偶爾的接觸很正常，你現在這樣顯得太生硬和呆板。」

克萊恩將對方拉近了一點，含笑回應道：「我害怕失禮。」

這是指和女士貼得太近是失禮的行為？也包含我很有魅力，貼太近他會出醜的意思？這是含蓄的恭維……

瓦哈娜思緒一轉，淺笑道：「你學得不錯。」

跳舞繼續進行，克萊恩望了眼瓦哈娜．海森的臉龐，隨意閒聊般溫和問道：「女士，妳似乎有些煩惱？」

瓦哈娜低頭笑道：「不是什麼大的問題，我丈夫是個商人，最近和一些人有了點小矛盾，我們能夠解決。嗯，你剛才的問題太直接了，在雙方還沒建立起友誼的情況下，儘量不要去問別人遭遇了什麼，除非她已經表現得非常明顯。」

比起出入不同上流社會家庭，認識不少夫人小姐的妳，剛到貝克蘭德的富商確實沒什麼人脈資源……克萊恩輕輕頷首，笑著說道：「我以為我們已經不是陌生人。」

他旋即帶過這一話題，說起了自身的經歷和周圍的鄰居，瓦哈娜一邊聽著，一邊回應幾句，讓克萊恩更多地掌握了鄰居們的特點和喜好。

等到瓦哈娜離開，克萊恩立在門口許久，側頭對管家先生道：「瓦爾特，弄清楚瓦哈娜女士遇上了什麼麻煩，如果她沒辦法解決，我們及時提供幫助。」

傍晚，剛從聖賽繆爾教堂回來的克萊恩，正準備進入二樓餐廳，就看見管家瓦爾特迎了過來，恭敬行禮道：「先生，您要調查的事情已經弄清楚了。」

克萊恩沒有當著周圍男僕女傭的面詢問，沉穩點頭道：「去書房。」

瓦爾特跟在他身後，一路來到三樓，看著理查德森打開書房之門，點亮了裡面的煤氣壁燈。

克萊恩腳步不快不慢地走至書桌後面，坐了下來，望向管家先生，等待他開口。

瓦爾特一邊示意理查德森到門外守著，一邊靠攏書桌，斟酌了一下語言。

等到房門重新合攏，他才說道：「瓦哈娜女士的丈夫是布料商人，之前與人合作，投入了一千鎊，結果對方帶著那批貨物跑了，她已經拜託馬赫特議員和莉亞娜夫人，請他們敦促警察部門盡快破案，不過，這種事情，警察部門不敢保證一定能找到目標。」

克萊恩拿起書桌上的黑色圓腹鋼筆，摩挲了一下道：「對瓦哈娜女士的家庭來說，一千鎊並不是一個小數目啊。」

據他所知，正常的家庭教師年收入不會超過一百五十鎊，如果雇主提供住宿和食物，還會更少。雖然瓦哈娜服務的是上流社會，有多家雇主，但年收入頂多四五百鎊，而且還得花費其中很大一部分在自身著裝、體態、容貌上面，免得被雇主認為不夠得體，教不了禮儀。

「是的，她丈夫的收入在布料商人裡只能算中等，對他而言，一千鎊是相當大的投資。」瓦爾特委婉地說道。

對我來說也是……

克萊恩嘆息笑道：「我剛來貝克蘭德，對警察部門並不熟悉啊。」

瓦爾特當即回應道：「先生，我服務於康納德子爵時，有認識幾位貝克蘭德高級警官協會的成員。」

貝克蘭德高級警官協會？這可都是西維拉斯場的上層人物啊，負責一個區治安的總警司都沒資格進入。

——西維拉斯場指貝克蘭德警察廳，因所在街道而得名。

不愧是貴族家庭出來的管家……

克萊恩暗嘆一聲，笑著搖頭道：「暫時不需要，在這方面，瓦哈娜女士能尋求幫助的人太多了，無論馬赫特議員，還是別的誰，都有足夠的能力讓西維拉斯場重視這起案子。」

他頓了一下，故作不經意地說道：「我見過這個社會的底層，清楚他們的生存法則，某些時候，警察未必有黑幫成員、賞金獵人管用。」

「瓦爾特，你到警察部門那裡拿相應的資料，去貝克蘭德橋區域和東區的有名酒吧內，發布懸賞任務。不管是找到相應的罪犯，還是尋回了那批布料，我都給予兩百鎊的賞金。」

「呵呵，只希望那些騙子還停留在貝克蘭德。」

「兩百鎊賞金？」瓦爾特重複著數目，忍不住看了自己雇主一眼，似乎不敢相信他願意為瓦哈娜的事情付出這麼多。

他張了張嘴，似乎想提醒什麼，最終卻沒有說出來，只是認真回應道：「好的，先生。」

「這筆錢我直接給你。」克萊恩緩慢起身，拿出了錢夾。

瓦爾特一邊接過厚厚的現金，一邊思索著問道：「要告訴瓦哈娜女士嗎？」

克萊恩笑了笑：「不需要。」

瓦爾特有所恍然地點頭行禮道：「您慷慨熱心的名聲將在這個街區流傳。」

東區，達拉維街，一個逼仄但熱鬧的酒館內，認真梳理過金色短髮才出門的休擠過充滿酒香和汗臭的區域，來到了吧檯前。

她屈指敲了一下木板，對著酒保道：「今天有什麼新的委託？」

如果是別人，不點酒直接詢問，酒保肯定不會搭理，但看見對面是休，一個大家都寧願她不喝酒的賞金獵人後，他只能嘆了口氣道：「有一個賞金非常豐厚的委託，兩百鎊。」

「兩百鎊？」

休差點懷疑自己聽錯，除了在奧黛麗小姐那裡接到過賞金有這個層次甚至更高的任務，她從未在東區和貝克蘭德橋區域遇上給這麼多錢的委託，就連之前讓這裡賞金獵人們瘋狂的阿茲克．艾格斯任務，也才一百五十鎊。

對一位普通的賞金獵人來說，只要能完成這個委託，就意味著一年都不需要再工作！

於休而言，這同樣重要，因為她這幾個月一直在幫戴黃金面具的神祕人做事，並初步知曉對方屬於軍情九處，積累功勳可以兌換「審訊者」魔藥配方。

所以，她幫對方做事時拿的報酬很少，絕大部分都轉成了功勳，自身的積蓄全靠成為「治安官」後在尋找和追捕犯人上的優勢獲得。

等拿到了魔藥配方，還得花錢購買非凡材料，而我現在只有三百多鎊……佛爾思說得很對，金錢並非萬能，但足夠重要……

想到這裡，休看著酒保，謹慎問道：「什麼任務？誰做的委託？」

「找幾個騙子，他們騙了價值一千鎊的布料。」酒保一邊拿出資料遞給休，一邊說道，「委託者看起來是位管家，自稱瓦爾特，為伯克倫德街的道恩．唐泰斯先生服務，如果妳能抓到騙子，或找回布料，就可以去那裡領取賞金。」

休快速翻看著資料，腦海內迅速生成了對應的形象，並直覺地有了搜查的方向。

「我接下這個任務。」她當即抬頭道。

酒保聳了一下肩膀道：「不只是妳，所有來過的賞金獵人都接了這個任務。而且他們還有了別的想法。」

「什麼想法？」休好奇問道。

酒保嘿了一聲：「他們說，道恩．唐泰斯先生是那麼的慷慨，如果他還缺少保鏢，他們可以自薦。不過，他們後來又放棄了這個想法，因為當保鏢沒有做賞金獵人自由，就連喝酒都得等到休息日。」

這對我來說不是問題，但是，我只能做賞金獵人……

休點了點頭，跳下吧檯前的高腳椅，沒浪費時間地走向了門口。

第二天，克萊恩用完午餐，準備去自家花園裡散步消食。

這時，管家瓦爾特從外面進來，安靜地跟在他後面，一直等到周圍再沒有其他人。

「先生，兩件事情。」他恭聲說道。

「兩件事情？」克萊恩略感詫異，他以為只會有一件。

瓦爾特點了一下頭道：「是的，第一件事情是關於貝克蘭德腳踏車公司百分之十股份的，已經有人出到一萬鎊。先生您還要繼續出價嗎？」

抬了一千鎊上去？不錯嘛！

克萊恩故作為難地想了想道：「我剛來貝克蘭德，很多事情必須克制。就這樣吧，就這樣。」

「好的，先生。」瓦爾特轉而說道，「騙走瓦哈娜女士丈夫布料的騙子抓到了，那位賞金獵人已經來到附近，請求支付款項。」

「這麼快？」克萊恩錯愕側頭，看向管家先生。

如果是他親自出手，確實可以當天解決，畢竟有「卜杖法」用來尋人，但問題在於，絕大多數賞金獵人不是占卜家。

嗯，也許是擅長追蹤和尋人的非凡者……克萊恩在心裡做出了初步的判斷。

瓦爾特肯定回答道：「是的，比我預想得快很多。據那位賞金獵人說，她是從銷售贓物的渠道反向追蹤，才找到那幾個騙子的。」

銷售贓物的渠道這麼容易就交代？看來是接受了鐵拳的教育啊……

克萊恩輕輕頷首道：「那位賞金獵人叫什麼？很有能力啊……」

「她自稱休。」瓦爾特如實回答。

不會吧……

克萊恩險些踉蹌了一下，還好他有小丑的超強平衡能力。

狀似沉思地平復下心裡的波瀾，他斟酌著說道：「留下那位賞金獵人的聯絡方式，也許以後還有請她幫忙的機會。」

「好的，先生。」瓦爾特並不覺得道恩．唐泰斯的吩咐有什麼問題，一位合格的上流社會人士，總要有一些非官方途徑的渠道。

克萊恩沒再繼續休的話題，「嗯」了一聲道：「追回來多少錢？」

「騙子身上的現金加還沒有賣出去的布料，總計有八百五十鎊的樣子。」瓦爾特似乎早已料到雇主要問這件事情，提前有進行過評估。

「很好。」克萊恩點了一下頭道，「將報酬給那位賞金獵人後，就協助她把騙子和贓物都送到最近的警察局。」

北區警察局，瓦哈娜和她的丈夫巴庫斯看著對面的高級督察，他們驚喜地齊聲地問道：「找回來了？」

「抓住人了？」

那位高級督察微笑回應道：「是的。」

他將還剩多少現金多少布料講了一遍，聽得瓦哈娜和巴庫斯同時鬆了口氣。

一百五十鎊的金錢，他們還是能夠承擔的，而且，剩餘的布料還有升值和利潤的空間，總體而言，損失並不大。

他們連連感謝了警官，直到有人來請巴庫斯去辨認贓物和罪犯。

瓦哈娜坐在那裡，沒有遺失儀態，笑著對前方的高級督察道：「你們的效率超乎我想像，我很好奇，你們是怎麼找到那些騙子的？」

知道對面美麗優雅的夫人認識下院議員，遲早能弄清楚真相，那位高級督察沒有隱瞞地回答：「其實是一位賞金獵人完成的，她從銷贓渠道入手，很快就抓到了人。」

「你們還有發布懸賞？」瓦哈娜似乎明白了原委。
那位高級督察搖了搖頭道：「我們還沒來得及，是別人發布的懸賞，兩百鎊。」
「兩百鎊？」瓦哈娜驚訝反問道。
這可不是一筆小數目，甚至超過了她丈夫這筆生意預計的利潤。
見警官給予肯定的答覆，瓦哈娜忍不住問道：「是誰發布的懸賞？」
「那位賞金獵人沒有說，不過，陪她來的是一位管家打扮的先生。」高級督察簡單描述了瓦爾特的模樣。
瓦哈娜隱約猜到了是誰，身體微微後靠，無意識低語道：「兩百鎊……」

下午，馬赫特議員家，前來教導對方女兒禮儀的瓦哈娜先感謝了莉亞娜夫人提供幫助。
有著墨綠色頭髮的莉亞娜謙虛了幾句，轉而問道：「瓦哈娜，聽說妳還在擔任道恩．唐泰斯先生的禮儀老師，不知道他是個什麼樣的人？」
瓦哈娜斟酌了一下，說道：「一位真正的紳士，熱心，慷慨，善良，有教養，有風度，懂得很多。」
莉亞娜聽得微微頷首，轉頭看向旁邊的高傲少女，輕笑了一聲道：「可惜，他年紀太大了，否則會是一個不錯的相親對象。」
「嗯，我打算邀請他來參加這周末的舞會。」

不死者

－The Most High－

詭秘之主

第八章

圈子真小

周六晚上，八點。

克萊恩乘坐自家高檔馬車，用時兩分半鐘，抵達了伯克倫德街三十九號的馬赫特議員家。

看了眼水聲嘩啦映著燈火的噴泉池，他邊扣燕尾正裝的鈕釦，邊走下馬車，緩步前往房屋正門。理查德森則拿著瓶包裝精美的南威爾紅酒，緊跟在雇主後面。

進了大門，克萊恩一眼就看見莫里．馬赫特議員和他的夫人莉亞娜女士迎了過來。

前者穿著橄欖綠色的陸軍軍官服，戴著一條橘紅色的綬帶，胸口掛著幾枚勳章——在魯恩王國，現役或退伍的軍官都喜歡在舞會時著軍裝。

後者一身黃色非立領的長裙，上面多用荷葉邊，少見精緻的蕾絲，有別於未婚女士，不過，同樣顯露出了白皙的脖子和半個肩膀。

克萊恩從貼身男僕理查德森手裡接過那瓶南威爾紅酒，遞給馬赫特議員，然後行禮道：「抱歉，遲到了幾分鐘。」

這其實是魯恩宴會常見的情況，客人寧願遲到一定的時間，也不能早到，因為主人也許還在忙碌地做宴會最後的準備，這種時候不適宜招待客人，當然，遲到也儘量得控制在十分鐘之內。

如果不是瓦哈娜專門教導了這方面的常識，克萊恩肯定會禮貌地早到一段時間。

「沒關係，舞會還沒有正式開始。」馬赫特瞄了眼手中的南威爾紅酒，邊將它遞給自己的貼身男僕，邊微笑著點了一下頭。

在魯恩上流社交場裡，初次參加對方舉行的宴會，必須送主人一件小禮品，其中，以酒類飲品最受歡迎，但必須記住，第一次得挑選國產的。

和男主人打完招呼，克萊恩又看向莉亞娜夫人，見她微揚起了右手，於是上前一步，執起她的手掌，彎腰虛吻了一下道：「妳的光芒照亮了整個舞會。」

宴會開始前，對主人的恭維是魯恩社交場合裡少有的不需要含蓄的地方，而和因蒂斯不同的是，魯恩的吻手禮必須女士先做出表示，男士才能往下進行，否則是嚴重的失禮。

「你的到來同樣如此。」莉亞娜夫人笑著回應道。

然後，他們夫妻倆領著道恩．唐泰斯穿過門廊，進入了大廳，悠揚的旋律早已在這裡迴盪。

前行幾步，莫里．馬赫特指著一位穿天藍色長裙的少女道：「我女兒，海柔爾。」

克萊恩隨之望向那位少女，眸光突然收縮！

他認識這位少女，準確地來說，他見過對方的形象！

他向阿羅德斯詢問哪裡能弄到可以竊取別人非凡能力的神奇物品時，「魔鏡」展示的場景裡有一幕是徘徊於下水道的高傲少女，而這正是海柔爾．馬赫特，一位有著墨綠波浪長髮和深棕明亮眼眸的小姐！

她擁有對應「盜火人」的神奇物品？以她的家庭條件，怎麼會徘徊於下水道內？那是屬於她的奇遇？她在下水道內尋覓或者等待著什麼？她已經成為非凡者？怎麼變成非凡者的？她體內難道也寄生著一位老爺爺？那位老爺爺會不會也像「瀆神者」阿蒙那樣，能察覺到灰霧的氣息？

披著道恩．唐泰斯「皮」的克萊恩瞬間想到了不少問題，表面卻不動聲色地按胸行禮道：「晚安，海柔爾小姐。」

這個過程裡，他悄然掃了眼海柔爾．馬赫特的臉龐，發現這位少女表情平淡，眼神高傲，只禮貌性地微笑回應道：「晚安，唐泰斯先生。」

她沒有異常的反應，這說明至少她是不能察覺到灰霧氣息的……至於她有沒有老爺爺寄生，暫時還無法確定，得繼續觀察……

克萊恩支起身體，從旁邊侍者端著的托盤裡拿了杯淡金色的香檳，轉而與莫里．馬赫特議員交談起來：「沒想到議員你曾經是少校。」

這是從馬赫特議員的肩章看出來的。

如果對方是上校，克萊恩就要懷疑這位先生也是非凡者了，但少校很難說。

「哈哈，這不算什麼，在東拜朗有著太多建立功勳的機會。」莫里．馬赫特謙虛回應道，「當然，那裡的氣候也讓人很不適應，我一直在向陸軍上層建議，為東西拜朗設計專門的軍服，摒除掉傳統的深色，否則軍官們會感覺自己像烤架上的牛肉。」

至於士兵們，多是上紅下白。

「是的，那裡的氣候和國內完全不同，就連迪西海灣，都沒有那麼炎熱。」克萊恩若有似無地表明自己去過南大陸，去過東西拜朗之一，與幾天前提及的狩獵經歷互相印證。

寒暄了幾分鐘，馬赫特議員道了聲歉，帶著夫人莉亞娜走向樓梯口，上到第二層，於正對大門的圍欄處，舉起裝有紅葡萄酒的杯子道：「感謝各位參加這次的舞會，首先，讓我們讚美神靈，這是一切美好的源泉。」

他和莉亞娜夫人旋即在胸口點了四下，低聲讚美起女神，賓客們也各自用相應的方式讚美了自己信仰的神靈。

馬赫特議員依舊舉著杯子，沒有放下，帶著笑容繼續說道：「其次，讚美王國，這是穩定的基石。」

「讚美王國。」克萊恩舉了舉裝香檳酒的杯子，跟著周圍的賓客們說道。

接著，馬赫特議員環顧了一圈，風趣問道：「最後，我們該讚美什麼呢？」

克萊恩念頭一動，朗聲笑道：「讚美貝克蘭德的空氣好轉。」

馬赫特議員愣了一下，難以遏制笑容地回應道：「很好，這個提議很好。讓我們讚美貝克蘭德的空氣好轉，這是我們更好生活的象徵，乾杯！」

治理大氣汙染是他這位下院議員一直以來的政治理念，他始終在各種場合推動著相應法案的制定，在環境改善上發揮了不小的作用，所以，讚美貝克蘭德空氣好轉就等於在讚美他，而且更加含蓄更為光明正大。

眾位賓客熱烈地回應了他，喝掉了手裡的酒類飲料。

緊接著，馬赫特議員牽著莉亞娜夫人的手，下至一樓大廳，於輕柔的旋律裡跳起了開場舞。

在場的男士們開始尋找自己想第一個邀請的舞伴，克萊恩則重新拿了杯香檳，悠閒地打量起賓客們。

咦，瑪麗夫人也來了……他一眼掃過，發現了位熟人：考伊姆公司的大股東，身家幾萬鎊的，曾經委託夏洛克．莫里亞蒂捉姦的瑪麗夫人。

她是大氣汙染調查委員會的成員，和支持這件事情的下議員走得很近很正常……

克萊恩沒試圖過去邀請對方跳舞，因為他現在是道恩．唐泰斯，根本不認識街區之外的女士。

他收回目光，望向別的地方，看見海柔爾．馬赫特端著杯白葡萄酒，站在偏邊緣的地方，帶著略顯疏離的笑容，看著男士們各自鎖定對象，準備邀舞。

這位小姐長相其實很不錯，大氣而柔美，本該是舞會上的明星，眾人爭著邀請跳舞的對象，可她那種帶著居高臨下意味的高傲態度，讓一位位將目光投向她的男士紛紛轉移了目標。

這種眼神，我在某些非凡者那裡見過，他們自認為已不是凡俗，面對普通人時，會有強烈的優越感……呵呵，這說明海柔爾小姐高機率是非凡者啊……

也對，若不是非凡者，她怎麼敢在下水道裡徘徊……她是「偷盜者」途徑的？可是，這種高傲的樣子怎麼扮演「偷盜者」和「詐騙師」？難以想像……

克萊恩見議員夫妻的開場舞即將結束，也開始認真地考慮起該邀請哪位女士。

道恩．唐泰斯四十出頭，第一支舞就邀請少女，不太妥當，除非那是確定的晚輩，而夫人們的第一支舞應該都會給自己的丈夫……嗯，應該邀請熟悉的人或者舞會的主人……

克萊恩的目光掃了舞池一圈，只找到一位道恩．唐泰斯熟悉的女士，那就是禮儀老師瓦哈娜。

邀請她？不，之前暗中的幫助，她應該已經知道，這種時候再邀請她跳第一支舞，很容易讓她誤會，說不定會影響她夫妻間的感情，並給道恩．唐泰斯這個身分惹來許多不必要的麻煩……我又不是大帝，嗜好人妻，不，他什麼都嗜好，總之，該避嫌就得避嫌……

克萊恩視線移動間，聽到樂曲發生了變化，從輕柔變得輕快。

這是一種流行於魯恩中部鄉村的音樂，深受貴族們喜愛，常常用來搭配第一支舞。

隨著旋律的變化，男士紛紛走向了選定的小姐或夫人，而克萊恩注意到，並沒有誰往海柔爾．馬赫特那裡靠近。

她是舞會的主人之一……而且可以近距離觀察一下……呵呵，如果她真是「偷盜者」途徑的非凡者，那說明灰霧對「占卜家」的相近途徑也有一定的「聚合力」啊……

克萊恩噙著溫和的笑容，不快不慢地走向了那位高傲的少女。

「海柔爾小姐，我能請妳跳一支舞嗎？」鬢角發白的道恩．唐泰斯動作標準地行禮道。

海柔爾看了他一眼，沉默了幾秒道：「這是我的榮幸。」

她隨之伸出了手掌。

克萊恩禮貌地拉住她，進入舞池，隨著旋律跳起了輕快而活潑的舞蹈。

看了對方柔美但沒什麼表情的臉龐一眼，克萊恩抱著試探的心態笑道：「我剛才注意到很多年輕的紳士想請妳跳舞，卻又沒能鼓起勇氣。」

海柔爾微抬腦袋，眸光一掃道：「唐泰斯先生，這不是一個有禮貌的話題。」

……克萊恩一下被噎住，不知道該怎麼接續。

我還以為她會很輕蔑地說不喜歡很幼稚的，自身沒能力的人，暗含看不上普通人的意思，誰知道，她連這個問題都不屑於回答……

呵，這種優越感極強的心態也很容易導致後面晉升時的失控啊……

克萊恩忍不住於心裡腹誹了兩句。

在他的認知裡，非凡者只是擁有額外能力的人類，等同於很有錢，很有地位，從實質上來講，依舊有著人類屬性，無法脫離社會，必須到了序列四，才算出現質變。

而且，大多數半神也在人類社會裡活動，就連序列一的「命運之蛇」威爾·昂賽汀也在好好地做未出生的胎兒……也許只有到了「瀆神者」阿蒙他們這個階段，才能真正地以「神」的眼光注視現實世界……

克萊恩思緒一轉，主動開口道：「抱歉，我曾經是一個經常往返於南北大陸間的商人，並沒有太多的舞會經驗，呵呵，我是指這種舞會。」

「沒關係。」海柔爾平靜回應道，似乎根本不在乎對方有沒有提出剛才的話題。

換做別的人，此時已經不知道該怎麼和這位高傲少女閒聊了，只能專注於跳舞，但克萊恩如今也算得上見識廣博，經驗豐富，對神祕世界對不同的非凡者有著足夠的了解。

他順著剛才的道歉，就微笑說道：「這對我來說，並不是一個比大海簡單的挑戰，同樣有著美麗的風景，又蘊藏著數不清的困難，當然，大海上還流傳著各種寶藏的故事，裡面有些明顯是假的，有些聽起來像是真實，卻又無法驗證，就像排名第一的『死神的鑰匙』。」

「死神的鑰匙？」海柔爾抬起腦袋，望了眼比自己高不少的道恩．唐泰斯先生。

果然，這種有著強烈優越感的非凡者總是會對涉及神祕的事情感興趣……

克萊恩暗笑一聲，輕輕點頭：「是的，傳聞在狂暴海的某個隱密地方……」

他將當初在「白瑪瑙號」上聽到的寶藏傳說有所取捨地一一講了出來，並附加上後續冒險生涯裡聽到的更多細節。

這個過程裡，他不可避免地提及了「四王」與七位海盜將軍。

海柔爾對此明顯有著興趣，少見地回應起克萊恩，甚至還偶爾提出問題，這讓兩人間的舞蹈不再尷尬，不知不覺就來到了尾聲。

克萊恩有技巧地結束了剛才的話題，轉而問道：「妳是回到剛才的地方，還是去那邊拿一些食物？」

跳完一支舞之後，男士必須遵循女士的意願，將她送到她想去的地方，不一定是原本所在的位置。

海柔爾張了張嘴，似乎還想問點什麼，但最終沒有說出那些話語，矜持點頭，說道：「剛才的地方。」

嘿嘿，她對海上的故事明顯有些不捨啊……這就是個大號的小屁孩，只要摸準了脾氣，找準了愛好，其實不是那麼難以相處……

克萊恩忍著笑意，將海柔爾送回了舞池邊緣，她原本站立的位置。

至於他自己，當然是故作隨意地走向擺放著各種食物的一張張長條桌，拿起個餐盤，給自己夾了份香煎龍骨魚，並搭配切好的澆黑胡椒汁的小牛排。

比起跳舞和應酬，美食才是聚會的真諦……

克萊恩一邊想著，一邊努力讓自己進食的動作顯得優雅。

這時，他看見瑪麗夫人走了過來，叉了塊紅酒鵝肝到盤子裡。

克萊恩見對方掃了自己一眼，遂禮貌地笑著點了一下頭，算是回應。

「不知道該怎麼稱呼你？馬赫特議員之前舉辦的宴會和舞會上，我並沒有見過你。」或許是見道恩・唐泰斯鬢角發白，藍眼深邃，很有魅力，顴骨較高長相一般的瑪麗夫人主動詢問道。

克萊恩笑笑道：「我是剛從迪西海灣過來的商人道恩・唐泰斯，就住在這片街區。女士，我有幸知道妳的姓名嗎？」

瑪麗若有所思地點了一下頭，大致清楚了這是位竭力擠入上流社會的商人，就像過去的自己。

她含笑開口道：「瑪麗・肖特，考伊姆公司的董事。」

她沒有提自己是考伊姆公司最大的股東，也未說目前是大氣汙染調查委員會的成員，這是魯恩式的含蓄。

瑪麗・肖特，這是回歸父姓了？對，她已經離異……克萊恩無聲嘀咕了一句，微笑說道：「我知道這家公司，它主營無煙煤和優質木炭，最近幾個月擴張得非常迅猛，呵呵，坦白地講，我有意圖投資，但似乎競爭不過別人。」

大氣汙染相關法案出臺後，無煙煤和優質木炭的需求大增，考伊姆公司得到了超越以往多年努力的發展，總體價值據說已超過了二十五萬金鎊。

克萊恩有意投資並不是隨口胡扯，而是真覺得這一行在未來多年內，還會變得更加重要，直到人類發現替代能源。

瑪麗對自己推進大氣汙染調查報告出爐，讓考伊姆公司得到長足發展的事情一直很自豪，聞言難掩笑意地說道：「這是因為大家越來越重視自己生活的環境了。」

說到這裡，她輕微嘆了口氣道：「越來越好的同時，麻煩也越來越多了。」

因為「剛剛」認識，克萊恩沒追問有什麼麻煩，仗著以前就認識瑪麗夫人，輕鬆找到了對方感興趣的話題，讓兩人聊得相當愉快。

呵呵，她對夏洛克·莫里亞蒂和道恩·唐泰斯的態度有很大的不同啊……

原本熟悉的人，換了張臉孔，換了個身分後，站在她面前，卻得到全新的對待，未有一點的問題，這種感覺真的很奇妙。

聊著聊著，克萊恩一陣感慨，只覺自己多服食的「無面人」魔藥在快速消化。

過了幾分鐘，一位有著燦爛金髮的英俊男子端著杯紅葡萄酒走了過來，微笑對瑪麗夫人說道：「瑪麗，你們在聊些什麼？」

「希伯特，這是來自迪西的道恩·唐泰斯先生，他在海上在西拜朗的經歷真的相當有趣。」瑪麗當即為兩人介紹道，「道恩，這是希伯特·霍爾先生，東切斯特伯爵的長子，呵呵，我們本該尊稱他勳爵，但他更希望我們稱呼他首席祕書先生，大氣汙染調查委員會的首席祕書。」

我聽你說過，當然是以夏洛克．莫里亞蒂這個身分活躍的時候……東切斯特伯爵，這可是大貴族，真正的社會頂層啊……

克萊恩尊敬但不顯卑微地行禮道：「請允許我作為一位普通人表達謝意，大氣汙染調查委員會的工作讓我們獲得了更好的生存環境。」

希伯特．霍爾被這誠懇的道謝弄得頗為高興，笑著回應道：「這是我們所有人的努力。」

瑪麗則在旁邊笑道：「道恩，不要再提這件事情，這會讓希伯特驕傲的，不，我剛才是在開玩笑，他比我認識的所有貴族子弟都要謙虛，他這個時候明明應該在東切斯特郡家族領地上度假，與一群朋友去打獵，但我發過去馬赫特議員邀請我們參加這周舞會的電報後，他立刻就回來了。」

「並不只是為了舞會，還有很多事情需要我處理，我的父親，霍爾伯爵，在六月之前，同樣會經常往返貝克蘭德和家族領地之間。」希伯特認真解釋道。

一位很重視自己社交形象的先生……克萊恩心裡做出了初步的判斷。

瑪麗聞言，隨口問道：「你還有什麼事情？什麼時候離開貝克蘭德？」

「其他都已經處理好了，只剩下最後一件，呵呵，我的妹妹奧黛麗對貝克蘭德腳踏車公司百分之十的股份很感興趣，僱傭了專業的團隊幫她談判，我負責協調這件事情。」希伯特不甚在意地說道。

貝克蘭德腳踏車公司百分之十的股份？真巧啊……不得不說，上流社會的圈子並不大……

克萊恩暗自唏噓，故意提到：「我也找了團隊收購那百分之十股份，開到了九千鎊，可惜，這無法與別人競爭，我只能放棄。」

希伯特略感詫異地看了他一眼：「你很有眼光。」

他沒有提自己這邊具體報價是多少，免得對方再次參與競爭。

九千鎊……

瑪麗無聲自語，覺得自己低估了道恩·唐泰斯的財力。

這時，第三支舞的旋律響了起來，希伯特·霍爾轉身面向瑪麗，問道：「我有幸請妳跳一支舞嗎？」

「我一直在等待你的邀請。」瑪麗當即伸出了自己的手。

這讓克萊恩直接與他們交換名片的想法沒能實現，不過，他並不著急，因為舞會還有很久。又弄了一盤食物後，他一邊享用，一邊看著舞池內，欣賞夫人小姐們的舞姿。

這個過程裡，他發現馬赫特議員和莉亞娜夫人周旋於不同的賓客旁，和所有人都聊得很開心，甚至跳了幾支舞。

「據瓦爾特說，確定好賓客名單後，主人必須認真地總結每一位客人的喜好和經歷，據此設計不同的交談話語或玩笑，讓每個人都有被單獨對待的感覺……上流社會的人際交往真麻煩……呵呵，這也許就是魯恩紳士們髮際線普遍偏高的原因……」克萊恩一邊感嘆，一邊腹誹。

他收回目光，望著空掉的餐盤，認真地思考起接下來是邀請某位小姐或女士跳舞，還是再吃一點。

就在這時，他眼角餘光瞄到了海柔爾．馬赫特的身影，這位少女正腳步略顯急促地前往三樓。

出了什麼事情？克萊恩的精神瞬間就有所緊繃。

他經歷過太多的意外，也清楚自己身邊容易發生非凡事件，一遇到類似的情況，難免下意識高度警惕，很有種得了創傷後遺症的感覺。

認真看著海柔爾．馬赫特的背影消失在樓梯口，克萊恩察覺到對方只是急促，並不慌亂。

這似乎意味著情況在她掌握之中……而且，馬赫特是下院議員，王國內僅次於貴族階層的上流人士，周圍高機率有非凡者保護，嗯，霍爾伯爵的長子也在這裡，他的保鏢肯定是非凡者……

另外，聖賽繆爾教堂距離伯克倫德街也就馬車十來分鐘的路程，真有什麼問題，值夜者和牧師主教們隨時能趕來……除非已經抱著必死的決心，否則沒誰會在這場舞會上製造意外……

克萊恩漸漸平靜，對海柔爾的狀況有了另一個猜測：她急促去三樓是為了解決神奇物品的負面影響！

當初克萊恩詢問阿羅德斯的問題是，能從哪裡得到可以竊取別人非凡能力的神奇物品，而「魔鏡」給予的答案之一就是海柔爾．馬赫特！

回想之前跳舞時的場景，海柔爾的形象迅速在克萊恩腦海內重建，並以她身上不同的飾品為主。髮飾，耳環，項鍊，胸針，薄紗手套……會是哪件呢？

克萊恩收回目光，感覺到了口渴，於是拿起一杯清水，咕嚕喝了乾淨。

他剛放下杯子，就看見禮儀老師瓦哈娜．海森端著餐盤，靠攏過來。

這位女士穿著紅色的長裙，卻一點也不顯俗氣，淺笑對道恩．唐泰斯道：「我發現你並不是太喜歡喝酒。」

「我曾經因為喝酒耽誤過很重要的事情。」克萊恩隨口豐滿著道恩．唐泰斯有閱歷有深度的形象。

當然，他很懂得克制，沒有用「無面人」的能力變掉一根手指，以此證明當初下了多麼大的決心。

瓦哈娜若有所思地笑道：「你的過去充滿謎團，這對許多少女而言，有著致命的吸引力。」

她沒有繼續這個話題，轉而說道：「忘了告訴你，我丈夫的麻煩解決了。」

克萊恩拿起一杯香檳，往前舉了舉，含笑說道：「這真是一件令人高興的事情，祝賀你們。」

他完全沒提自己暗中有幫忙。

瓦哈娜深深地看了他一眼，同樣舉起手中的紅葡萄酒道：「乾杯。」

輕碰一下，各自抿了一口後，克萊恩禮貌地說了聲抱歉，放下杯子，轉身走向盥洗室位置。

這並非他想去灰霧之上，單純是因為「喪鐘」左輪的負面效果影響，喝水太多，打算去方便一下。

走出盥洗室時，克萊恩又抬頭看了眼二層通往三層的樓梯口，發現海柔爾．馬赫特正一步步下行，腳步不再急促，表情平靜無波。

果然，沒什麼大問題……應該就是她身上神奇物品的負面影響……也不知道是什麼效果……

克萊恩鬆了口氣，隨意掃了眼舞池，在樂曲變化的間歇，向一位女士走了過去，邀請對方跳舞。而以道恩．唐泰斯的外形和氣質，毫無疑問沒有被拒絕。

就這樣跳跳吃吃聊聊吃吃中，舞會慢慢到了尾聲，一位位賓客相繼告辭。

已經完成名片交換任務的克萊恩同樣如此，但不是第一個，也不是最後一個離開。

大廳很快變得冷清，莉亞娜夫人一邊監督僕人們收拾，一邊招手讓女兒海柔爾．馬赫特過來。

莉亞娜夫人含蓄說道：「道恩．唐泰斯先生的表現比我想像得好很多，剛才已有不少女士在私下裡向我打聽他的情況。」

「海柔爾，妳剛才有和唐泰斯先生跳舞和聊天，覺得他這個人怎麼樣？妳比同齡的少女都要成熟，我相信妳的眼光和判斷。」

她很了解自己的女兒，所以刻意加了後面半句話，否則海柔爾未必有興趣詳細回答。

面對母親時，海柔爾不是那麼高傲，想了想道：「他不是太熟悉這個圈子，容易提出得罪人的話題，但很有見識。」

「很有見識……」莉亞娜夫人略感詫異地重複起女兒的話語。

以她對海柔爾的了解，這是相當高的評價了。

她忍不住有些擔心，害怕女兒喜歡上道恩．唐泰斯。

海柔爾對周圍的適婚紳士都不太看得起，是因為他們太年輕，太淺薄，不夠有能力？道恩．唐泰斯正好是早熟少女喜歡的類型……

莉亞娜突然有點後悔邀請那位先生來參加舞會。

她知道以海柔爾的性格，如果陷入一段愛情卻遭到反對，完全有可能做出私奔這種事情。

海柔爾似乎察覺到了自家母親的想法，沒什麼情緒波動說道：「我只喜歡足夠強大的男士。」

呼……莉亞娜暗自鬆了口氣，不再擔憂剛才的問題，因為海柔爾是個不屑於撒謊的少女。

深夜，海柔爾從床上起來，借助夜視能力，換上了便於行動的衣物。

她從自己臥室的陽臺攀爬往下，小心翼翼避過家裡的保鏢們，一路潛出花園，來到伯克倫德街中段——並不是所有的下水道入口，都能讓人類自由通過並具備豎直的金屬階梯。

海柔爾熟練地挪開人孔蓋，爬了下去，又從裡面將人孔蓋合攏。

近三刻鐘後，她才移動人孔蓋，回到街道的陰影裡。

就在這時，海柔爾看見一道黑影輕巧地翻進了不遠處的花園裡。

「一百六十號……」她念出了對應的門牌號。

這正是道恩・唐泰斯的家。

樓房第三層，克萊恩又一次因靈性直覺從夢中醒來，恨不得將打斷自己睡眠的潛入者抓來餵「蠕動的飢餓」。

這一次，他直接就打開鐵製捲菸盒，放出了「怨魂」祕偶。塞尼奧爾穿暗紅外套的身影先是走入全身鏡內，接著就跳躍至貼身男僕房間的凸肚窗玻璃上。

「他」注視著理查德森，看見這位男僕翻身坐起，又害怕又緊張地望著門口。

房門無聲無息打開，一道人影閃了進來。

緋紅的月光之下，這位潛入者顯露出了棕黃的膚色，柔和的輪廓，以及烏黑的短捲髮，明顯是南大陸拜朗人種。

帶著些許陰冷氣息的他立在門口，看著望向自己的理查德森，沉聲說道：「考慮好沒有？不要以為脫離了我們，就能得到你想要的平靜生活，你的身體裡流著死神子民的血液，注定要為恢復神的榮光付出所有。」

「想想你死去的母親吧，想想你曾經受到的欺凌，難道你希望你的孩子將來依舊在別人歧視的眼光裡成長，永遠做別人的僕役？」

「……可是，我又能做什麼……」理查德森埋下腦袋，艱難說道。

「等待給你的任務。」潛入者的聲音柔和了一點。

理查德森沒有回答好還是不好，心裡似乎還在掙扎。

而潛入者沒在意他的猶豫，當他已經答應，直接轉過身體，退出房間，原路離開。

「死神子民……靈教團，或者其他拜朗復國組織的人？」目睹了剛才一切的克萊恩靠躺在床上，無聲自語道，「他們會讓理查德森做什麼任務？偷我的錢，向組織提供經費？或者在某場上流圈子的宴會裡製造恐怖事件？」

此時，潛入者已從大陽臺攀爬往下，穿過花園，翻出豎著鐵柵欄的外牆，回到了街上。

突然間，他看見左側有道人影撲了過來，忙一個閃身，握緊拳頭，發力轟擊。

「砰！」

拳頭打中了那道黑影，卻直接穿透了過去，就像命中的是煤氣路燈光芒製造的陰影。

與此同時，他後腦突遭重擊，整個人一下暈倒在地。

海柔爾的身影旋即浮現於潛入者側後方，表情略顯興奮，似乎完成了一場成功的欺詐。

她迅速收斂住情緒，保持住高傲的姿態，側頭望了眼伯克倫德街一百六十號的黑色鐵柵欄大門。這位少女彎下腰背，拽住潛入者的手臂，一步步將他拖到了道恩·唐泰斯的門口。

緊接著，海柔爾鬆開左手，處理掉痕跡，微抬下巴地上前兩步，拉響了門鈴。

然後，她背影挺直地快速離開，沿著街道的陰影往家裡返回。

而一百六十號外面的一盞煤氣路燈上，黑色金屬柵欄包裹著的玻璃表面，穿暗紅外套戴陳舊三角帽的身影靜靜倒映，旁觀完了整個過程。

該怎麼處理呢……房間內的克萊恩為難地想著。

他知道海柔爾是好心幫鄰居解決潛入者，並且不留姓名，但這樣一來，管家報警之後，事情深入調查下去，肯定會轉給值夜者們，到時候，誰弄暈的潛入者將是一個重要問題。

如果克萊恩真的只是普通人，那沒什麼，隨便值夜者們調查，可他不僅是序列五的強者，而且還在謀劃著竊取查尼斯門後的物品，並不希望被意外打斷進程，不得不再次改換身分。

坦白地講，他最早的處理想法是找藉口解僱理查德森。

不過，剛才聽到的對話讓他有點動搖。

若這個時候解僱理查德森，渴望平靜生活的他等於被我親手推入深淵，只能與那群人攪和在一起……可惜，道恩．唐泰斯這個身分是有「任務」的，否則隨手幫一下他也不是什麼大的問題。

克萊恩嘆息著想道。

十多秒後，門口昏迷的潛入者突然站了起來，活動了一下脖子，躲到了附近的陰影裡，而這個時候，聽到門鈴聲的管家瓦爾特剛披上衣服，走出樓房正門。

來到門口，瓦爾特借助煤氣路燈的光芒，透過鐵柵欄的縫隙，發現外面一個人都沒有，街道靜悄悄的。

有那麼一瞬間，瓦爾特懷疑自己是不是聽錯了，剛才根本沒有門鈴聲！

他定了一下神，快步走向小樓後面的僕人房，喊醒其中幾位，讓他們拿上雙管獵槍，來回巡視主屋四周，防止有盜賊或搶劫犯潛入。

瓦爾特沒有立刻報警，因為什麼事情都還未發生，剛才的門鈴聲也許只是哪個惡作劇的流浪漢弄出來的。

與此同時，最近的那個下水道內，之前的潛入者扶著金屬把手，一層層往下，來到黯淡無光的區域。

他很快停了下來，背靠住長了苔蘚的牆壁，緩慢往下滑倒，坐至骯髒的地面。

他的眼睛重新閉了起來，好像還處在昏迷狀態，而他的前方，一個戴陳舊三角帽穿暗紅外套的中年男士瞬間浮現，正是克萊恩的祕偶，「怨魂」塞尼奧爾。

塞尼奧爾彎下腰背，從潛入者的衣物內側口袋裡翻找出了七蘇勒十一便士錢幣，以及裝有不同粉末的小布包。

房間內的克萊恩遠端操縱著幾十公尺外的祕偶，一一辨識起那些粉末，發現果然如他所料，都是死靈領域各種草藥的粉末，而其中一部分可以用於「通靈」！

——來自拜朗的非凡者屬於「收屍人」途徑的機率很大，即使未到序列七「通靈者」，準備相應的草藥粉末和精油純露也非常正常，畢竟那些材料又不是只有「通靈」一種作用。

緊接著，克萊恩操縱祕偶塞尼奧爾，快速布置起儀式，向「愚者」祈禱。

然後，他去灰霧之上做出響應，讓對方能完成接下來的事情。

做完這一切，他重返現實世界，繼續操縱「怨魂」塞尼奧爾，真正地開始「通靈」。

穿過微光風暴，克萊恩看見了潛入者的靈，他渾渾噩噩，模糊透明。

「你叫什麼名字？屬於哪個勢力？」塞尼奧爾低沉問道。

潛入者木然回應道：「戈多普斯，我屬於『黑骷髏黨』。」

黑骷髏黨，好像是東區邊緣和貝克蘭德橋區域靠近碼頭位置的一個黑幫，以有拜朗血統的人為主，雖然不如茲曼格黨野蠻魯莽，敢打敢殺，但也狠辣彪悍，不怕殺人……

克萊恩一邊回想著以往蒐集到的資料，一邊讓塞尼奧爾繼續問道：

「你們主要做什麼？為什麼找理查德森？」

戈多普斯渾噩說道：「我們在為神而戰。我們原本是東拜朗復國會的成員，建立黑骷髏黨是為了掌握情報，獲取經費，除了這些，還有一個任務，那就是蒐集與死神有關的各種物品，將它們送回南大陸。」

「這次，我們得到確鑿的線索，沃爾夫伯爵的藏品中有一張從艾格斯家族陵寢裡帶出來的面具，這個家族是神的後裔。」

「為了拿到這張面具，我們需要派人進入沃爾夫伯爵家工作或是混入沃爾夫伯爵舉辦的宴會舞會，而理查德森是一個很好的人選，他沒有參與各種組織的前科，又有著豐富的僕人經歷。」

貴族家的僕人往往都是「祖傳」的啊，哪有那麼容易混得進去……除非是臨時需要大量人手，做短期的僱傭……

說起來還真有這種事情，今晚舞會上，就有一位女士提到，少量財政狀況不好的貴族變賣了許多土地和莊園，遣散了幾乎所有僕人，只留下不到十個服侍，勉強維持著體面的生活，等有大型宴會或舞會需要時，再花錢向「幫助家庭僕人協會」等組織僱傭一批臨時工撐場面……

還有，沃爾夫伯爵竟然收藏著死神後裔家族的面具，我記得阿茲克先生的姓就是艾格斯……可惜啊，我目前不希望被意外打擾，否則也許會想辦法幫阿茲克先生弄到這張面具……

克萊恩無聲嘀咕了幾句，讓塞尼奧爾繼續問道：「你是怎麼認識理查德森的？」

戈多普斯呆板地說道：「我們在東拜朗的莊園認識，那個時候，我們都是奴隸。而奴隸之中，有人在悄然地傳播死神的信仰，我，理查德森，他的母親，在那種生活裡，不可避免地成為了死神的信徒，暗中加入了那個在奴隸裡很有影響力的組織。」

「後來，理查德森的母親生病死去了，他也被帶到了貝克蘭德，而我留在東拜朗，找機會逃出了莊園。幾年後，我被派到貝克蘭德，在一次偶然的機會下，重遇了理查德森，他，他竟然忘記了他母親的死亡，忘記了曾經遭受過的虐待，忘記了對神的信仰，被所謂的平靜生活腐蝕了意志！」

「為了躲避我，他故意犯錯，連續換了三個雇主，可是，他又怎麼能想到，過去的同伴已經不再是普通人！」

每個人都有選擇的權力，只要不傷害到他人，不過，我和理查德森是兩種人……

房間內的克萊恩閉了下眼睛，讓塞尼奧爾低沉地問道：「那個在奴隸裡很有影響力的組織叫什麼？」

戈多普斯遲疑了一下道：「永生會，信仰死神的人，將在離開痛苦的現實世界後，於冥界獲得永生。」

永生會……這我知道，靈教團的分支……出身「值夜者」的克萊恩對此相當了解。

他繼續操縱祕偶塞尼奧爾詢問對方，獲得了與永生會、東拜朗復國會、黑骷髏黨有關的大量情報，確認戈多普斯一伙人滿手都是無辜者的血腥。

結束通靈，處理好痕跡，等待了兩刻鐘，克萊恩再次讓「怨魂」進入戈多普斯的身體，駕馭著他爬出下水道，返回街邊陰影裡。

而這個時候，伯克倫德街一百六十號內，拿雙管獵槍的僕人們巡視得已不那麼專心，似乎認為潛藏的危險已經過去。

克萊恩裝作什麼都沒有察覺，依舊在主臥室沉睡，但是，他已布置儀式，自己召喚自己，自己響應自己，帶上阿茲克銅哨、鐵製捲菸盒和「蠕動的飢餓」，以怨魂幽影的狀態無聲無息離開了房屋。

他綴在戈多普斯後面，始終保持著八十公尺的距離，藉此操縱被祕偶附身的「人質」，讓他繞到別的街區，登上路口的出租馬車。

一個多小時後，「戈多普斯」回到了黑骷髏黨的總部，一個位於碼頭附近的小屋。

這裡面藏著大量的軍火，有好幾位東拜朗復國會派來的成員，他們構成了黑骷髏黨的高層。

「戈多普斯」按照約定的方式，敲開了大門，對迎上來的一位成員說道：「理查德森已經屈服了。」

「很好。」那位成員不太專心地掃了戈多普斯一眼，讓開道路，任他通過。

「戈多普斯」環視一圈，看見房屋角落裡堆放著之前買到的高性能炸藥和一批步槍，而幾位黑骷髏黨的高層正聚在一起，不知在討論什麼。

「戈多普斯，來一根？」剛才那位成員遞了一根菸過來。

這是南大陸風格的煙，直接用曬乾的菸葉裹少量草藥製成。

戈多普斯接了過去，隨手拿起桌上的火柴，抽出幾根，刷地劃燃。

然後，他將那幾根燃燒的火柴丟向了角落，丟向了高性能炸藥旁易被點燃的一種爆炸物。

在場全部人有些木然地看著戈多普斯，短暫竟沒反應過來發生了什麼事情。

「轟隆隆！」

幾十公尺外的行道椅上，克萊恩坐在那裡，背對著火光騰起，氣浪翻滾的房屋。

幾秒之後，穿暗紅外套的塞尼奧爾出現於他的身邊，有少許被火灼燒的痕跡。

這位「怨魂」以手按胸，行了一禮，旋即回歸到鐵製捲菸盒的金幣表面。

可惜啊，不能把非凡特性撿起，否則就不像一場意外了……黑骷髏黨的高層沒有非凡者絕對引人懷疑……

克萊恩暗自嘆息了一句，處理掉痕跡，結束召喚，直接回到灰霧之上。

第二天上午，他什麼事情都沒發生一樣，起床洗漱，等著貼身男僕進來穿戴外面的衣物。

理查德森沉默入內，熟練地完成了自己的工作。

接著，他退後了一步，埋低腦袋道：「先生，服務完這周，我想辭職。」

他正常是按周從女管家塔內婭那裡領取薪水。

「為什麼？」克萊恩望著鏡中的自己，一邊整理馬甲一邊問道。

與此同時，他心裡悠然想道：還不錯嘛，知道主動辭職，不給雇主帶來麻煩……

理查德森早已想好藉口道：「我感覺我的能力還不足以勝任貼身男僕，昨晚舞會時，我和其他賓客的僕人有過交流，發現自己還差得很遠。」

克萊恩笑了笑道：「所有人都是從沒有經驗，很少經驗成長起來的，再考慮一下吧，明天給我最終的回答。」

「好的，先生。」理查德森不再多說，主動退出房間，去一樓幫雇主拿上午份的報紙。

這個過程裡，他會先翻一下，將最有意思的報紙放在最上面。

翻看中，他的目光突然凝固，集中在了一則新聞上：「貝克蘭德橋區域迪拉姆街七十九號發生劇烈爆炸，疑似與『黑骷髏黨』有關……」

「據警方介紹，『黑骷髏黨』的高層全部死在了這場意外的爆炸裡，包括利馬、莫雷拉、戈多普斯……」

這……

理查德森搖了一下頭，懷疑自己在作夢。

第九章

初次審查

伯克倫德街一百六十號，二樓餐廳內，克萊恩剛咬了一口由僕人夾上奶油的吐司，就看見管家走了進來。

瓦爾特行了一禮道：「先生，昨晚有未知來歷的人拉響了我們的門鈴。因為時間已經很遲，我沒有叫醒您，只是讓僕人們拿上雙管獵槍，輪流守了一夜。」

「如果您允許，我今天會去附近的警察局拜訪，讓他們加強這片街區的夜間巡邏。」

請個這樣的管家，除了貴，沒什麼別的缺點了……

克萊恩輕輕頷首，喝了口剛送來的新鮮牛奶道：「很好。」

伯克倫德街三十九號，馬赫特議員家，海柔爾進入二樓起居室內，看見母親莉亞娜正在和女管家閒聊。

「發生了什麼事情嗎？」她將一縷墨綠色的頭髮撩到了耳後。

莉亞娜呵呵笑道：「昨天半夜有人拉響了唐泰斯家的門鈴。」

「惡作劇？」海柔爾找了個位置坐下。

「沒人知道，總之，唐泰斯的管家今天上午專門去了警察局。」莉亞娜說著從僕人口裡知道的消息。

海柔爾幅度很小地點了一下頭道：「讓警察介入是最好的辦法。」

「但這完全沒用，因為根本不知道是誰拉響的門鈴，現場據說一個人都沒有。」莉亞娜搖頭笑道。

海柔爾愣了一下，脫口反問道：「現場一個人都沒有？」

「對，唐泰斯的管家似乎只是讓警察局加強我們這片街區的夜間巡邏，這是好事。」作為下議院議員的夫人，大律師的女兒，莉亞娜在警察部門有著很好的人緣。

「一個都沒有……」海柔爾低聲重複了一遍，陷入了沉默。

過了一陣，她離開啟居室，往三樓返回。

途中，她忍不住握起拳頭，向前揮舞了幾下，似乎在測試什麼，眉眼間則帶著明顯的疑惑。

主臥室內，克萊恩看著前方堆放的大量金幣，眼中盡是亮閃閃的顏色，這一共有等值於四千鎊的金幣！

經過一周的籌集，「星之上將」嘉德麗雅終於完成了「幸運天平」的交易，除了這些金幣，還支付了六千五百鎊現金。

坦白地講，這麼一大堆金幣確實比同體積的鈔票更有視覺衝擊力……克萊恩一邊感嘆，一邊從衣口袋拿出得自「血之上將」塞尼奧爾的十三枚魯恩金幣，將它們丟入了同類之中。

做完這一切，他才拿出冒險家口琴，湊到嘴邊，吹了一下。

無聲無息之間，提著四個金髮紅眼腦袋的蕾妮特·緹尼科爾出現在了側前方。

「女士，這是第一筆款項，總計價值四〇一三鎊。」克萊恩將視線從金幣堆上收回，望向信使小姐道。

不得不說，他有點好奇信使小姐要怎麼搬走這麼一大堆金幣，他記得對方收信時都是用牙齒咬的。

「很好……」「還剩……」「五千……」「九百……」「八十……」「七……」蕾妮特．緹尼科爾的腦袋依次說道。

不用提醒我……克萊恩擠出笑容道：「我會盡快籌齊。」

蕾妮特．緹尼科爾沒再說話，其中一個腦袋努力張開了嘴巴。

霍然間，她身前變得黑暗而幽深，所有的金幣都像是流水，受到漩渦的吸引，爭先恐後地湧了過去。

短短幾秒後，那一大堆金幣消失不見。

蕾妮特．緹尼科爾四個腦袋同時點了一下，隨即返回了靈界。

身上還有八千一百五十六鎊現金加五枚魯恩金幣……勉強可以說是一個富翁了……真有什麼投資機會，可以確鑿地出錢，而不是抬價和嘴上說一說……這樣一來，短期內不會被人懷疑是騙子了……呵呵，樂觀一點，也許之後的投資機會能讓我把前面的花費賺回來，錢生錢總是很快的……

克萊恩無聲吐了口氣，將目光投向了窗外，強迫自己欣賞被薄霧籠罩的街景。

夜晚來臨後的東區，因煤氣路燈稀少且多被破壞，四下漆黑，彷彿藏著數不清的怪物和罪惡。

休．迪爾查披著一件帶兜帽的斗篷，拐入一條小巷子，來到了一棟看起來很破舊的房屋外。

這是她之前對佛爾思提過的東區新聚會！

休沒急著按約定的暗號敲門，而是先低頭審視了一下自己的穿著和打扮。

與往常不同的是，她今天穿的是一雙長靴。

這長靴看起來沒什麼古怪，但休很清楚，它的鞋底很厚，裡面還墊著許多事物，能讓一個人「憑空」拔高不少。

而這能有效掩飾休最大的特徵！

摸了摸暗藏的三稜刺，休拉上兜帽，有節律地敲響了房門。

很快，她被引入屋內的起居室，隨意找了個位置坐下。

等到該來的參與者都來得差不多了，聚會的召集者終於走了進來。

他個頭中等，一百七十五公分左右，穿著黑色古典長袍，戴著尖頂的鄉野魔法師帽，臉上扣著張黃銅鑄成般的面具，有種古樸而神祕的氣質。

膚色偏深，但又沒到棕色，像是費內波特迪西海灣區域的人……但這不能肯定，也許是曬的……頭髮烏黑，微捲，這點符合第一個判斷……

休用「治安官」的姿態打量起了對方。

戴黃銅面具的男子則環顧一圈，低沉笑了兩聲道：「你們可以稱呼我X先生。」

X先生……

休的嘴角忍不住抽動了一下。

——成為軍情九處的外圍人員後，她知道了不少隱密組織的情況，其中就包括極光會。

所以，她很清楚，極光會的神使們以字母為代號，喜歡自稱某先生某女士。

而在她看來，於外人面前這麼自稱，有種主動暴露身分和來歷的感覺，畢竟參加聚會的成員，不可能全是見聞較少，知識零碎的非凡者！

他就不怕被人檢舉嗎？難怪那位軍情九處的先生說，極光會都是瘋子，無法用正常人的邏輯理解他們的行為……自從A先生消失，在貝克蘭德出現了好幾起冒充他名字或他同伴召集聚會謀取利益的事情，主事者都很快被檢舉，慘遭逮捕……

嗯，這位X先生真不一定就是極光會的，也許和之前那些屬於同類……

休收回打量的目光，安靜地旁觀起聚會。

她很少檢舉類似的事情，因為她有過一個野生非凡者艱難求存的經歷，明白大家都不容易，所以，只要不發生什麼意外，她都不會向軍情九處提供相應的消息。

如果確定是極光會的神使，那就得檢舉，他們都是瘋子，會帶來極大的危害……

休一邊想著，一邊看著別人交流消息或完成交易。她沒有深度地參與，一是因為沒有太感興趣的物品和情報出現，二是在為「審訊者」魔藥存錢。

結束聚會，回到位於喬伍德區的住宅內，休看見佛爾思塗上了據說能補水的面膜，正躺在那裡悠閒地讀書。

「怎麼樣？那個聚會怎麼樣？」佛爾思假裝漫不經心地問道。

休將斗篷丟到一旁道：「聚會者不少，出現的物品也很多，但還集中於低序列。」

「初次聚會，肯定不會有人直接拿出好東西。」佛爾思放下手裡的小說道。

「嗯。」休點了一下頭道，「聚會的組織者自稱X先生，可究竟和A先生有沒有關係，沒人知道。」

X先生……疑似極光會神使……會不會是路易斯．維恩？

佛爾思精神一振，慵懶後靠道：「他長什麼樣子？」

「他戴了面具！」休白了佛爾思一眼，「妳以為我的視線能穿透障礙嗎？」

「不不不，我的意思是，他的整體型象。」佛爾思在自家老師多里安．格雷那裡見過路易斯．維恩的全身像，知道對方的形象特點。

作為一名「治安官」，休毫不費力就還原了X先生的形象，並疑惑地說道：「不管和A先生有沒有關係，取這樣的名字都很可能被檢舉，他就不擔心嗎？」

佛爾思聽完休的描述，看過她借助「治安官」能力展現出來的畫像，心中已是暗喜，覺得X先生很可能就是亞伯拉罕家族的叛徒，路易斯．維恩！

不擔心檢舉是因為他是「旅行家」，有什麼意外可以從容逃走？如果官方組織按照對付A先生的經驗來，確實沒辦法留下他……

佛爾思無聲嘀咕，沒再多談這個話題，轉而問起了別的事情。

等到休去洗澡，她忙用「占星人」的能力，詢問起自己的靈性，將路易斯‧維恩的形象與X先生的形象重疊在了一起，獲得了他們就是一個人的答案！

「真的是！」佛爾思站起身，在客廳內又激動又欣喜地來回踱步。

她第一個想法是舉發給各大教會，並附上目標有「旅行家」能力的提示，旋即想起之前有嘗試僱傭「世界」先生刺殺路易斯‧維恩。

「不管怎麼樣，先問一下『世界』先生有沒有空閒，要不要接這個任務，不能得罪了他。」想到「世界」先生的所作所為，佛爾思莫名打了個冷顫。

有了決定後，她先確認了休還在泡澡，短時間內不會出來，接著就開始向「愚者」先生祈禱：

「……請轉告『世界』先生，極光會神使路易斯‧維恩已經出現，高機率是『旅行家』，代號X先生。」

聽到虛幻層疊的祈求聲時，克萊恩正坐在四輪馬車上，從聖賽繆爾教堂返回伯克倫德街。

一位女性……不是太著急……對此，他僅能做出最粗略的判斷，沒辦法立刻去灰霧之上給予響應。

掃了眼窗外驅散黑暗的煤氣路燈，克萊恩收回目光，端起白釉瓷鑲金茶杯，輕輕抿了一口。

側方的理查德森見狀，鼓起勇氣道：「先生，我已經想明白了，您說得很對，所有人都是從沒有經驗，很少經驗成長起來的，感謝您給我這樣一個成長的機會。」

確認戈多普斯和他那一幫人死亡後，他終於不再擔心，開始考慮自己的職業生涯。短時間內連續更換雇主對一位僕人來說，是相當大的汙點，一旦從道恩・唐泰斯這裡辭職，理查德森相信自己很難再繼續做貼身男僕。

這於他而言，將是極大的損害。

這不僅僅因為貼身男僕的年薪最少也有二十五鎊，遠勝非管理類的其他職位，和女主人的貼身女僕相當，還在於貼身男僕和貼身女僕是下人裡最有機會成為管家的人！

他們跟隨男主人或女主人，幫他們處理瑣事，做他們的傳聲筒，當他們的助手，能有效培養自身的能力，全面地掌握管家的各種技巧，並藉此成為雇主的親信，只要有機會，就能相對輕鬆地轉為莊園執事、管家助手、副管家，一步步提升為管家。

理查德森確實渴望平靜的生活，但這不表示他就願意一直做僕人，他毫無疑問地想要憑藉自己的努力，得到更多的薪水，獲得更高的地位，而一個富豪家庭的管家就是他的終極目標。

「現在明白，不算太晚。」克萊恩笑著回應了一聲，許可理查德森留下。

回到伯克倫德街一百六十號，他一邊吩咐女管家塔內婭讓廚房為自己準備一份十一點半的消夜，一邊上至三層，脫掉外套，進入浴室。

此時，浴缸內已經由女僕提前五分鐘放好了溫度合適的熱水。

克萊恩沒急著泡澡，來到灰霧之上，弄清楚了剛才是誰在祈禱。

X先生……旅行家……「魔術師」小姐的效率不低啊……不知不覺，她也成長起來了……

克萊恩自語了幾句。

認真考慮後，他具現出「世界」格爾曼．斯帕羅，讓這個假人在瀰漫的灰霧裡祈禱道：「……給我時間、地點和更多的情報，只有這樣才能行動。」

克萊恩的想法很簡單，那就是「旅行家」的能力相當有用，但道恩．唐泰斯很難長時間地離開伯克倫德街或一直待在房間裡，如果「魔術師」小姐那邊能提供詳細可靠的情況，做一次刺殺不會影響什麼，可若是讓「世界」從外圍一點點蒐集消息，那肯定是沒辦法辦到的，會影響自身更重要的事情。

很快，「魔術師」佛爾思做出了回覆：「……我盡快蒐集。」

因為X先生的聚會還沒確定下次是什麼時候，在什麼地方，所以，她只能耐心等待。

敲定了這件事情，克萊恩回到現實世界，脫光自己，躺進了浴缸。

溫暖的水流包裹過來，他舒服地瞇起了眼睛，覺得身體和心靈的疲憊在一點點被洗滌。

他這段時間已經好幾次去聖賽繆爾教堂聽埃萊克特拉主教講解《夜之啟示錄》，又掌握了兩位內部看守者的形象和特點，不過，因為還未出現重複，他依舊無法確定看守者們輪流值守的規律。

而這樣的行為同樣會帶來麻煩，克萊恩睜開眼睛，望著上方的水霧，在心裡嘆息了一句：「第一次審查應該快來了……」

一位經常出入聖賽繆爾教堂內部區域的人士，高機率會受到「值夜者」們的審查，而在他來歷還不是那麼清晰的情況下，類似的事情更是接近必然。

如果沒做審查，對值夜者來說，就是一起嚴重的失職事故……

克萊恩緩慢吐了一口氣。

聖賽繆爾教堂的地底，倫納德緩步走出了一個安靜到無聲的房間。

他碧綠的眼眸此時像是染上了黑色的怪水，有無數虛幻的泡沫和漣漪出現又消失。

「不錯啊，這麼快就成為了『安魂師』，快趕上我了。」立在走廊上的戴莉．西蒙妮似調侃似自嘲般恭賀道。

她依舊穿著戴兜帽的黑袍，塗著藍色的眼影和腮紅，有種妖異的美麗。

倫納德看到這位熟悉的女士時，只覺對方的氣質更陰冷了一點，身周彷彿藏著數不清的幽影，一層又一層，深邃而冰涼。

「很顯然，我距離妳還有很長一段路程，以妳的狀態，應該可以晉升『看門人』了吧？」

倫納德在戴莉面前沒有太隨意，說話也較為正經，因為如果開玩笑，最後臉紅尷尬的肯定是他，而非這位女士。

——「看門人」是「死靈」途徑的序列五。

「兩個月前就可以了。」戴莉沒有隱瞞地說道，表情略顯扭曲。

倫納德大概明白了是什麼原因，微微點頭道：「還沒積累夠功勳？」

戴莉頓時撇了一下嘴道：「對。這就像是已經上了床，一切準備就緒，卻發現家裡沒有保險套，而外面是夜晚，附近街區的商店絕大部分都關門了！」

奇妙的比喻……

倫納德不好回應，只能笑笑道：「妳可以主動地接手一些事情。」

不給戴莉說話的機會，他指了指走廊另外一頭：「索斯特隊長還等著我報告晉升的情況。」

戴莉沒說什麼，目送他離去。

等到他的背影消失在轉角處，這位女士的表情才恍惚了一下，低聲自語道：「索斯特隊長。」

倫納德所屬紅手套小隊臨時駐紮的房間內，剛成為「靈巫」不久的索斯特看到這位作風散漫的下屬進來，隨手就丟了一份文件過去：「很好，你已經得到了晉升。回頭再祝賀你，先對目標做一次夢中審查。」

此時已經深夜，但對以「不眠者」為主力的「值夜者」們來說，與白天沒太大區別，自身反而更加強大。

「這不是本地『值夜者』的任務嗎？」倫納德接住文件，隨口問道。

「他們最近有不少事情，人手不夠，請我們幫一下忙。」索斯特不太在意地解釋道。

倫納德沒再多問，當即低下頭，翻閱起文件。

最先映入他眼簾的是一張照片，而上面的中年紳士讓他印象極為深刻！

「道恩．唐泰斯……」倫納德的瞳孔猛地縮了一下。

他認識這位先生，清楚對方是從第四紀存活下來的不死怪物，至少屬於聖者這個層次，甚至更強！

而且他還知道我的祕密，知道老頭的身分……

倫納德本能就抬手揉了一下太陽穴：「索斯特隊長，我剛晉升，靈性現在還有點不受控制。」

「這樣啊……」索斯特這才發現自己似乎犯了錯誤，忙轉頭對另一位紅手套道，「阿爾貝，你來。」

叫做阿爾貝的是一位三十來歲的男子，髮色偏黃，皮膚略顯蒼白，體格看起來不太健壯。

倫納德鬆了口氣，將手裡的文件交給了對方。

就在這時，他內心突然咯噔了一下：阿爾貝進入那個不死怪物的夢裡會不會受到不好的影響？

這一刻，他有點後悔，認為應該自己去做這件事情，至少他清楚危險性，並和對方打過交道，不至於冒犯。

道恩·唐泰斯應該不會對阿爾貝做什麼……如果他有過激的反應，造成阿爾貝出現異常，那他的問題立刻就會暴露在我們眼前，而以教會的實力和貝克蘭德的狀況，他根本無法活著離開這座大都市……

倫納德很快冷靜了下來，相信道恩·唐泰斯會用更柔和的方式規避夢中審查。

他拉了張椅子，坐到阿爾貝旁邊，看似在漫不經心地閱讀報紙，實則一直關注著對方，防止意外發生。

伯克倫德街一百六十號，主臥室內，夢境中的克萊恩忽然清醒，知道有「外人」來了。

「值夜者」的審查？他一邊嘀咕，一邊環顧四周，發現自己正處於那個半開放的房間內。

接著，他聽到了咚咚咚的敲門聲。

「進來……」克萊恩努力讓自己的聲音像在夢囈。

把手轉動，房門打開，一位穿著黑色風衣，體格較為瘦弱的黃髮男士走了進來，正是紅手套阿爾貝。

「貝克蘭德警察廳警司。」阿爾貝隨意地出示了一下證件，坐到了克萊恩的對面。

「有什麼事情嗎，警官？」克萊恩進入了狀態。

他知道受「夢魘」能力的影響，自己這個時候應該表現得正常一點。

阿爾貝具現出一疊紙張，嗓音低沉地念道：「道恩．唐泰斯，男，迪西郡人……」

他將目前蒐集到的情報大致複述了一遍，末了問道：「這份資料真實嗎？」

「有部分真實，有部分虛假。」夢中的克萊恩「誠實」地回應道。

真實的部分大概就只有「性別男」「沒女伴」這兩點了吧……

與此同時，他在心裡自嘲了一句。

阿爾貝見很快有了進展，心中微喜，板起臉孔道：「有哪些是虛假的？」

克萊恩對此早有準備，故作回想道：「我的財富並非來自礦藏，而是源於在南大陸的冒險。」

他結合安德森描述的西拜朗情況，編造了一位平民如何在魯恩和因蒂斯時常衝突的地域，靠口才、情報、經驗、大膽獲得財富的故事。

這個故事不算詳細，只是一個大綱，主要目的就是讓值夜者們相信道恩‧唐泰斯是有冒險精神的普通人，而不是非凡者——類似發家致富的傳聞，在魯恩有很多，並不少見。

等到克萊恩講完，阿爾貝根據他的描述，又針對性地提了幾個問題，看某些細節是否能對得上。毫無疑問，他得到了滿意的答覆。

「感謝你的配合，祝你做個好夢。」阿爾貝微笑起身，行了一禮，順便用「夢魘」的能力再次影響道恩‧唐泰斯，讓他醒來之後，只隱約記得大概做了個什麼樣的夢，無法回憶起具體的內容。

做完這一切，他轉身走向門口，擰動把手，離開了這個夢境。

果然，「值夜者」們還是太過相信「夢魘」的能力了，換做是我主導此事，肯定會提前設計不同角度不同方面的一系列問題，彼此對照，尋找不協調有漏洞的地方……

呵，最好的辦法是聯合「正義」小姐，出好幾份專業的心理測評問卷，讓目標在夢境裡全部做完，他若是有偽裝，心理狀態和想表現出來的形象，肯定會在不同測評的結論裡有矛盾之處，除非，他也是心理學專家，能注意到每一組問題的實質目的……

克萊恩向後靠住沙發背，將目光投向了窗外。

灰黑迷濛的天地裡，煤氣路燈的光芒昏沉蒼白，照得周圍陰森死寂。

克萊恩安靜地注視了幾秒，勾勒嘴角，自嘲一笑。

而聖賽繆爾教堂的地底，看見阿爾貝正常地甦醒，聽到他彙報經過後，倫納德先是鬆了口氣，接著越來越忌憚那個不死的第四紀怪物。

白銀城，閃電劃破天際，照亮了所有街道。

戴里克·伯格走出自家房屋，別著颶風之斧，向城北的雙子塔行去。

沿途之上，他遇到了不少白銀城的居民，他們有的忙忙碌碌，有的正送孩子去接受通識教育，有的三五成群，巡邏著每一個角落，防止有的人意外死在家裡，沒被至親終結，變成恐怖的惡靈。

這些人的存在讓白銀城顯得非常有生氣，戴里克偶爾還能聽見小孩們的歡聲與笑語。

他不由自主回想起了之前在下午鎮營地的生活，每天能遇到的人類也就那麼十幾二十個，大部分時間還必須待在堅固但逼仄的建築內，外面則是沉寂在黑暗裡躲藏於房屋中的怪物。

它們一次次被清掃，又一次次不知從哪裡冒出來，讓每一位探索小隊隊員都產生了一種發自內心的無力感，似乎怎麼樣都沒辦法得到真正的安全，永遠都難以放心，隨時都要拚盡全力，不能有一絲一毫的鬆懈。

沒有哪種正常生物能保持這種高度戒備高度警惕的狀態很久，所以白銀城有成熟的輪換制度。

從下午鎮回到白銀城並沒有花費第一批探索小隊太久的時間，但之後是不可避免的隔離觀察和放鬆休息，直到今天，戴里克才調整過來，認為自己的精神狀態可以支撐晉升時的負面衝擊了。

而他之前就向「首席」科林·伊利亞特彙報過，自己得到了「公證人」的魔藥配方，被允許用這個收穫換取相應的非凡材料——契靈鳥的尾羽。

至於他欠「月亮」的那些事物，已經借助在下午鎮周圍的巡邏獲得，通過「愚者」先生轉交給了對方。

得到晉升，我就有資格挑選一件非高序列的神奇物品了……

戴里克隱有點憧憬地想著，加快腳步，抵達了城北的雙子塔。

雖然材料倉庫和神奇物品們都在圓塔內，被「六人議事團」注視著，但戴里克的目的地是尖塔，因為這裡有功勳兌換點。

他剛要進入尖塔，靈感忽有觸動，下意識抬頭望了眼圓塔的高層，只見一位穿紫紋黑袍的女子站在窗戶後面，俯視著自己。

對方有著銀灰色的捲髮、淡灰色的眼眸和豔麗的臉龐，正是「六人議事團」成員，「牧羊人」洛薇雅！

兩人視線接觸間，洛薇雅的眼神彷彿能洞穿靈魂，不過，她的表情沒有一點變化，甚至輕輕點了一下頭，像是在打招呼。

她不是在問候我，是在問候我背後那位……

霍然間，戴里克有所明悟，這源於他在塔羅會眾人教導下，逐漸積累起來的經驗。

他點頭回應，毫無異常地收回目光，不快不慢地進入尖塔。

夜裡的拜亞姆私港，沿中線布置有奇怪主炮的「黃金夢想號」駛到了碼頭旁。

達尼茲提著反抗軍送的本地特產，邊笑容滿面地往後揮手，邊沿著舷梯，登上了甲板。

這段時間，他在這裡過得非常舒坦，作為送軍火送糧食送少量非凡材料的特使，他得到了相當高的禮遇，每天不是喝酒吃肉，就是吹牛打獵，甚至還被邀請去旁觀了「海神」賜予信徒祝福的儀式。

見證了這些事情後，他忽然有了個明悟：拜亞姆，或者說所有的殖民地，未來都會爆發激烈的衝突，沒有幾十上百年時光的沖刷不會平息。

所以，達尼茲決定下次再來就賣掉自己在拜亞姆的絕大部分房產，只留其中一棟，然後找機會在因蒂斯首都特里爾，魯恩首都貝克蘭德，以及風光絕佳安寧平和的鄉村等地方買房。

正好可以回諾西埃小鎮一趟，看看老頭和媽媽，嗯，房子可以少買一棟，給他們弄個葡萄園……達尼茲再次向熱情的反抗軍們揮手。

他旋即挺起胸膛，得意洋洋地對「花領結」約德森道：「船長在哪裡？我要向她彙報這段時間的情況。」

約德森不屑地嘖了一聲：「當然在船長室。」

與此同時，他在心裡腹誹道：達尼茲這傢伙，和格爾曼．斯帕羅攀上關係後，越來越驕傲了！不過，那個瘋狂的冒險家真的可怕，竟然成功狩獵了「血之上將」！

「嘿。」達尼茲笑了一聲，邁著欠揍的步伐，進入船艙，見到了「冰山中將」艾德雯娜．愛德華茲。

他瞬間收起那副挑釁的樣子，靦著臉笑道：「船長，我已經完成任務了。」

「具體的經過。」艾德雯娜放下手中的書籍，開口問道。

達尼茲早有準備，詳細描述了這段時間的經歷，並誇大了自身的作用，末了道：「船長，我有遇上格爾曼．斯帕羅，他讓我詢問妳精靈歌者夏塔絲的屍骸和那個黃金酒杯是否有異常。」

艾德雯娜沒有直接回答，起身走向了船長室角落，那裡擺放著一個黑色的木箱。

——「黃金夢想號」在這次起航後才會前往蘇尼亞島，所以夏塔絲和莫貝特的屍骸還在船上，被艾德雯娜收入了特意準備的箱子裡。

單膝彎曲，半跪下來，艾德雯娜打開了那個木箱，讓裡面交錯著安放的屍骸呈現了出來。

那個被壓扁了大部分的黃金酒杯則靜靜置於一隻白骨手掌中，毫無異樣。

「沒有異常。」艾德雯娜給出了結論。

達尼茲探頭瞄了一眼，記下了答案，準備沒人時向偉大的「愚者」彙報，請祂轉達給格爾曼．斯帕羅那個瘋子。

「沒有異常？」灰霧之上，克萊恩微微皺起了眉頭，半是疑惑半是安心。

根據他的推測，黃金酒杯有問題的機率不低，未出現異常有點超乎他意料，不過，他也喜歡這個答案，因為他不希望夏塔絲和莫貝特的安眠被打擾。

也許是要有額外的催化條件？呵呵，希望永遠湊不到……

克萊恩自語了兩句，將目光投向了雜物堆裡的《格羅塞爾遊記》。

由於暫時沒有進入集體潛意識大海的辦法，加上最近的重心是安提哥努斯家族筆記，所以他推遲了第二次探索書中世界的計畫。

呼……克萊恩吐了口氣，收回目光，準備起這周的塔羅聚會。

貝克蘭德時間，下午三點整，一道道深紅的光芒在斑駁長桌兩側亮起，固化為模糊的，不同的身影。

奧黛麗的心情如往常一樣不錯，甚至更好，因為她的哥哥希伯特．霍爾拍電報告訴她，貝克蘭德腳踏車公司那百分之十的股份已經敲定，總價一萬兩千金鎊。

而且，她不需要趕回貝克蘭德簽字，在哥哥希伯特出發前，她就已經在兩位律師見證下，簽署了全權委託協議，她目前只需要等到一切完成，再簽一份確認書給哥哥。

奧黛麗嘴角優雅翹起，站起身來，向著青銅長桌最上首灰霧籠罩中的人影道：「午安，『愚者』先生！」

願「愚者」先生庇佑，今天有迷幻風鈴樹果實的線索……緊接著，她在心裡默默祈禱了一句。

相繼問好，各自坐下之後，「隱者」嘉德麗雅沒有辜負克萊恩的期待，又一次不敢直視般低頭道：「『愚者』先生，這次有三頁羅塞爾大帝的日記。」

那位「神祕女王」還沒有找到羅塞爾大帝被刺殺的線索嗎……還一直在通過「隱者」女士提供

日記……可惜啊，我最近一直在家族領地，和心理鍊金會聯繫得不多，都沒能拿到新的日記……

唔，過幾天去古物蒐集和保護基金會看一看，也許他們有蒐集到一些……

「正義」奧黛麗好奇地旁聽著。

「愚者」克萊恩則笑了一聲：「很好。妳可以考慮請求了。」

其實，我知道「神祕女王」已經將問題告訴了妳……不知道她在貝克蘭德要做什麼……

克萊恩的思緒略微發散開來。

很快，「隱者」嘉德麗雅具現出了那三頁日記，交給了「愚者」先生。

知道「神祕女王」精心挑選過的日記肯定都有相當重要的內容，「愚者」克萊恩讓精神集中起來，狀似漫不經心地將目光投向了手裡的黃褐色羊皮紙。

九月十一日，自從成為天使，我就有了一種自己人格出現分裂的感覺，我的心裡，我的靈內，我的精神深處，始終有聲音在催促我，影響我，製造著難以控制的冷漠，嗜血，殘忍和瘋狂。

這不來源於外界，也非神靈對自身途徑的影響，我可以清楚地感受到它源自基因，源自人類一代代遺傳下來的集體潛意識，源自非凡特性本身，而不是上面殘留的精神影響。

它讓我有著強烈的狩獵和殺戮渴望，想要吞噬周圍所有具備非凡特性的生靈，這讓我必須花費絕大部分精力來對抗它，哪怕我已經在扮演，在消化魔藥，也沒見好轉。

難怪「門」先生說，理智是暫時的，瘋狂是永恆的。

九月二十八日，我已經很久沒寫日記，之前大半個月內，我彷彿在看著自己一點點被陌生人取代，一點點變得冷酷和可怕，就連我的女兒貝爾納黛都只能讓我產生少量的父愛，很少很少。

就在我快要瘋狂的時候，我似乎聽到了數不清的讚美，那是我的臣民們，那是所有在我改革裡收益的人們，那是將我視作「蒸汽之子」的信徒們，在稱讚我，歌頌我，為我豎立雕像，為我撰寫故事，為我創造詩歌。

他們的聲音彷彿船隻的錨，幫我「定位」住了自己。

我開始有能力對抗那種渴望對抗那種發自內心的吶喊，我一點點走了出來，又能擁有作為一個父親，一個丈夫，一個男人的正常情感了。

僅僅只是序列二，就有這樣的變化，到了序列〇，到了真神層次，要對抗的瘋狂該有多麼的恐怖？

或許祂們也需要「定位」，以對抗非凡特性和集體潛意識深處潛藏的強烈失控傾向。

我大概有些明白祂們為什麼要建立教會，為什麼要傳播信仰，為什麼要給自己勢力的聖者書寫篇章，給對應的天使留下傳說……

但為什麼祂們沒有人類形象，只是符號象徵？

想不明白。

下次問一問「門」先生，祂在神靈領域懂得非常多，如果祂當初沒有被放逐，神靈可能會多一位。」

九月二十九日，重看昨天的日記，我想起了我序列四，序列三，和序列二分別對應的儀式，它們都明顯有瘋狂殘忍的意味，就像小說裡的反派才會舉行的那種。

序列途徑，很可能是注定瘋狂注定絕望的道路。

而這又是人類唯一能獲得超凡之力的道路。

真是好笑啊，諷刺啊。

我們努力地拯救自己，只是為了更好更徹底地毀滅自身？

第一頁日記的內容看得克萊恩心情沉重而壓抑，寫下那些語句的羅塞爾不再是普通人，已經成為天使，加入「黃昏隱士會」，看過「褻瀆石板」，對神祕世界對非凡特性的了解遠勝現在的他，可卻比他更加悲觀，似乎認為這個世界從源頭上從本質上就是扭曲的，瘋狂的，注定自我毀滅的。

不過七神似乎找到了保持理智的辦法，普通的人類並不是沒有一點作用，他們的認知他們的靈性匯聚起來，有可能幫助神靈「定位」住原本的形象，留住過去歲月積累的記憶和理智……

這從羅塞爾的親身經歷可以推測出來……可是，七神為什麼要拋棄原本的人類形象，改用符號化抽象化的聖徽？這不太符合我的判斷……沒辦法理解……

克萊恩沒浪費時間，翻到了下一頁日記。

十二月五日，血月之夜，和「門」先生交流。

祂還是和之前每次一樣，總會提出請求，讓我幫祂返回現實世界，但又不會太過堅持，並且會隨機地回答我一些問題。

呵呵，祂就像在玩遊戲啊，努力地提升好感度，不過，抱歉，我已經提前鎖死了這個選項。

因為已經知道了天使之王們的傳說，我抱著問一問又不會損失什麼的心態請教了「門」先生，重點是天使之王們的實力究竟處於哪個層次。

「門」先生說有的天使之王容納了唯一性，有的服食了兩份序列一魔藥，有的兩者皆備。

「容納」這個詞用得很奇怪，我對此提出了疑問，「門」先生沒直接回答，只是告訴我，如果沒有辦法「容納」唯一性，那在舉行儀式，晉升序列〇前，唯一性對序列一的天使來說，是拖累而非助力。

嗯，可以理解，就像使用「〇」級封印物一樣，負面效果總是大的可怕，而唯一性肯定比這更加誇張。

我又問哪幾位天使之王「容納」了唯一性，門先生同樣未直接回答，只是說阿蒙和亞當讓所有天使都發自內心的嫉妒，因為祂們一出生就自帶唯一性，不用考慮「容納」的問題。從另一個角度來講就是，阿蒙和亞當本身等於服食了序列一魔藥的唯一性？不愧是造物主之子啊！

那位又被稱為遠古太陽神的造物主竟然強大到了這種程度，可以遺傳給自己兩個孩子各一份唯一性，以及序列一非凡特性……祂是在純化自己，排除不必要的干擾？

那麼，「門」先生是否也「容納」了唯一性，甚至還服食了兩份序列一魔藥？我沒有問，因為我知道祂肯定不會回答。

交流的過程裡，「門」先生提醒我不要直接說出亞當的全名，否則會被察覺到，被發現剛才的對話。

我大概明白是什麼原因，笑著問祂，你自己不是已經說出了亞當的全名嗎？

「門」先生回答沒關係，因為「學徒」途徑的序列四叫「祕法師」，有一定的保守祕密含意，雖然不如「黑夜」途徑的「隱密之僕」，但也足夠祂這個層次的存在屏蔽感應了。

我又問了不少關於神靈的疑問，「門」先生未做回答，只是說，等到我有能力有機會後，去月亮之上看一看，就能明白很多事情。

這和我之前的某些想法吻合，但我懷疑祂在誘惑我去，想藉此返回現實世界，畢竟祂每次出現都和月亮有關！

只要「門」先生出現，資訊量都很大啊，總是會占滿一頁……嗯，他對「天使之王」實力層次的解釋，很符合我的推測……

廣義的「天使之王」指依靠各種辦法，超出了序列一，卻又未達到序列〇的准神，這包括容納「唯一性」和服食額外的序列一魔藥，狹義的「天使之王」則專指白銀城信奉的那位造物主——遠古太陽神身邊統領所有天使的八位王者，當然，祂們也肯定符合廣義的標準……

克萊恩腦海內迅速閃過了多個念頭。

至於羅塞爾對遠古太陽神的猜測，他深表贊同，認為白銀城信奉的這位造物主「回收」古神權柄太多太雜，出現了混亂和瘋狂的跡象，於是果斷地生了兩個孩子，藉此排除了部分「雜物」。

簡單來說，阿蒙和亞當都是喝魔藥送的……

這麼看來，「空想天使」亞當明顯擁有「觀眾」途徑的唯一性，祂應該就是「黃昏隱士會」那位神祕的首領了，從古代到現在，為復活自己的父親干涉著時代的變遷……不知道祂有沒有晉升序列〇……就算沒有，「黃昏隱士會」能出動的天使數量，大概也會超出我想像……

嗯，「祕法師」竟然還有守祕的意思，有隱密的含意……

克萊恩一下想到了「愚者」這張椅子背後的符號：部分象徵隱密的「無瞳之眼」加部分代表變化的「扭曲之線」！

他很快收回思緒，將日記翻到了第三頁。

十一月二十八日，我又夢到了格林。

他是我下屬裡最聰明的那個，可惜在探索那座無名小島時，受到未知的感染，死在了迷霧海裡，甚至連孩子都沒留下。

那個時候，我就清楚那座無名小島藏著祕密，藏著難以想像的危險，但本身層次不夠，實力不夠，只能強行忍耐下來。

這次的夢境應該是我的靈性在提醒我，可以去探索那座小島，掌握它的祕密，徹底結束格林之事了。

十一月二十九日，我召集了三位下屬，借助班傑明．亞伯拉罕的幫助和一段時間的尋找，終於又發現了那座無名小島。

我們沒有直接進入，決定先於邊緣地帶休整一天。

愛德華茲說他也經常夢到格林，對當時無法拯救對方深感內疚。

「這不是你的責任，是我的問題。」我這麼對愛德華茲說道，因為我是他們的首領。

十一月三十日，我們深入了島嶼。

這裡存在著大量據說已絕種的非凡生物，它們沒有打鬥地聚集於一起，似乎在膜拜什麼……

這麼一群沒什麼智慧的非凡生物好像在舉行某個儀式！

它們在向未知的神靈祈求？

儀式之中，我看見了格林……

不死者

—The Most High—

詭秘之主

第十章

聰明人的「對話」

在無名小島受到感染，確鑿死去的格林，又出現在了那座無名小島上？大帝，你什麼時候改行寫恐怖小說了？而且，後面呢？

克萊恩的目光凝固於第三頁日記的最後一行，發現再沒有更多的內容。

除此之外，他對羅塞爾大帝描述的非凡生物奇異聚集，不知在膜拜誰的情況，同樣有種驚悚的感覺，要知道並非所有的非凡生物都有智慧，能夠溝通，其中大量屬於失控的怪物，只有瘋狂的本能。

而這些失控的怪物竟聚集在一起，膜拜未知的存在！

可惜啊，大帝沒留下那座無名島嶼的坐標……不過，就算他有留下，我目前也不敢去，萬一受到感染，在外界死去，於島內渾噩重生，就麻煩大了……至少本身得有序列四，甚至序列三，才有底氣去探索……

克萊恩一邊想著，一邊讓手裡的日記消失，側頭望向「隱者」嘉德麗雅，含笑說道：「妳的請求是什麼？」

「隱者」嘉德麗雅沒有考慮，直接問道：「尊敬的『愚者』先生，我想知道羅塞爾大帝是否曾經加入過一個非常隱密非常古老的組織。」

非常隱密非常古老……「黃昏隱士會」？羅塞爾大帝曾經是他們的成員？

「正義」奧黛麗霍然想起了之前聽「愚者」先生說過的那個組織。

「倒吊人」阿爾傑也回憶起了相應的事情，他記得「正義」小姐描述貝克蘭德「欲望使徒」事件時，有提及一個神祕的組織，當時「愚者」先生告訴成員們，在外界不要說那個組織的名稱，因為「凡有言，必被知」！

這樣一個組織確實很符合羅塞爾大帝的層次……

阿爾傑在心裡點了一下頭。

「愚者」克萊恩想到的則是另外一件事情：「神祕女王」對日記的挑選經驗是模糊的，她無法準確地針對提供的內容發問，也就是說，她高機率只能知道某個節點的日記很重要，藏著關鍵的資訊，或者可以從筆跡上判斷出羅塞爾書寫時的情緒。

至於「隱者」女士的問題，對克萊恩來說沒有任何難度，他微微一笑道：「是的。」

與此同時，他在心裡默默提醒了自己兩句：以後得防備「神祕女王」的問題與提交的日記內容無關……還好，我之前已經看了不少羅塞爾日記，對大帝有較為充分的了解……

說完之後，他未做補充，轉而笑道：「該你們了。」

——他不直接說「黃昏隱士會」，是想著下次還能就這件事情再回答一次。

「隱者」嘉德麗雅隨之行了一禮，表示感謝，然後望向「魔術師」道：「我想知道亞伯拉罕家族直系後裔的線索，一千鎊。」

她開價開得毫無心理負擔，因為「神祕女王」肯定會給予相應的補償。

為什麼直接看著我說？她已經知道我老師是亞伯拉罕家族的成員了？

「魔術師」佛爾思先是一驚，旋即又覺得不算意外，因為這件事情對「隱者」女士之外的塔羅會成員而言，不是祕密，他們在與「隱者」女士完成交易時，偶然提及很正常。

雖然一千鎊非常誘人，但佛爾思並沒有想要出賣老師的情報，她活到現在，真誠對她好的人，一隻手都數得過來，所以，非常珍惜這種情感。

斟酌了一下，「魔術師」佛爾思開口道：「妳找他們做什麼？如果妳能提供理由，我可以轉達他們，至於是否會有後續的發展，全看他們的意願，我無法確定。」

果然，她是一位看似普通，實際藏著許多祕密，做事非常謹慎和細心的女士……

「隱者」嘉德麗雅暗自感慨了一聲，輕輕頷首道：「這很合理。我尋找亞伯拉罕家族的直系後裔，是希望得到『門』先生的情報，妳將這一點轉達給他們，看是否有合作的機會。嗯，僅是轉達，我也會支付妳三百五十鎊現金，如果他們願意接洽，後續還有六百五十鎊。」

佛爾思忍了足足一秒後開口回答道：「成交。」

說完之後，她才品味起「隱者」女士話語裡潛藏的意思：「門」先生和亞伯拉罕家族有關？也是，我的手鍊就來自安麗薩太太，屬於亞伯拉罕家族……

呃，老師還不知道我已經知道他是亞伯拉罕家族的人……只能在信裡隨意提一句，說於某個圈子聚會時，聽到有人在找亞伯拉罕家族的直系後裔，涉及什麼「門」先生的事情……也不清楚老師會有什麼樣的反應……

這個時候，旁邊的「正義」小姐則由衷地為朋友高興，感覺對方終於擺脫了破產的困境。

佛爾思已經序列七了，快要趕上我了，我得爭取早點成為「催眠師」……

她一邊這麼想著，一邊眸光忽閃地望向塔羅會眾位成員，希望能有迷幻風鈴樹果實的線索。

「正義」小姐的目光真讓人難以拒絕啊……

「魔術師」佛爾思略顯不好意思地低下了腦袋，因為她的幾個圈子裡，始終未出現迷幻風鈴樹果實的線索。

對面的「倒吊人」阿爾傑沉吟了兩秒道：「我有線索，但至少得兩周之後才有可能去獲取。」

他確實有線索，很早前，他和齊林格斯深入那座原始島嶼時，有發現一株迷幻風鈴樹，只是礙於實力不夠，沒嘗試靠近，而如今，他有了晉升序列五的希望，自然不想放過賺錢的機會，畢竟，他還欠著「星之上將」海怪消息費。

之所以現在就提，是因為這屬於某種意義上的宣示主權——到時候，他會和「世界」一起探索，各自要獲得什麼最好提前說清楚，免得產生矛盾。

當然，這樣一來，對付迷幻風鈴樹時，「世界」格爾曼．斯帕羅高機率會站在一旁看，不提供任何幫助。

「沒問題！」奧黛麗一陣欣喜，甚至沒問價格。

她都已經開始考慮六月分回貝克蘭德後，找個理由找個藉口，直接向心理鍊金會購買。

隨著這兩筆交易結束，因為各位成員暫時沒別的需求，所以，在「隱者」嘉德麗雅重複了一遍神話生物血液的蒐集，「月亮」埃姆林又一次提出尋找「原始月亮」剩下的四位信徒後，塔羅會進入了自由交流環節。

「太陽」戴里克自動自覺地開口道：「我已經成為『公證人』。」

這個不需要告訴我們……

「倒吊人」有種想摀住臉孔的衝動，但還是沉穩平靜地回應道：「『公證人』雖然會獲得體質上的極大增強，但依舊偏輔助，公證有效的能力，可以得到短暫提升，公證無效的能力，會遭遇削弱，或被強行驅散，同時，『公證人』還擅於製作契約，一旦自己簽名認可，序列五也無法違背，就連序列四的半神想強行違約，也要付出不小的代價……」

作為風暴教會的一員，了解「太陽」途徑的優點和缺點是基本功，所以，阿爾傑詳細地為小「太陽」講解了具體的情況，並提醒他最好挑一件擅於控制目標的神奇物品，如果沒有，則選攻擊力強的那種。

「謝謝您，『倒吊人』先生。」「太陽」戴里克由衷地道了聲謝。

在他心中，整個塔羅會裡，最偉大最讓人尊崇的是「愚者」先生，最讓人佩服最讓人嚮往的是「世界」先生，而最可靠最好心最善良的毫無疑問是智慧的「倒吊人」先生。

此時，「月亮」埃姆林則在心裡想道：這傢伙竟然追到了我這個層次，不行，不能被他超過去，我得盡快完成狩獵，得到獎勵！

他思考了幾秒，徵得「愚者」先生的同意，具現出了之前那個細長如同木樁的「月亮人偶」：

「女士們，先生們，你們有誰知道它是什麼嗎？」

他清楚「愚者」先生肯定掌握著答案，但手裡暫時沒有可以用來和這位偉大存在等價交換的事物，所以只能看塔羅會別的成員對此是否有一定的了解。

這不就是我在那個聚會上看見的木偶嗎？「月亮」先生已經找到目標了啊……

「魔術師」佛爾思同樣好奇地等待著別人給予答案。

「隱者」嘉德麗雅仔細審視了幾眼，慢慢皺起眉頭道：「這應該是『月亮使者』。它是『原始月亮』信徒用長達幾百年的血腥儀式製作的非凡物品，據說有得到神力的融入，每一個都擁有難以想像的恐怖。」

「你在哪裡獲得的？這很危險，最好交給你們血族的上層。」

「月亮」埃姆林改變了一下坐姿，嘿了一聲道：「我在狩獵那個『原始月亮』信徒時遇上的。她已經死了，而我還活著。」

「月亮」先生的炫耀真是一眼就能看出來啊……資深「觀眾」奧黛麗在心裡輕笑了一聲。

「隱者」嘉德麗雅則一陣愕然，故意不做掩飾地反問：「你怎麼辦到的？你們血族的上層提供了幫助？」

「月亮」埃姆林張了張嘴，竟有點不知該怎麼開口。

他這才發現這個話題不適合深入討論。

「咳。」他清了清喉嚨，望了眼青銅長桌最上首道，「我向『愚者』先生請求了幫助。」

向「愚者」先生請求了幫助？還能這樣？「隱者」嘉德麗雅聽得一陣愕然。

她並不懷疑「愚者」先生的位格和能力，在接受過懲罰，發現祂的眷者格爾曼．斯帕羅越來越厲害後，她對這方面的事情就再沒有一點疑問，甚至當初「愚者」先生借助古代物品將她拉入這裡，讓她規避掉追逐的知識時，她就已經明白對方至少是「隱匿賢者」、「原始月亮」這個層次的存在，只不過因為種種緣由，無法直接干涉現實世界，疑似復甦過程中的古神。

「月亮」的話語讓她詫異的是，「愚者」先生竟然會對塔羅會成員提供有效的實質的幫助，而非知識的教導或順手的拉入。

這一方面說明我也能在危急時刻，直接向「愚者」先生請求幫助……這比任何儀式都更為誇張……另一方面隱約透露出「愚者」先生復甦的進程比我想像得快……

「隱者」嘉德麗雅瞬間閃過了諸多念頭。

「正義」奧黛麗、「太陽」戴里克等人對此倒是沒什麼意外，他們都或多或少祈求過「愚者」先生的幫助，見識過這位偉大存在手下的天使。

見所有人的目光都投向了自己，「月亮」埃姆林縮了縮腦袋，揚起下巴道：「我有付出報酬。這是等價交換！」

等價交換……一位偉大存在的即刻響應，有效回饋，根本就是無價的！

「隱者」嘉德麗雅忍不住在心裡反駁了一句。

她沒有直接說出口的原因是，她也希望將來能有這樣「等價交換」的機會，而這往往意味著她會比別人多一條生命！

「魔術師」佛爾思則對「月亮」先生刻意強調等價交換表示不理解，這裡向「愚者」先生祈求過幫助的，都提供了相應的報酬！

「月亮」先生真是一個愛面子的人，不，血族啊……「正義」奧黛麗認真品評著「月亮」埃姆林短時間內的情緒變化。

交流繼續往下進行，這次的塔羅聚會一點點步入了尾聲。

回到白銀城，「太陽」戴里克先是認真記憶了一遍「倒吊人」先生講的「公證人」優缺點，然後才再次前往城北雙子塔，準備挑選神奇物品。

他之前沒做這件事情，是剛晉升後，狀態不太穩定，擔心接觸神奇物品會造成失控。

圓塔之內，走完流程的戴里克．伯格提出了自己的需求，看見了篩選出來的一件件物品，獲得了對應的資料文件。

經過仔細的閱讀和觀察，他很快將範圍縮小為二選一。

一件是「卡爾迪的戒指」，外表古樸，通體呈鐵黑色，銘刻著晦暗繁複的花紋，屬於白銀城很久前一位居民的遺留，它能幫助佩戴者震懾目標，讓對方出現一定的停滯，也能使正常人類短暫失去理智，或喚醒瘋狂怪物潛藏的溫情、記憶，讓它們於很短的時間內陷入自我迷茫的狀態，不再發動攻擊。

另一件是「雷神的怒吼」，得自某個變成廢墟的城邦，本身相當沉重，外形如同巨錘，表面幽藍深邃，纏繞著銀白的電光，握柄疑似生靈的腿骨，它能在戰鬥裡發出讓敵人驚恐混亂的聲音，就像雷神降臨到地面，正不間斷地怒吼，它每一擊都帶有強烈的毀滅性，可怕的閃電永不缺席。

「卡爾迪的戒指」負面影響是，佩戴者會不知不覺產生另一個「自我」，所以必須定期接受「精神分析師」的治療，如果中間有錯過一到兩次，那問題將變得極為嚴重，很難再治癒，而兩個自我的爭鬥，最終必然導致失控。

相對來說，「雷神的怒吼」沒這麼大的隱患，它只是會讓使用者一點點累積暴躁的情緒，這個只要定期發洩，就不存在問題，不過，它還有一個負面效果，那就是持有它的人，在無光的環境下，被黑暗深處恐怖怪物襲擊的機率是百分之百！

被襲擊的機率是百分之百……看到這個數據，戴里克一下黯然，因為這意味著已經有多位白銀城居民基於這個緣由消失不見。

他們都是「雷神的怒吼」的前主人！

選哪一件呢？產生另一個「自我」是很可怕的事情，「正義」小姐好像提過，這叫人格分裂。「雷神的怒吼」不僅有影響敵人狀態的能力，還有相當強的攻擊力……我的「颶風之斧」因為使用太過頻繁，應該會比預計得更早毀壞……我自己能夠發光，不用太擔心絕對的黑暗……

戴里克思考了一陣，將手指向那幽藍色的巨錘：「我要『雷神的怒吼』。」

伯克倫德街一百六十號，克萊恩剛走出主臥室，就看見管家瓦爾特等在外面，手裡拿著幾張請帖：「先生，這周一共有三個邀請，周三的下午茶，周五的文學沙龍，周六的晚宴，它們分別來自……」

克萊恩表情溫和地聽完，微笑說道：「告訴這幾位友善的邀請者，我會參加的。」

「好的，先生。」瓦爾特行了一禮，離開了三樓。

看著他的背影消失在階梯口，克萊恩忍不住在心裡暗嘆了一聲：這樣的邀請再有一周，就該我請周圍的鄰居參加舞會或晚宴了……

這麼來回請上幾次，我才能真正地進入他們的圈子，被他們引薦給更高層次的大人物，進入不同的俱樂部……

呵呵，這樣的引薦肯定是建立在足夠豐厚的財力基礎上的，一個沒有利用價值的人是不會得到引薦的……

上流社會的交往真麻煩，至少還得有一個月，我才能接觸貝克蘭德大霧霾事件的邊緣人物們……還是教會那邊好，只要有足夠的捐獻足夠的虔誠，就能自由進入，聽主教布道，當然，前提是能通過審查……

如果順利，說不定一個月內，我就能掌握內部看守者們的輪班規律，找到機會進入查尼斯門後……

克萊恩收回思緒，吩咐旁邊的貼身男僕理查德森將外套、帽子和手杖拿過來。

根據安排，他要去王國大劇院看最近最流行的戲劇《背叛者指環》。

這並不是單純為了娛樂，只有了解流行戲劇、出名音樂、潮流小說，他在上流社會的各種聚會裡，才能和別人有話題聊。

一位廣受歡迎的紳士私底下肯定是很累的，臺上一分鐘，臺下十年功……這種社交性的聚會真讓人心累……

克萊恩腹誹的同時，任由理查德森將外套給自己穿上，然後乘坐高檔四輪馬車，前往位於西區的王國大劇院，坐到豪華包廂內，欣賞《背叛者指環》這齣戲劇。

「和電影，電視劇不同，戲劇表演更加浮誇更加用力，嗯，這是表演環境決定啊……」

「故事還不錯，可為什麼我覺得有點眼熟，不會告訴我，原著作者是羅塞爾大帝吧……這幾位應該就是有名的戲劇演員了，報紙上有提過他們，據說很受追捧，有點地球網路時代明星的感覺了……」

「只要多參加上流圈子的聚會，肯定有機會碰到他們……」

克萊恩一邊看著戲劇表演，一邊習慣性地在內心吐槽。

喬伍德區，一家大型劇院售票處，終於排到的梅麗莎拿出鈔票和銅幣，將它們推進窗口，道：

「《背叛者指環》，周日下午三點那場，兩張票。」

看完《背叛者指環》，克萊恩坐上自己的馬車，喝了口紅茶，接過了理查德森購買的各種晚報。他先翻到了戲劇評論板塊，找了些專業人士的評論，將它們與自己的觀看感受一一進行對比，逐漸總結出了富有個人特色又很有深度的體驗。

嗯，至少能糊弄那些先生夫人了……克萊恩做完「功課」，才悠閒地翻看起報紙，意外發現了一則消息：「貝克蘭德腳踏車公司百分之十的股份已經售出，各位朋友請勿再打擾！」

已經敲定了？艾辛格先生刊登這條消息就意味著他已經收到了錢……

克萊恩先是一喜，旋即微微皺起了眉頭。

他的目光停留在了最後那個驚嘆號上。消息的內容確實是他與艾辛格·斯坦頓提前約定的那些，但他總覺得最後那個驚嘆號有點刺眼。

「這句話包含的情緒明顯是不需要驚嘆號的……艾辛格先生是一個非常注意細節的人，不可能讓報社自由發揮……他刻意用了這個驚嘆號，是在傳遞什麼資訊？」

「他在做警示？」沉吟之中，克萊恩突然有了點明悟。

艾辛格·斯坦頓出售的那貝克蘭德腳踏車公司百分之十股份明顯來自夏洛克·莫里亞蒂，而以前者的道德品格而言，不可能無故售賣，這就從某種程度上說明，夏洛克·莫里亞蒂或者他的代理人，已經回到了貝克蘭德！

所以，貝克蘭德大霧霾事件裡牽涉的王室某個派系，敏銳察覺到了情況，開始監控艾辛格·斯坦頓偵探，務求將前去領取現金的目標直接抓獲！

我該怎麼去拿錢呢……克萊恩狀似自然地看著報紙，認真地思考起這個嚴肅的問題。

晚上十點，貝克蘭德又下起了淅淅瀝瀝的小雨，淡薄的水霧讓煤氣路燈的光芒產生了一種朦朧的美感。

艾辛格．斯坦頓的助手博文巡視了底層一圈，走到凸肚窗邊，準備關上最後一扇窗戶。

就在這時，一道黑影竄了進來，穩穩落在凸出的那塊牆體上，這竟是一隻藍色的短毛流浪貓！

博文見對方大而圓的黃色眼睛望向了自己，忍不住低笑了一聲：「這裡沒有食物。」

因為偵探工作容易引來報復，且本身有不少的祕密需要隱藏，所以，艾辛格．斯坦頓家裡的廚師和傭人都是鐘點工，每天只來固定的幾個小時，不會一次準備太多的食物，這讓牠們在晚餐之後很難有留存。

那隻藍色短毛貓張開了嘴巴，卻沒有發出喵嗚的叫聲，而是像人一樣說話道：「我是夏洛克．莫里亞蒂，我要見艾辛格．斯坦頓先生。」

博文雖然是知識與智慧之神教會培養出來的非凡者，但本身序列不是太高，見識也不是太多，這還是第一次遇上會說話的貓，短暫之間難免震驚和失神。

過了好幾秒，他才恢復了清醒，回味起藍色短毛貓剛才的話語：牠說……牠說牠是夏洛克．莫里亞蒂？

這位大偵探真的不簡單啊！他竟然能變成一隻貓，不，控制一隻貓！這種能力真是又詭異又驚悚啊！

博文迅速平靜下來，沒直接回答那隻藍色短毛貓，伸手關上了玻璃窗。

做完這一切，他才壓低嗓音道：「跟我來。」

那隻藍色短毛貓當即躍下凸肚窗後面的平臺，尾巴翹起步伐敏捷地走在博文側後方，跟著他一路來到二樓，看著他敲響艾辛格．斯坦頓臥室的房門。

「有什麼事情嗎？」穿著一身淺條紋睡衣的艾辛格開門問道。

他正在享受睡前的菸草。

博文謹慎地指了指蹲在身旁的藍色短毛貓道：「夏洛克．莫里亞蒂先生找您。」

兩鬢斑白臉龐清瘦的艾辛格眉毛微抬，低頭看了一眼，後退兩步，任由那隻藍色短毛貓大搖大擺地走進了他的臥室。

「你回房間睡覺，明天按時起床，我們還有個案子等待追查。」艾辛格像是什麼事情都沒有發生一樣吩咐博文。

等到助手離開，他關上房門，轉頭望向那隻蹲在安樂椅旁的藍色短毛貓，輕笑了一聲：「我沒想到你還有這種非凡能力，正擔憂你會直接過來。」

「我注意到了那個驚嘆號。」藍色短毛貓露出笑臉道。

不得不說，一隻貓臉上出現這種表情相當違和，會讓目睹者有種脊椎發冷汗毛聳立的感覺。

艾辛格對此卻沒有異常反應，吸了口菸斗，坐到安樂椅上，享受地緩緩吐出氣體，含笑說道：

「我相信你的智慧。」

「感謝你的稱讚。」藍色短毛貓禮貌地伸出爪子，行了一禮。

艾辛格注視著它，邊摩挲菸斗，邊微笑說道：「你應該已經明白發生了什麼事情。」

「雖然那群人不敢非常嚴格地監控，害怕被我發現，告訴黑夜教會和蒸汽教會，呵呵，他們一旦暴露，同樣會有不小的麻煩，但我相信，他們之中肯定有半神，這既是推理，也是一些回饋告訴我的結論，畢竟我在這條街道已經住了很多年。」

「所以，人類和動物進入我的房屋不會被阻止，這一點，你已經想到了，可離開時，必然會被尾隨跟蹤，你有什麼辦法擺脫他們？嗯……那一筆錢的數量並不少，拿著它們出去會非常顯眼。」

「讓我想一想，你是打算和我溝通，讓我將錢存入指定的銀行帳戶，然後你再找不少人，於貝克蘭德之外的不同地方，分批且同時地提取？」

說至這裡，艾辛格自嘲一笑道：「這是我能想到的最好的辦法，但操作會非常麻煩。」

藍色短毛貓沒做正面回答，低沉笑道：「我只需要你借一個無人的房間和三根蠟燭給我。」

「沒問題。」艾辛格．斯坦頓未做追問，轉而說道，「這次股份轉讓的價格是一萬兩千金鎊，買家是霍爾伯爵的女兒奧黛麗，嗯，僱傭律師和會計團隊、刊登廣告總計花費了六百鎊，另外，交納了百分之零點五的印花稅和百分之二十的D類所得稅，還剩下八千九百四十鎊。」

D類稅指商業、金融和專門行業收入所得稅。

還要交稅啊……一下就沒了兩千多鎊……

藍色短毛貓的表情瞬間有點呆滯。

克萊恩以前是值夜者，薪水無需繳納個人所得稅，後來是私家偵探，收入難以被監管，所以從不主動報稅，再後來，他成為了冒險家，因為針對海盜的賞金有優惠，無需繳稅，也沒這方面的意識，所以，哪怕上次艾辛格·斯坦頓有提及稅款的問題，他也未放在心上，不覺得會有多少，結果，現實狠狠地給了他一棒。

至於上次股權交易為什麼沒有納稅，是因為魯恩政府鼓勵對發明創造做初期投資，有相應的減免。

短暫的安靜後，藍色短毛貓的鬍鬚動了兩下道：「好的，你把現金給我，呃，搬到那個無人的房間。」

「那些現金沒有問題吧？」

「我已經檢查過了，他們不會在這方面做小動作，這是對我智商的侮辱。」艾辛格拿著菸斗起身道，「之後記得給我補一份簽字的確認交易書，郵寄過來。」

「它已經在路上了。」藍色短毛貓早有準備地回應道。

艾辛格隨即走向主臥室內的那個保險櫃，用密碼加鑰匙把它打開，然後抽出一疊疊現金，將它們塞入了不同的公文袋內。

接著，他拿著這些公文袋，離開主臥，進入了斜對面的客臥。

「你點一下。」艾辛格邊放下裝滿現金的公文袋們，邊對跟著過來的藍色短毛貓說道。

「我相信你。」藍色短毛貓看了幾眼後道。

艾辛格點了點頭，指了一下櫃子道：「裡面有蠟燭。」

說完，他退到門口，拉住把手，含笑說道：「真是好奇你會怎麼離開……我想這一定會是精彩的『魔術』。」

喀嚓一聲，艾辛格．斯坦頓合攏了房門，讓客臥重新變得安靜和冷清。

藍色短毛貓旁邊迅速浮現出了一道穿暗紅外套戴陳舊三角帽的身影，正是克萊恩的祕偶，「怨魂」塞尼奧爾。

他翻出蠟燭快速布置了一個簡陋的祭壇，省略掉所有前置環節，直接用精靈語低沉念道：「大海與靈界的眷者，羅思德群島的保護者，海底生物的支配者，海嘯與暴風的掌控者，偉大的卡維圖瓦。您忠實的僕人祈求您的注視；祈求您收下他的奉獻；祈求您打開國度的大門。」

靈性之牆內的風聲霍然變得激烈，塞尼奧爾迅速用指甲劃破手背皮膚，甩出了一滴滴血液。

作為序列五的「怨魂」，他身上每一樣東西都等於富含靈性的材料！

狂風吸走了血液，灌入了象徵「海神」卡維圖瓦的那朵燭火，讓它膨脹開來，化成了一扇滿是魔法標識和象徵符號的虛幻大門。

過了十來秒鐘，那大門才發出沉重的吱呀的聲音，緩緩地一點點地敞開。

塞尼奧爾旋即將裝有現金的公文袋一個個提起，丟入了虛幻的大門內。

等到再沒有剩餘，他體內容納的一枚金幣飛了出來，落至祭臺上。

這「怨魂」的身影隨之消失，投射到了金幣光滑的部分。

金幣搖搖晃晃飛起，跟著前面的公文袋，進入了虛幻的獻祭之門。

無聲無息間，那神祕的大門合攏了，三朵燭火都恢復了正常。
此時，那隻藍色短毛貓才彷彿找回了自我，茫然地左看右看，發出喵嗚的聲音。
過了一陣，艾辛格開門進來，發現裝著鈔票的公文袋全部不見，只剩下三根蠟燭靜靜地燃燒，只剩下那藍色的短毛貓警惕地弓起背部。
他深深注視著這一幕的時候，街道另一頭的岔口，一輛廂式出租馬車不快不慢地駛了過去。

同樣的夜晚，喬伍德區一棟建築內，休頂著稀疏的細雨，回到了家裡，邊用毛巾擦頭髮，邊對佛爾思道：「妳的信已經寄出去了。」
佛爾思「嗯」了一聲，暗自猜測起老師什麼時候能夠回信。
這時，休放下毛巾，隨口說道：「X先生的聚會有消息傳遞過來，還是之前那個地方，周五晚上。」
很好，可以告訴「世界」先生了！也不知道需要付出多少報酬……佛爾思聽得眼睛一亮。
她還沒來得及開口詢問細節，休已自顧自補充道：「X先生還給了一個酬勞據說會很豐厚的任務，嗯，將自身知道的運氣不正常的人告訴他。」
「運氣不正常的人？」佛爾思疑惑低語道，「這位先生的大腦有問題吧？誰會在這樣的聚會裡洩漏自己周圍的情況？這很容易被人發現真正的身分。」
「誰知道呢？或許真是一個瘋子。」休不認識運氣不正常的人，所以不甚在意地回應道。

佛爾思仔細想了一陣，依舊沒弄明白這個任務的真正用意，只能將它拋到腦後，準備等休去洗澡的時候，向「愚者」先生祈禱，將相應的資訊傳遞給「世界」格爾曼·斯帕羅。

第十一章

瓦爾特的異常

X先生在尋找運氣不正常的人？灰霧之上，克萊恩琢磨著「魔術師」小姐提供的情報，試圖從中分析出有用的資訊。

想了一陣後，沒有靈感的他決定換一個角度去思考，那就是回憶自己身邊運氣不正常的人，看是否會存在什麼內在的聯繫。

嗯……迷霧海最強獵人安德森．胡德算一個……艾倫．克瑞斯醫生算一個……咦，他們都是受到了其中一條「命運之蛇」的影響……「命運天使」烏洛琉斯是救贖薔薇的創建者之一，這個隱密組織是支持並信仰「真實造物主」的……極光會相當於「真實造物主」的教會……

一連串的情況浮現於克萊恩的腦海，並飛快形成了一個結論：「這是『命運天使』烏洛琉斯在找『水銀之蛇』威爾．昂賽汀！祂正驅使極光會的成員，幫祂尋找『水銀之蛇』威爾．昂賽汀！」

而這意味著X先生的背後，貝克蘭德的某個地方，有一位天使之王存在！

這種情況下，我去刺殺X先生等於送死……難怪那位X先生一點也不顧忌貝克蘭德的特殊……官方勢力頂多當他背後有位聖者，嗯，在官方檔案裡，極光會的高層只是五位聖者，這樣一來，就會應對錯誤……

克萊恩有了判斷後，第一個想法就是推掉「魔術師」小姐的委託，並警告對方不要去招惹X先生。

如果不是「報警」會牽扯出「水銀之蛇」威爾．昂賽汀，而黑夜女神教會的非凡事件卷宗裡有明確記載艾倫．克瑞斯醫生的運氣，克萊恩都想讓「魔術師」小姐把「命運天使」烏洛琉斯和X先生一併舉發給某個教會！

他冷靜地又思考了幾秒，具現出「世界」格爾曼．斯帕羅，讓他在灰霧裡祈禱道：「……我確認情況，明天給予答覆。」

他沒直接拒絕，因為他打算先詢問一下「水銀之蛇」威爾．昂賽汀！

緊接著，他返回現實世界，從錢包的夾層裡小心翼翼取出了那隻已變得非常脆弱的千紙鶴，並動作輕柔地將它展開。

克萊恩沒急著書寫內容，而是先回想了一下有哪些問題需要請教，認真打了篇腹稿，然後才翻出根鉛筆，用小刀削得很尖。

活動了一下肌肉，克萊恩落筆寫道：「極光會的成員在找運氣不正常的人。不知道您是否清楚怎麼用『時之蟲』製作符咒？」

「您的臍帶血是否算神話生物的血液？如果算，而我想得到一滴，需要付出什麼代價？」

克萊恩本來還想問威爾．昂賽汀為什麼能保持理智，畢竟，教會資料顯示，沒有公開崇拜「命運之蛇」的信仰，但他最終克制住了自己，害怕未出生胎兒狀態的威爾．昂賽汀會不太正經地回答一句：「你什麼時候產生了我有理智的錯覺？」

那樣一來，他就不知道該認為對方是在開玩笑還是在說真話了。

嗯，雖然沒有信仰「命運之蛇」的組織，但類似「幸運之神」的存在在某些地區還是有的，屬於傳統風俗……或許祂們就是威爾．昂賽汀或烏洛琉斯的假分身……

克萊恩無聲嘀咕了兩句，用盡「小丑」的能力，終於將那隻千紙鶴重新折好，放到了枕頭底下。做完這一切，他才有空去計算自己現在有多少現金。

一萬七千零四十六鎊加五金幣加三蘇勒八便士的零錢……如果本身還有房屋、莊園、公司股份這些資產，如此多的流動資金在貝克蘭德也算得上富翁了……

當然，距離頂層富豪還很遙遠，他們的標準是總資產百萬金鎊……

克萊恩一邊欣喜於自己有了不少錢，一邊又想到還有欠款，還要大手筆投資，以展現人物預設形象。

他旋即喝了口清水，躺到床上，蓋著輕而暖的被子，一點點進入了夢境。

渾渾噩噩恍恍惚惚間，克萊恩突然清醒，看見了那片荒蕪的黑色平原。

一路進入平原中央的漆黑尖塔，穿過混亂異常的布局，他來到了高塔的深處，這裡和往常一樣，灑落著一圈塔羅牌。

不過，那圈塔羅牌中間的凸起地面上，並沒有銀色的單字出現。

威爾．昂賽汀沒做回答……那為什麼要將我拉入這個夢境？

克萊恩疑惑之中，忽然看見一輛黑色的嬰兒車從陰影裡滑了出來，裡面躺著個看不清樣子，裹著銀色絲綢的嬰兒！

「……『命運之蛇』先生？」克萊恩禮貌又謹慎地詢問道。

那嬰兒隨即發出清亮的聲音：「你為什麼肯定是先生？」

這不是根據你的姓名判斷的嗎？不要在意這種細節啊！

克萊恩腹誹了兩句，因對方隨意的態度放鬆了不少道：「那我該怎麼稱呼您？」

嬰兒狀態威爾．昂賽汀「嗯」了一聲，為難地說道：「我還沒有決定……你知道的，喔，你不知道，每一次重新開始，我都儘量讓自己有點不同，以便保持良好的心理狀態，小孩階段就該有小孩的樣子。」

克萊恩聽得心中一動：「這是『怪物』途徑保持理智，對抗瘋狂的辦法？」

躺在黑色嬰兒車內的威爾．昂賽汀語氣輕快地回答道：「對，每一次重新開始，都會洗掉瘋狂，不過，這依舊需要一定的信仰定位，否則我無法維持序列一的狀態太久。」

「呵呵，和之前相比，你知道得越來越多了。」

嗯，除了信仰定位，還存在別的對抗瘋狂的辦法，不過「重啟」明顯是獨屬於「怪物」途徑序列一「命運之蛇」的能力，別的非凡途徑沒辦法模仿……阿茲克先生不斷失去記憶又不斷找回的狀態，是不是也有這方面的含意？

克萊恩若有所思地點了點頭，把握時間地道：「我懷疑烏洛琉斯在通過極光會的成員找您。」

威爾．昂賽汀嗤笑了一聲：「我和祂已經玩了很久的捉迷藏，祂並不擅長這種事情，看得出來，祂沒有童年，每一次重啟，都是在『真實造物主』旁邊成長，缺乏不同階段的不同心理狀態體驗，這導致祂有的時候很瘋狂，當然，祂並不在意。」

「我有吩咐瑞喬德，讓他在某些地方利用『機率之骰』留下一定的印記，這會混淆烏洛琉斯的判斷，祂很快就會又一次離開貝克蘭德。」

也就是說，依舊有刺殺X先生的機會……嗯，到時候先在灰霧上占卜下凶險程度……

克萊恩沒再繼續這個話題，轉而問道：「您知道怎麼利用『時之蟲』製作符咒嗎？」

嬰兒車內的威爾．昂賽汀未直接回答，反問了一句：「你從帕列斯．索羅亞斯德那裡得到的『時之蟲』？」

「你怎麼知道？」克萊恩愣了兩秒，反問了一句。

他詫異的不是對方說得出「時之蟲」的來歷，畢竟能用這種事物製作分身的「偷盜者」途徑半神不會太多。

他奇怪的是，「水銀之蛇」為什麼不猜「瀆神者」阿蒙，這位同樣也留下了「時之蟲」！

威爾．昂賽汀笑道：「帕列斯．索羅亞斯德的狀態不是太對，寄生在你的前同事身上，啊對，你的前同事在調查夏洛克．莫里亞蒂的事情，半夜進了我家。」

「我察覺到他有點問題，給了他一個短暫的厄運，讓他有機會遇上藏在貝克蘭德的其他半神，而當他危險的時候，帕列斯．索羅亞斯德出手了，哈哈，其實他不出手也沒關係，這只是一個惡作劇，我會在關鍵時刻讓你的前同事變得足夠幸運。」

倫納德在調查夏洛克．莫里亞蒂？他體內的老爺爺叫帕列斯．索羅亞斯德……

克萊恩微微皺起眉頭，不知道是哪裡出了問題。

威爾．昂賽汀繼續說道：「『時之蟲』符咒的製作對你來說不算太難，你可以向你身上的特殊祈求，使用水銀和純銀的混合物做載體，刻畫對應的象徵符號。」

不算太難……向「愚者」祈求？也是，灰霧之上那片神祕空間明顯也對『偷盜者』途徑有吸引力……克萊恩聽得一陣興奮，隱約把握到了點什麼。

就在這時，威爾．昂賽汀笑著補充道：「至於對應的象徵符號是什麼，我就不知道了。」

這大轉彎……克萊恩的嘴角忍不住抽動了一下。

他見威爾．昂賽汀不再說話，忙堆起笑容道：「還有一個問題，您的臍帶血……」

他話音未落，威爾．昂賽汀突然張嘴，發出了聲音：「哇！」

他像真正的嬰兒一樣啼哭了起來。

……好好說話……克萊恩呆滯在了原地。如果不是已經確定，他真的很懷疑面前這位究竟是不是序列一的存在，是不是生命學派的議長。

「好了好了，我就想問一問是不是神話生物的血液。」克萊恩半舉起雙手道。

威爾．昂賽汀一下停止了哭泣，笑著說道：「當然是，不過，我會提前替換掉，否則會讓在場所有人都死去。」

他頓了頓又道：「如果你能給出合適的事物，也不是不能給你一滴。好了，再見！」

威爾．昂賽汀話音剛落，克萊恩就感覺高塔出現了搖晃，夢境迅速破碎。

很快，他醒了過來。

什麼是一條「命運之蛇」感興趣覺得合適的事物？

克萊恩慢慢坐起，拿了個靠枕墊在身後。

他思索了一陣，決定先不考慮這件事情，反正距離威爾．昂賽汀出生至少還有一個多月，而他還能把這個問題丟給「隱者」嘉德麗雅或者她背後的「神祕女王」貝爾納黛，讓她們去煩惱。

當然，克萊恩不排除威爾．昂賽汀突發異想決定早產的可能。

他慢慢將注意力轉移到製作「時之蟲」符咒上，按照「命運之蛇」威爾．昂賽汀的說法，他本身具備幾乎所有條件，只差一個對應的象徵符號。

向「愚者」祈求，借助灰霧之上神祕空間的力量……不知道「偷盜者」途徑對應的象徵符號行不行……就算行，我也不知道啊，除非能拉一個偷盜者進入灰霧之上，讓相應的高背椅後面顯現花紋……

克萊恩琢磨細節的時候，忽然產生了一個想法：既然如此，也許可以試一試「愚者」那張座椅背後的象徵符號！

半個代表隱密的「無瞳之眼」和半個象徵變化的「扭曲之線」組成的特殊象徵符號！

「不知道有沒有用……占卜是不能做排除法的，但我可以預測嘗試會不會順利，而且，就算失敗，應該也問題不大，反正祈求的是自己，哪怕材料在實驗裡損耗，也只是進入灰霧之上，不會遺失……」想到這裡，克萊恩霍然有些興奮，忍不住翻身下床，準備今晚就做「實驗」！

「時之蟲」這種材料屬於阿蒙這個位格的「偷盜者」半神遺留，雖然已經死去，但本質還在，層次還在，用它製作的符咒，就算礙於種種問題，達不到天使階，也不會相差太遠，屬於聖者階的頂峰力量，克萊恩若能成功，就等於多了張底牌，關鍵時刻，說不定能讓他多一條命，這讓他如何不興奮，如何不期待！

我只能撬動灰霧之上那片神祕空間的少許力量，「時之蟲」符咒的層次應該還會降一點，不過不管怎麼樣，也肯定要比艾彌留斯上將給我的那張「第九律」強……如果用「囈語者的氣息」弄惡魔領域的高級符咒，應該就和第九律差不多了，可惜，我不敢向「宇宙暗面」祈求……

克萊恩穿著睡衣，赤著雙腳，在柔軟厚實的地毯上逆走四步，低念咒文，進入了灰霧之上。

坐至青銅長桌最上首的「愚者」位置後，他具現出暗紅圓腹鋼筆和黃褐色羊皮紙，書寫下對應的占卜語句：「我即將開始的符咒製作會順利。」

解下袖口內的靈擺，克萊恩用左手持握，開始冥想。

重複了七遍占卜語句後，他睜開眼睛，望向前方，只見黃水晶吊墜在做順時針轉動，速度較慢，幅度正常。

這意味著會順利……可問題在於，是順利驗證了那個象徵符號有用，還是順利驗證了它沒用？資深占卜家克萊恩嘗試著解讀啟示，可無法得到確定的答案。

對此，他只能決定試驗，因為不這樣就無法排除錯誤。

緊接著，克萊恩又寫下了新的占卜語句：「這周周五刺殺X先生的行動有危險。」

這一次，黃水晶吊墜依舊做順時針轉動，但速度更快，幅度更大。

有不小的危險，但還沒到有半神參與的程度，更別說天使之王了……如果真牽扯到這個層次的存在，祂肯定能對我的占卜有一定的察覺並做出對抗……

看來「命運天使」烏洛琉斯很快就會被引出貝克蘭德啊……這意味著，危險本身更多集中在X先生和他的手下們，屬於我能夠應付的範疇……只要不犯錯誤，機會很大……

克萊恩做出判斷，放下紙筆，返回了現實世界。

而作為一名經常製作符咒的神祕學專家，他各種常見材料都不缺乏，當即翻出蠟燭，於書桌上點燃，隨即就著黃昏的光芒，布置了一個簡單的祭壇，並用刻刀在銀製薄片正面描繪出代表「愚者」的那個複合符號。

由於克萊恩自己也不知道「愚者」究竟對應什麼靈數，有什麼魔法標識，只好讓正反面保持一致——根據他看過的那些符咒之書，這同樣滿足神祕學的規定，但相應的威能會有降低，失敗機率會升高，因為你祈求的存在容易據此認為你不夠虔誠不夠恭敬，當然，這對克萊恩來說，沒有任何問題，自己是不會嫌棄自己的。

完成初步的繪刻後，克萊恩找出一個金屬小瓶，用靈性配合器皿引導出裡面的水銀，填入銀製薄片的花紋痕跡內。

這一次，他暫時只完成了正面，然後自己召喚自己，自己響應自己，將那條有十二個透明圓環的小蟲帶回了房間，將它安放於銀製薄片上。

做完這一切，克萊恩調整了一下祭臺，退後兩步，用古赫密斯語開口道：「不屬於這個時代的愚者……」

他按照流程，完成了相應的步驟，接著逆走四步，進入灰霧之上，容納「黑皇帝」牌，以本身的靈性撬動灰霧之上神祕空間的少許力量，回應了祈求。

那洶湧的力量湧入光圈的同時，克萊恩毫不猶豫返回了現實世界，看見祭臺變得深沉幽暗，彷彿藏著數不清的祕密，而那銀製薄片已浮了起來，與「時之蟲」屍體呈半融合狀態。

克萊恩上前兩步，將銀製薄片翻轉了過來，用水銀填滿了它背面的符號紋路。

一根根線條隨之亮起，綻放出灰濛濛的光彩。

克萊恩迅速縮手，看著那光彩越來越濃郁，將銀製薄片和「時之蟲」屍體包裹在了裡面。

突然，祭臺的深沉幽暗扭曲了起來，整片空間都彷彿出現了異常。

這種變化一閃而逝，一張布滿奇異花紋的符咒緩緩落到了書桌表面，它通體半透明，呈深黑色，就像用特殊水晶製成的小型卡牌，又彷彿某位存在的眼眸，在注視著這個世界。

成功了！果然可以！

克萊恩心中一喜，忙上前拿起了那張符咒，只覺觸手冰涼，好像摸到了雪花。

不管符咒最終效果如何，成形就意味著成功！

克萊恩再次得到了一張半神級的高級符咒！

他又忙碌了一陣，將成品帶入灰霧之上，用「夢境占卜」的技巧大致弄明白了作用：這張黑水晶卡般的符咒效果很單一且又很強大，那就是竊取別人的命運，而更準確的說法是，嫁接命運，將目標之後一段時間的命運嫁接到自己身上！

最簡單的情況是，當敵人快要殺死我時，我使用這張符咒，可以將他順利活下去的命運竊取過來，把我即將死亡的命運嫁接給他，然後就會出現，明明他成功了，死的卻是他自己這種情況……

符合「偷盜者」途徑一貫的特點，但又更加邪異更為可怕……這是從偷錢一路偷到了命運啊……如果「時之蟲」是活的，我又能完全撬動灰霧之上神祕空間的力量，那這張符咒說不定還會指向時間領域……

克萊恩一邊發散思緒，一邊感覺後怕：如果沒有灰霧阻隔和「消毒」，沒有這片神祕空間少許力量的幫助，他根本奈何不了任何一條「時之蟲」！

呼，現在它是我的了……不能再叫「時之蟲」，就叫它「竊運者」好了……

克萊恩再次忙碌起來，將「竊運者」符咒帶回了現實世界。

處理好儀式的殘餘，他鄭重地將那枚高級符咒放入鐵製捲菸盒內，與阿茲克銅哨、塞尼奧爾金幣擺在一起，並用靈性之牆進行了封鎖和隔斷。

心情舒暢的克萊恩一時沒有了睡意，刷地將窗簾拉開了道縫隙，讓外界的緋紅月光照了進來，照出一室安寧和靜謐。

欣賞風景之中，他忽然看見一道人影從馬赫特議員家潛出，沿著陰影，往這邊靠攏。

這正是海柔爾．馬赫特，她又一次抵達下水道入口，搬開人孔蓋，爬了下去，並不忘復原。

她怎麼總是往下水道裡跑？應該不是從這裡去別的區域，扮演神祕世界的超級英雄，畢竟每次不到1個小時，除非有特別強力的情報支持，否則很難完成什麼事情，而且，這很容易被官方組織抓獲……結合「魔鏡」阿羅德斯展現的畫面，她更像是在找什麼東西……

嗯，這樣一直往下水道深處探索，很容易遇到危險啊……

克萊恩立在窗簾縫隙後，注視著寧靜夜色下發現的種種事情。

他沒有嘗試去警告海柔爾，或者直接用一次「怨魂」附身讓對方明白超凡世界的危險，這一是因為他對海柔爾不太了解神祕領域以至於優越感很強的判斷偏主觀，暫時無法確定，二是他不清楚對方為什麼會有非凡能力和神奇物品，好意做一次提醒報答對方上次的好人好事，很容易引來不必要的關注，甚至麻煩。

享受了一陣夜晚的安寧後，克萊恩重新進入被窩，一覺睡到了天亮。

在理查德森進來前，他變成格爾曼．斯帕羅的樣子，向「愚者」祈禱道：「……我可以接這個任務，但無論成功與否，我都要妳那條手鍊一枚石頭，以及那本魔法書一段時間的使用權。」

「如果成功，所有的戰利品歸我，妳只能拿走目標的腦袋。若有必要，妳還得提供輔助。」

要手鍊上一枚石頭和萊曼諾旅行筆記一段時間的使用權？他怎麼知道我有這兩件物品的？我記得我沒有在塔羅會上提過啊……

聽到「世界」格爾曼．斯帕羅的回覆後，佛爾思一陣詫異，頗感震驚，似乎所有的祕密都被人看穿了。

她精神霍然緊繃，飛快回想自己哪裡出了紕漏。

「除了老師、休和『愚者』先生，沒誰知道我有這兩件物品啊，尤其萊曼諾的旅行筆記，我都沒怎麼用過……『愚者』先生……呃，『世界』先生在塔羅會上有些表現很奇怪，從未提交過羅塞爾大帝的日記，在這方面似乎一點也不用心，也不擔心……他和『愚者』先生有深層次的關聯，從祂那裡得到了相應的情報？信徒，或是眷者？」

佛爾思仔細思索了一陣，隱約把握到了點什麼，不再像剛才那麼惶恐。

直到此時，她才有精力去考慮「世界」格爾曼．斯帕羅的要求是否可以接受。

對佛爾思來說，這樣的開價簡直太便宜了，比她預想得還要少，還要合理！

作為一名經常不外出待在家裡寫稿休息的非凡者，將萊曼諾的旅行筆記借出去一段時間完全不影響自身的安危和使用，而那串可以幫助她穿梭靈界的手鍊，還有兩枚石頭，送一枚給「世界」格爾曼．斯帕羅同樣不會讓她徹底失去底牌。

唯一的問題在於，「世界」先生似乎只願意嘗試一次，如果失敗，依然會索取這份報酬……嗯，以他需要承擔的風險而言，這也正常……我原本還以為需要幫他做不少事情，並從老師那裡用叛徒腦袋換取獎勵來償還欠債……

佛爾思定神想了幾秒，向「愚者」先生做起了禱告：「……請轉告『世界』先生，我接受他的條件，會竭力配合他的行動。」

她本來想提醒「世界」格爾曼．斯帕羅一句，說使用那枚石頭會獲得滿月囈語這個後遺症，可旋即醒悟過來似乎只有「學徒」途徑的非凡者才有這樣的待遇。

不管成功還是失敗，有了那枚石頭，我都能悄然離開貝克蘭德，與「倒吊人」先生會合，探索那座原始島嶼了……到時候，一邊用石頭，一邊用那本魔法書記錄，怎麼回來也不用擔心了，除非運氣實在太差，記錄失敗……

克萊恩悄然鬆了口氣，打開房門，讓貼身男僕理查德森進來幫自己整理穿著。

「先生，用過早餐之後，您預定的行程是去王國博物館看王室珍藏展。」理查德森一邊幫雇主穿上外套，一邊說著今天的安排。

因為道恩·唐泰斯的社交舞步進展極快，所以上午的禮儀課從每周五次降到了三次，讓他有多餘的時間做別的事情，而類似的展覽必然會在上流圈子裡成為討論的熱點，不親自去看一看會顯得不夠體面。

至於去聖賽繆爾教堂聽主教布道的事情，克萊恩也有意識降低了頻率，這不是因為每次都要捐個幾十鎊，而是擔心過了開頭的新鮮期後，去得太頻繁會引人懷疑，自然與合理是他這次計畫的核心要素。

他打算周日之外，其餘六天隨機選兩天去，依靠更長的時間來積累情報，摸清規律，不急，不躁！

「我已經迫不及待。」克萊恩看著鏡中氣質出眾的自己，微笑對貼身男僕說了一句。

想到聖賽繆爾教堂和黑夜教會，他又自然地聯想起了倫納德·米切爾祕密調查夏洛克·莫里亞蒂的事情，不明白對方究竟在懷疑什麼。

是埃姆林．懷特上門購買「火種」手套的事情讓倫納德決定調查他周圍的人，還是卡平案、蘭爾烏斯案裡大偵探若隱若現的身影讓負責調查的紅手套有所察覺？或者兼而有之？

克萊恩思索著自己曾經留下的痕跡，大致有了猜測。

他並不怕夏洛克．莫里亞蒂被黑夜教會通緝，登上懸賞令，反正除了聯絡幾個熟人，這位大偵探不會再出現了，他擔心的是被人發現早期的夏洛克．莫里亞蒂和克萊恩．莫雷蒂很像，從而追查到死去的前值夜者。

其實，就算發現了，也沒什麼，我已經不是當初的「小丑」、「魔術師」，想找到我的半神也不是一個兩個，即使再加上教會的高級執事，問題也不會出現質變……

而且班森、梅麗莎是真正的普通人，教會肯定不會牽扯到他們，不會打擾他們的生活……不知道會不會把撫恤金給收回去，應該不會，這沒辦法向普通人解釋……

克萊恩債務多了反而不發愁地想著。

這也就是他昨晚聽到「水銀之蛇」威爾．昂賽汀點出他克萊恩．莫雷蒂的身分時，那麼冷靜那麼平靜的原因。

一位很早就與夏洛克．莫里亞蒂有過接觸，且擅長命運相關能力的序列一天使，怎麼可能發現不了這位大偵探原本來自哪裡？

即使有灰霧阻隔，干擾了很多細節，威爾．昂賽汀也肯定能知道夏洛克．莫里亞蒂屬於廷根。

而在廷根時，克萊恩有接觸過一位「怪物」途徑的少年阿德米索爾，讓對方眼睛流血，「命運之蛇」威爾．昂賽汀只要掌握了這個情報，兩相比較，答案就出來了。

要是倫納德真查出來夏洛克．莫里亞蒂的隱藏身分，不知道會有什麼樣的表情……

克萊恩自嘲一笑，走出主臥，下至二樓，享用起自家廚師精心準備的早餐。

西區，國王大道二號，王國博物館。

克萊恩帶著管家瓦爾特和貼身男僕理查德森通過驗票口，進入了裡面。

這次展覽是魯恩王室舉辦的，他們將立國以來各種有歷史意義的藏品拿到外界，供公眾觀賞和了解，以提升王國子民對王室的尊崇和認可。

作為歷史系大學畢業生，克萊恩對這場展覽還是頗感興趣的，許多他非常熟悉的事件在這裡都有相應的物品出現，從另一個角度讓人沉浸入漫長又迷人的過往歲月。

讓克萊恩略感詫異的是，管家瓦爾特對大多數展品也有著深入的了解，非常細緻地為道恩．唐泰斯做了介紹。

不愧是貴族家庭出來的……克萊恩暗自點了一下頭。

走走停停看看聽聽中，三人不斷遇上別的參觀者，而整個展覽大廳安靜有序，只有低語交錯。

路過一個展櫃時，克萊恩發現管家瓦爾特的腳步忽然停頓了一下，他隨之往旁邊打量了一眼，表情變得頗為複雜。

因為不是「觀眾」，克萊恩無法解讀那複雜情緒的具體含意，只能順著瓦爾特的目光，望向那個展櫃前方。

那裡站著兩個人，一男一女，男的三十來歲，穿黑色正裝，戴絲綢禮帽，拿鑲金手杖，看起來是位有錢的紳士，女的著黃色長裙，戴金色項鍊，整體打扮偏豔麗。

管家先生看的是那個男人……克萊恩於瞬間做出判斷，視線不著痕跡地掃過了目標。

他發現那位先生長相偏老，皮膚有經常暴露於太陽底下的黝黑之色，手背像是曬乾的木頭，指頭極度粗糙。

如果不看衣著打扮，說他是農夫、園丁、車夫，我都相信……

克萊恩收回目光，心裡有了點疑惑。

他之所以能注意到這些細節，是因為他構建道恩・唐泰斯這個身分時，有認真考慮過一位長期在南大陸冒險的普通人該有什麼樣的外表。

他認為在豐富經歷沉澱出來的眼神、氣質和與生俱來的五官輪廓外，道恩・唐泰斯必然要具備長期接受日曬的皮膚、不太顯眼的傷痕、粗糙有力的手掌等細節，否則不足以支撐起這個人物的內在。

不得不說，從成為「無面人」到現在，我對怎麼構建一個新人物越來越有經驗，越來越有心得了……如果回到地球，哪怕沒了非凡能力，也有演技這個強項……

克萊恩自嘲之餘，看見管家先生瓦爾特已恢復嚴肅正經的樣子，像是什麼事情都沒有發生過一樣。

而那位五官偏老皮膚粗糙的男士則指著展櫃內的旌旗道：「這是白薔薇戰爭裡，拉斯廷伯爵，哈羅德・奧古斯都王子使用的旗幟，很可惜，他死在了這場戰爭裡，不過，他的死亡是整個戰爭的轉折點，我們魯恩最終獲得了勝利，你看，這旗幟上有他的血液……」

歷史知識不錯嘛……

克萊恩用眼角餘光掃過管家瓦爾特，想了兩秒，露出笑容，靠近那對男女，友善地插言說道：「沒想到這麼冷門的事情都有人知道，我原本以為人們對於白薔薇戰爭的了解僅限於魯恩戰勝因蒂斯，獲得了勝利。」

「先生，你的淵博讓我敬佩。」

被人當著女伴的面這麼讚揚，那位男士的表情一下從戒備變得放鬆，臉上洋溢起了略顯自得的笑容：「我只是喜歡了解歷史方面的知識。」

他隨意地掃了眼面前紳士的隨從，眉頭突地皺起，旋即舒展開來，殘留著些許疑惑。

果然和瓦爾特管家是認識的……克萊恩不動聲色地笑道：「你好，我是來自迪西的商人，道恩・唐泰斯，不知道該怎麼稱呼你？」

那位男士遲疑了一下道：「威廉・賽克斯，一個莊園的執事。」

不死者

詭秘之主

—The Most High—

第十二章

額外的展開

威廉．賽克斯……一個莊園的執事……

克萊恩在心裡重複了一遍對方的回答，轉而將話題引導向那面旌旗和白薔薇戰爭。

閒聊了幾句，他禮貌告辭，和管家瓦爾特、貼身男僕理查德森一起，走向別的展櫃，繼續自己的參觀，似乎剛才的相遇只是一件微不足道的小事，是偶然情況下的交流。

臨近中午，回到高檔四輪馬車上的克萊恩望著外面叮噹路過的腳踏車，忽然開口道：「瓦爾特，你似乎認識威廉．賽克斯先生？」

瓦爾特嚴肅點頭道：「我在康納德子爵家做事的時候，曾經見過他。他服務於一位王室成員，之前的拉斯廷伯爵，埃德薩克王子。」

他沒做任何隱瞞，將威廉．賽克斯的來歷詳細介紹了一遍。

曾經服務於埃德薩克王子？在這位王子因貝克蘭德大霧霾事件身亡後，他居然過得還不錯，不知道又擔任了哪個莊園的執事……也許他清楚些祕密？

克萊恩輕輕頷首，未再多問，心裡則想著要不要找個機會調查威廉．賽克斯。

如果威廉．賽克斯真知道點什麼，王室那個派系不會放著不管，或者，他就屬於那個派系，總之，調查他會是一件相當危險的事情，這就沒辦法委託「魔術師」小姐、埃姆林．懷特或者休小姐去做了……

莎倫小姐的能力倒是足夠，但這很可能導致她現在的安穩生活被破壞……最好的辦法還是上俠盜「黑皇帝」，可問題在於，竊取到安提哥努斯家族筆記前，我對貝克蘭德大霧霾事件的調查，希望僅局限於外圍，不驚動任何人，不帶來意外的變化……

克萊恩狀似平靜地欣賞著窗外的街景，心裡閃過了諸多念頭。

最終，他決定暫時忍耐，不想因此破壞目前最重要的事情。

用過午餐，睡過午覺，克萊恩接受起文學鑑賞方面的教育，一直到臨近傍晚。

送走家庭教師後，他正要去二樓餐廳，突然聽見門鈴被人拉響。

叮叮噹噹的聲音裡，克萊恩看了眼理查德森，這位貼身男僕當即上前幾步，拉開了房門。

外面站著的是兩位穿黑白格制服的警察，從他們的肩章可以看出，一位是高級督察，一位是警長。

「警官，有什麼事情嗎？」理查德森替雇主問道。

那位高級督察是個瘦高的男士，黑髮藏在帽子下，只鬢角顯出顏色，他掃了屋內一眼，溫和笑道：

「我來找道恩．唐泰斯先生，有一件案子涉及他和他的管家。」

「什麼案子？」克萊恩緩步走向門口道，「我就是道恩．唐泰斯。」

做完自我介紹，他禮貌說道：「兩位警官，不知道該怎麼稱呼你們？如果事情比較麻煩，需要較長的時間，不如去我的會客室，邊喝茶邊交流。」

另一位警察，也就是那個警長，是位很英氣的女士，她明顯有點意動，看向旁邊的高級督察，等待上司的決定。

——由於黑夜女神教會的關係，魯恩警察系統內有為數不少的女警，但因其餘信仰、社會思潮等各方面的影響，她們在升職和崗位上，還是有受到一定程度的歧視，大部分以內部文員為主，上升空間也存在隱形天花板。

那位高級督察笑笑道：「不用喝茶，但我們得詢問您家裡的僕人們。」

他頓了一下，終於進入正題：「道恩・唐泰斯先生，您認識威廉・賽克斯這個人嗎？」

「今天上午在王國博物館認識的。」克萊恩隱約覺得事情出現了意料之外的變化，主動問道，「他出了什麼事情嗎？」

那位高級督察收起笑容道：「他死了，死於王國博物館附近的一家旅館內。」

「死了？」克萊恩沒有掩飾自己的詫異和驚訝。

我剛與他見過面，他就死了？他這是早就被人盯上了？

那位高級督察認真點頭道：「對，死因比較複雜，不排除被人謀殺的可能。」

「他的女伴呢？」克萊恩皺眉問道，「我遇見他的時候，他有一位女伴。」

「那位女士是他的情婦，她離開旅館時，威廉・賽克斯還活著，這一點，旅館的侍者可以確定，因為他們後來有送紅酒過去。」高級督察簡單介紹了一下情況道，「離開王國博物館後，您去了哪裡？」

「我直接回到了這裡，午餐，睡覺，以及上課，我的僕人，我的鄰居，我的文學鑑賞老師，都可以證明這一點。」克萊恩坦然回答。

他旋即側頭對理查德森道：「去請瓦爾特過來。」

很快，管家瓦爾特戴著白色手套走下二樓，回答了同樣的問題。

兩位警官在徵得道恩·唐泰斯同意後，又對理查德森等僕人做了詢問，未發現任何問題。

他們沒有停留，禮貌告辭，走訪起周圍的鄰居們。

克萊恩沒有被這件事情影響胃口，上至二樓，享用起晚餐。

之後的時光在悠閒的看書看報中飛快流逝，臨睡前，克萊恩望著窗外的夜景，等待貼身男僕理查德森收走房間內的水果。

突然，他沒有轉頭地開口問道：「瓦爾特下午做了哪些事情？」

「一直在處理各種事務，沒有離開過。」理查德森低聲回答道。

克萊恩輕輕頷首，未再多問，有點懷疑是不是自己想多了。

呼……他緩慢吐了口氣，走向睡床，躺了下去。

睡到半夜，克萊恩的靈性突有觸動，整個人一下驚醒。

他輕佻了一下眉頭，起身離床，走至窗邊，將簾布拉開了一道縫隙。

黯淡的月光下，深沉的夜色裡，一道人影從花園小徑處小心翼翼地抵達外牆旁邊，翻了出去。

他有著寬闊的額頭、烏亮的黑髮和嚴肅的褐眸，正是管家瓦爾特。

「身手敏捷，動作流暢，不是久經訓練的人，就是低序列非凡者……」克萊恩注視著這一幕，在心裡做著初步的判斷。

他看見瓦爾特沿著街道的陰影，一路來到之前海柔爾進入過的下水道入口，移開人孔蓋，爬了下去，不忘復原。

為什麼大家爬下水道都這樣熟練？之前的深夜裡，管家先生應該沒有做過，否則我的靈性肯定會有預警，畢竟是從我的「領地」離開……這說明他在別的地方，在成為我管家前，經常有類似的行動……

克萊恩微勾嘴角，返回床邊，從枕頭底下拿出了鐵製捲菸盒。

他要操縱「怨魂」塞尼奧爾，跟蹤管家瓦爾特，看對方在做什麼。

希望不要超過一百公尺，否則我也得進下水道了……

克萊恩一邊無聲自語，一邊回到了簾布縫隙後方。

他的祕偶塞尼奧爾當即借助不同鏡面間的神祕聯繫，跳躍至下水道入口旁邊的煤氣路燈上，然後穿透人孔蓋，無聲跟隨。

克萊恩看見瓦爾特前行十多公尺後，拐向了一條更僻靜更陰森的通道，牆上地面多有苔蘚和骯髒的事物。

突然這位管家先生停下來，不知對誰說道：「你為什麼這麼衝動？為什麼不等更好的機會？」

很快，一道因虛弱而略顯沙啞的女聲回應了瓦爾特的疑問：「這就是最好的機會。等他回到那個莊園，不知道多久才會再出來。」

「但妳為什麼還會受這麼嚴重的傷？」瓦爾特帶著幾分擔憂地說道。

那女聲呵呵一笑道：「威廉．賽克斯比你，也比我，想像得更強，大概也只有這樣，才符合他暗中的身分。」

「不管怎麼樣，我終於從他那裡得到了線索，這麼久過去，總算有接近真相的機會了。」

「你沒有必要這麼急。」瓦爾特沉默了一下道。

那虛弱的女聲低笑了一聲，說道：「我已經將靈魂賣給了邪神，接下來人生唯一的意義只有復仇。」

瓦爾特少有地吐了口氣道：「妳繼續躲在這裡，我會給妳準備食物，直到妳恢復。如果有意外，還是用老辦法聯絡我。」

那虛弱的女聲默然許久道：「他活著的時候，有許多自稱忠誠的下屬，他死亡後，卻只有少數幾個人還記得他，還願意為他冒險，你是最讓我意外的。」

「他是第一個給我那樣待遇的貴族，也是我真正想效忠的人。」瓦爾特低沉回應道。

利用祕偶聽到這些對話的克萊恩隱約有點明白事情的原委了。

埃德薩克王子死後，少數忠於他的人在暗中調查他自殺的真相，瓦爾特就是其中之一，不過，他主要負責明面上的情報蒐集，以及利用自己的身分提供一些救助……這應該就是「魔鏡」阿羅德斯提過的額外展開。

克萊恩當即讓「怨魂」塞尼奧爾隱去身形，潛入那條僻靜隱蔽的通道，看見瓦爾特側身站立，與人對話，而他半擋住的地方，有位穿黑色衣裙的女子靠牆坐著，臉龐頗為蒼白。

這女子聽完瓦爾特的話語，於喉嚨裡笑了一聲，望向出口，說道：「你該離開了，小心被人察覺。」

她的轉頭讓克萊恩看清楚了她的樣子，臉蛋略圓，眼睛細長，氣質溫和，甜美暗藏，是一位極出色極有魅惑力的少女，也是克萊恩的「熟人」：特莉絲！特莉絲奇克！

她還沒死？她逃出來了？她竟然還想著幫埃德薩克王子復仇？

看見特莉絲的那個瞬間，站在主臥窗簾後方的克萊恩差點沒控制住自己的表情。

雖然他根據前面的對話，已隱約有了點猜測，但事實擺到眼前時，他依舊覺得這超乎了自己的想像。

哪怕不用夢境占卜，他也還能回想起貝克蘭德大霧霾事件前，特莉絲與自己的部分對話，那個時候的她，迫不及待地想擺脫埃德薩克王子的控制，擺脫幕後黑手對她命運的操縱，只覺日常的生活充滿痛苦。

這樣一位原本是男人的魔女會為了幫埃德薩克王子復仇而將靈魂賣給邪神？這什麼三流言情小說的橋段！

克萊恩嘴角抽動了一下，「看」到管家瓦爾特將一袋食物丟給了特莉絲，「聽」見他叮囑了兩句，然後轉身往外隱蔽通道之外行去。

就在這時，克萊恩本身的視角裡，馬赫特議員家有一道人影翻出，沿著街道的陰影，快速靠近下水道入口，正是擁有「偷盜者」途徑神奇物品的海柔爾。

這會碰上瓦爾特的……這哪裡像是下水道的入口，這明明是熱鬧市場的正門！

克萊恩望著下方，險些抬起右手，摀住臉孔。

來到下水道入口旁，海柔爾警惕地左右觀察了幾秒，接著才移動人孔蓋，攀爬往下，整個流程一氣呵成，毫無滯澀感。

踏足略顯溼滑的地面，她沿著有鏽跡的鐵製管道和緩緩流淌的汙水河，目的明確地快速往前出發。

突然，她背後發冷，脊椎生寒，一根根汗毛立了起來。

緊接著，海柔爾彷彿墜入了表面結冰的河流，只覺大量的陰冷迅速占據了自己的身體。

她驚恐地看見，自己主動往另一個方向邁步，直直走向了有著鐵製管道的牆邊，而這一切與她的意志無關！

恐懼飛快填滿了海柔爾的腦海，她終於擺脫了思緒的僵硬，將本身能掌控的靈性全部灌注往脖子上那條項鍊。

這項鍊串著七枚翠綠通透的石頭，彼此隔著同等的距離，周圍鑲嵌著一圈細小的鑽石，在絕對黑暗的環境裡，依舊流淌著細微的螢光。

忽然，其中一枚石頭亮了起來，翠綠的光芒映得海柔爾美麗的臉龐陰惻森然。

她靠向牆邊的動作一下停頓，雙腳很彆扭地分別往前邁了邁，又相繼收了回來。

這個瞬間，海柔爾感覺體內的陰冷出現了短暫的呆滯。

她毫不猶豫又用靈性點亮了另一枚通透翠綠的石頭，右手抬起，對準自己，腕部猛地一扭。

與此同時，她腦海內多了些神祕的符號和花紋，靈性和聲帶也有了一定的臨時的改變。

她竊取到了「怨魂尖嘯」這個非凡能力！

海柔爾正要張開嘴巴，不顧一切地發出聲音，卻感覺自己的雙手又一次失去控制，狠狠地，用力地，快速地，摀住了她的嘴巴。

她的尖嘯變成了只存在於口腔內的嗚咽，她的雙腳輕巧邁步，幾下就來到牆邊，拐入了一條岔路，然後蹲到了純粹的黑暗裡。

她竭力掙扎著，卻毫無用處，就連再次激發脖子上的項鍊，都難以辦到。

海柔爾深棕色的眼眸睜得極大，充滿了恐懼和不甘，兩滴晶瑩的淚水開始沿著她的眼角，緩慢往下滑落。

而這個時候，瓦爾特摸索著從另一條岔路出來，返回至下水道入口，敏捷地攀爬往上。

等到他悄然翻入伯克倫德街一百六十號的道恩．唐泰斯府邸，海柔爾忽然找回了對身體的控制權，只覺那可怕的陰冷全部消失不見。

她先是詫異地抬起雙手，利用夜視能力看了一眼，接著驚恐地左右張望，彷彿下水道的黑暗裡藏著未知的，數不清的怪物。

海柔爾隨即用右手摸了摸身前的項鍊，小心翼翼地站起，往入口處靠近。

她沒驚慌失措地狂奔，時刻有戒備來自黑暗深處的襲擊。

終於，她回到了伯克倫德街，看見鐵黑色的煤氣路燈杆上，光芒發散而出，照亮了殘留雨水痕跡的道路。

海柔爾這才加快腳步，向自家奔去，跑到一半，她忽然折返回來，又緊張又慌亂地將人孔蓋移至合攏狀態。

做完這一切，她沿著街道陰影，回到自家花園內，借助煤氣和自來水管道，進入臥室的陽臺。

直到此時，她才真正有了額外的思考能力，睜大眼睛，下意識左右觀望，身體漸漸出現了明顯的顫慄。

她抬起左臂，想用衣物擦拭臉龐，可途中有所停頓，改為了從衣口袋掏出手帕。

海柔爾還是有基本的應對能力，不是純粹的菜鳥……

下水道內，戴三角帽穿暗紅外套的塞尼奧爾顯露身影，無聲自語了一句。

接著，他在克萊恩操縱下，重新隱去身形，進入了特莉絲所在的那條隱蔽岔路。

「怨魂」剛靠近那裡，穿著黑色長裙的特莉絲就抬起腦袋，勾勒出柔弱與倔強並存的笑意道：

「看來你沒有惡意。那位小姐運氣還不錯。」

她竟察覺到了海柔爾的事情，發現了「怨魂」！

塞尼奧爾的身影瞬間突顯出來，呵呵笑道：「也許只是殺她會有更大的麻煩。」

坦白地講，他很想檢舉特莉絲，因為他清楚對方做過哪些惡事，清楚她是如何教唆「苜蓿號」

的乘客與船員，讓他們在海上自相殘殺的，清楚她是怎樣讓一條條無辜的生命提前逝去的，不過，發現特莉絲在調查埃德薩克王子死亡之謎後，克萊恩有了新的打算，那就是驅使這位魔女，在這件事情上，與她做有限度的合作。

埃德薩克王子死亡之謎幾乎就等於貝克蘭德大霧霾事件的真相！

調查這件事情肯定非常危險，讓別人捲入會讓我感到愧疚，害怕他們因此受到傷害，甚至死去，而讓特莉絲去做，就不存在這種心理負擔，她所犯下的罪行早就該讓她進入地獄了！

唯一的問題是，她或許只是在借調查埃德薩克王子死亡之謎謀劃自己的事情，必須提防這一點，以免被利用，造成災難……

克萊恩一邊思索，一邊讓塞尼奧爾又前進了兩步。

特莉絲眸光悠悠地看著前方的中年男士，輕笑了一聲道：「既然你有惡意，那就動手吧，塞尼奧爾先生。」

這個瞬間，祕偶的感官內，特莉絲周圍有數不清的，看不見的絲線在飄動在張揚，而她本人臉色蒼白衣裙深黑地坐於中間，就像一支趴在絲網核心位置的蜘蛛，可又充滿了讓人憐惜讓人靠近的誘惑力。

「你認識我？」祕偶適時停下了腳步。

特莉絲表情有些恍惚和迷茫地回應道：「我曾經在海上度過了一段難忘的歲月。」

那個時候，你還是位男士……

克萊恩腹誹一句，轉而笑道：「妳為什麼要調查埃德薩克王子的死亡？他不是自殺的嗎？」

特莉絲猛地抬起頭來，臉上竟浮現出幾分怒意：「自殺和自殺是不同的，有人是自願，有人是被逼迫。」

不會吧，她看起來真的很在意埃德薩克王子之死……

小姐，妳忘記自己曾經是男人了嗎？忘記之前說的痛苦了嗎？難道是所謂的斯德哥爾摩症候群，被強迫久了，對方展露的少許善意會得到幾倍十幾倍的感激和依戀？

嗯，我不是「觀眾」，無法判斷她這樣的表現是不是偽裝出來的……

克萊恩讓塞尼奧爾笑了一聲道：「所以，妳認為埃德薩克王子是被逼自殺的？妳尋找威廉．賽克斯，就是為了調查這件事情？」

特莉絲臉上的怒意消失，勾勒出帶著幾分悽美的笑意：「對。就是他逼迫埃德薩克自殺的，用的是能泯滅靈性的子彈，不過，他也是聽從別人的吩咐，嘿，他為了得到最後的歡愉，全部都交代了，呵呵，我依然沒讓他真正地碰我，我還給他看了我以前的照片，他死得很痛苦很絕望……」

不能想像威廉究竟遭遇了什麼……特莉絲的心靈還是和以前一樣扭曲啊……到了「歡愉」階段的魔女真是自帶魅惑，一個表情一個動作，都能讓人受到吸引……

不過，看得出來，特莉絲已很好地收斂了這些，只在必要時使用……她晉升了？或者因為有了愛情？

克萊恩一邊腹誹，一邊讓塞尼奧爾問道：「是誰？」

問出這句話的時候，克萊恩並沒有期待能獲得答案，可特莉絲卻輕笑開口道：「斯特福德子爵。王室的宮廷侍衛長。」

斯特福德子爵……王室的宮廷侍衛長……從這個職位看，貝克蘭德大霧霾事件背後確實有王室某個派系的影子，至於是誰，有待調查……

克萊恩暫時抽不出手去驗證特莉絲的回答，只能讓塞尼奧爾嘿了一聲道：「妳竟然這麼輕鬆就告訴了我線索，這讓我有些不敢相信。」

特莉絲帶著幾分嗤笑和自嘲之意地說道：「因為這對我來說，是一件好事，看得出來，你和你代表的勢力對王室對幕後那些傢伙的真正圖謀很感興趣，如果能通過提供一些有效的線索，讓你們與他們發生衝突，讓真正的陰謀家浮出水面，我非常樂意。」

「這有助於我復仇，而且是極大的幫助。」

根據這個邏輯，反過來是否同樣說明，我也能利用妳驅使妳調查這件事情，釣出藏在幕後的真正黑手，從而讓自身勢力在掌握有效情報前，始終藏在安全隱蔽的地方……

咦，特莉絲剛才這番話不就是在誘導我與她進行有限度的合作，並自願成為揭開真相的「排雷兵」……她表明了自身被利用的價值……她害怕我最終決定殺她……

克萊恩大致讀懂了特莉絲真正想表達的意思，操縱「怨魂」道：「很有道理，我也應該這麼做。我想不需要我威脅或者誘惑妳，妳自己就會在傷勢痊癒後，嘗試著接觸斯特福德子爵。」

特莉絲勾了一下嘴角道：「我只希望他喜歡的不是男人。」

這也不是沒辦法解決，如果你已經有了序列五，可以考慮換到「獵人」途徑的序列四「鐵血騎士」……

還有，妳忘記過去的自己了嗎？為什麼越來越習慣應用「歡愉魔女」的能力來對付男性……

克萊恩腹誹了兩句，讓塞尼奧爾笑道：「這不是問題，妳可以給他看妳以前的照片。」

特莉絲愣了一下，表情呈現出略微扭曲的狀態，有種深埋於心底的羞恥被人活生生挖了出來，暴露於陽光底下的感覺。

她秀氣的眼眸隨之蒙上了一層源於羞惱的怒火，因受傷而蒼白的臉龐瞬間漲得發紅。

特莉絲很快收斂住了自身的情緒，呵了一聲，低啞說道：「不愧是『血之上將』，對魔女途徑果然有著足夠深刻的了解。」

她之前並不確定啊，我還以為魔女教派和玫瑰學派有過合作，所以她相信「血之上將」知道「刺客」途徑的祕密，這才開了那句玩笑……不管怎麼樣，嘲諷別人性別都是不太好的……

嗯，這倒是挺符合「血之上將」的人設……祕偶大師的守則之一是「記住，每一個人偶都有它自己的設定」？特莉絲剛才之所以提以前的照片，看來只是單純地宣洩折磨並除掉了一位仇人的喜悅與興奮，並沒有特別注意描述裡的細節……

克萊恩若有所思地點了一下頭，操縱塞尼奧爾，說道：「到了我這個層次，總會了解到不少隱密。」

他沒有繼續這個話題，轉而說道：「我該怎麼聯絡妳？在妳調查斯特福德子爵的過程裡，我也許能提供一些幫助。」

特莉絲將手伸向耳旁，抓起了一把烏黑順滑的頭髮，然後，幽藍的冰片凝聚，切了一綹下來。

她旋即攤開握著那縷黑髮的手掌，任由漆黑無聲的火焰冒出，將一根根髮絲燒成了灰燼。

這些灰燼沒有被下水道裡陰冷的風吹起，而是往內收縮，匯聚成了一團漿糊般的黑色事物。

「將它們均勻塗抹在鏡子上，我就知道你要找我了，我後續會利用那面鏡子和你進行交流。」特莉絲手腕一抖，將那團漿糊一樣的黑色事物拋向了「血之上將」塞尼奧爾，「這大概能用五次，足夠了。」

因為塞尼奧爾只是祕偶，所以克萊恩一點也不擔心意外地讓他接住了那團黑色黏稠事物，看了幾眼，隨手塞入了衣物口袋內。

特莉絲沉默了幾秒，咬了一下嘴唇道：「如果我需要一定的幫助，該怎麼聯絡你？」

這是個問題……

克萊恩很想讓對方直接召喚信使小姐蕾妮特．緹尼科爾，反正之後特莉絲只要打聽一下「血之上將」的近況，就能知道這位怨魂的背後藏著格爾曼．斯帕羅，這是隱瞞不住的事情。

考慮了幾秒，他還是決定謹慎一點，認為等特莉絲真的發現了再更改聯絡方式也不遲。

畢竟這不是一個值得信任的人……她為埃德薩克王子復仇，或許確實有真情實意，但多半還包含著別的目的，比如，也為自己復仇……

克萊恩讓塞尼奧爾環視一圈道：「這條下水道藏著不少祕密，我經常過來，妳可以把需要的幫助用文字的方式留在這裡。」
「如果事情緊急，來不及去做，妳可以先聯絡剛才那位，讓他來這裡留言。」
特莉絲緩慢點頭道：「好。」
克萊恩見交流得差不多了，準備讓祕偶塞尼奧爾離開。
這時他的「目光」掃過了特莉絲的雙手，發現那枚堪比「〇」級封印物的藍寶石戒指不見了！
我剛才就有注意到，還以為她換了隻手換了根指頭戴，結果真的沒有了……這麼看來，她當初能逃離埃德薩克王子的紅薔薇莊園，擺脫因斯．贊格威爾和「0—08」的控制，也是付出了不小的代價啊！「原初魔女」在她身上留下的印記也隨之不見了？
克萊恩想了想，讓「血之上將」塞尼奧爾笑了一聲道：「還有一件事情。妳將靈魂賣給了哪位邪神？」
特莉絲深深看了面前的中年男士一眼道：「原初魔女。」
……妳當初不是想擺脫那種古怪的狀態嗎？不是不想越來越不像自己嗎？怎麼出發回頭路了？妳難道不知道，她們給妳改名特莉絲奇克，就有讓妳成為「原初魔女」容器的用意？不，她還真不知道，她甚至不明白奇克這個稱號的意義……
用盡全力逃出宿命，卻是更進一步地融入宿命……
克萊恩這一刻竟莫名對命運對神靈感到恐懼。
他勉強讓塞尼奧爾笑道：「妳這麼輕易地回答，很難讓我相信。」

特莉絲眼睛迷濛了少許，自嘲一笑道：「因為這對我來說是問題，不是祕密。多一個人知道，也許就會多一份解決問題的希望，哪怕這希望非常渺茫，但也比沒有好。」

解決問題的同時高機率也會解決掉妳……

克萊恩沒有多說，想了想道：「當妳靠近斯特福德子爵，靠近藏在幕後的那些傢伙時，注意自身是否經常有遇到巧合的事情。」

調查貝克蘭德大霧霾事件越深入越有可能被因斯．贊格威爾和「0—08」注意到！

「巧合……」特莉絲愣了一下，重複起這個單字。

這一刻，她回想起了在紅薔薇莊園時遭遇的那些巧合。

思緒紛呈間，她猛然抬頭，望向對面，卻發現穿暗紅外套戴陳舊三角帽的「血之上將」塞尼奧爾早已消失不見。

第二天上午，克萊恩準時起床，在貼身男僕理查德森的幫助下，穿好了外套。

他剛來到餐廳，就看見瓦爾特立在門口，恭敬等待。

「先生，您今天的安排主要是去馬赫特議員家參加下午茶活動。」瓦爾特盡職地提醒了雇主一句。

他古板嚴肅，一絲不苟，與往常毫無區別，完全看不出來昨天半夜有去過下水道內。

克萊恩含笑點頭，像是什麼事情都沒發生過一樣道：「我沒有忘記。」

他隨即進入餐廳，享用起還算精緻但卻開始重複的食物。

早餐種類不夠豐富啊……

克萊恩專心吃完，放下刀叉，嘆了口氣道：「我有些懷念家鄉，明天讓廚師準備一份迪西餡餅吧。」

「是，先生，我應該更早想到這點。」女管家塔內婭抱歉回應。

克萊恩擺了擺手，示意她不用在意，然後去花園裡散了個步。

做完這一切，他回到三樓閱讀剛才剩下的報紙，直至禮儀老師瓦哈娜抵達。

瓦哈娜依舊衣著得體，氣質優雅，笑著對道恩．唐泰斯道：「聽說你今天要去莉亞娜夫人那裡享用下午茶，那這堂課的重點就是下午茶禮儀……」

克萊恩保持著微笑，專注聽講，並三不五時提出問題。

兩刻鐘後，管家瓦爾特敲門進來道：「先生，馬赫特議員家的僕人剛才過來說，今天的下午茶活動取消了，因為莉亞娜夫人的女兒海柔爾小姐生病了，她很抱歉，希望下周能再邀請您參加。」

海柔爾生病了？因為昨晚的驚嚇？如果是普通人，這不是沒有可能，可一位非凡者，有提升身體素質的非凡者，機率很小啊……

而且，海柔爾明顯還未見過魔藥帶來的失控變化，精神狀態還算健康，以至於表現得很優越，沒有畏懼感，即使有受到驚嚇，也不至於出現心理上的疾病……疾病……魔女途徑的序列五能讓周圍的人染上疾病……

昨晚，特莉絲察覺到有陌生人進入下水道後，悄然散布了疾病？而「怨魂」狀態的塞尼奧爾是不會感染的，所以，我沒有發現……這樣問題不大，海柔爾並未在疾病環境裡待多久，只是因為受到驚嚇，才沒有很快恢復……看來特莉絲真的晉升序列五了……

克萊恩輕輕頷首道：「替我問候海柔爾小姐。」

——待續

國家圖書館出版品預行編目資料

詭秘之主 : 不死者 ／愛潛水的烏賊作. --初版.
--臺中市：飛燕文創事業有限公司, 2025.03-

冊； 公分.

ISBN 978-626-413-150-6(第1冊:平裝).--
ISBN 978-626-413-151-3(第2冊:平裝).--
ISBN 978-626-413-152-0(第3冊:平裝).--
ISBN 978-626-413-153-7(第4冊:平裝).--
ISBN 978-626-413-154-4(第5冊:平裝)

857.7 114001685

詭秘之主 —The Most High— 不死者

出版日期：2025年05月

定價：新台幣320元
ISBN 978-626-413-150-6

作者　愛潛水的烏賊
畫家　阿蟬

發行人　曾國誠
責任編輯　小玫
美術編輯　豆子、大明

製作發行　飛燕文創事業有限公司
公司地址　台中市南區樹義路65號
聯絡電話　04-22638366
傳真電話　04-22629041
郵政劃撥　22815249 戶名：曾國誠
印刷所　燕京印刷廠有限公司
聯絡電話　04-22617293

各區經銷商

華中書報社	電話 02-23015389
旭昇圖書有限公司	電話 02-22451480
智豐圖書股份有限公司	電話 05-2333852
威信圖書有限公司	電話 07-3730079

網路連鎖書店

金石堂網路書店	**電話** 02-2364-9989
	網址 http://www.kingstone.com.tw/
博客來網路書店	**電話** 02-26535588
	網址 http://www.books.com.tw/

若要購買本公司出版之其他書籍，可洽本公司各區經銷商，或洽本公司發行部：04-22638366#11，或至各小說出租店、漫畫便利屋、各大書局、金石堂網路書店、博客來網路書店訂購。
如有缺頁、破損，請寄回更換！

Fei-Yan 飛燕文創

詭秘之主

—The Most High—

不死者

請沿虛線剪下再對摺黏貼，請勿用訂書機裝訂

請對摺

□□□□□

請貼
6元郵票

40241
台中市南區樹義路65號
飛燕文創事業

讀者回函卡

歡迎您對本書的想法與建議表達出來，在能力範圍所及，本公司將盡力達成您的要求與建議，謝謝！請繼續支持和鼓勵本公司出版的書籍！

請沿虛線剪下再對摺黏貼，請勿用訂書機裝訂

書號：FLY09401

書名：詭秘之主-不死者

☆從何處得知本書的訊息？

□書店□租書店□親友介紹□網站（名稱）＿＿＿＿＿＿□其他＿＿＿＿＿＿

☆本書您覺得需要改進的地方。

□錯字太多□內容劇情□版面編排□封面設計□封面構圖□印刷裝訂

□字體大小□其他＿＿＿＿＿＿

☆購買本書的原因？

□喜歡作者□喜歡畫家□被內容題材吸引□被書名吸引□喜歡封面設計

□看了廣告宣傳而有興趣（廣告來源）＿＿＿＿＿＿

□其他＿＿＿＿＿＿

☆您喜歡書中的哪些人物？1.＿＿＿＿ 2.＿＿＿＿ 3.＿＿＿＿

☆您在何處購買本書？＿＿＿＿＿＿（例如：金石堂、博客來）

☆希望隨書附贈何種贈品?＿＿＿＿＿＿

☆期待劇情中哪個畫面畫成圖案？＿＿＿＿＿＿

☆有哪幾本網路小說還未出版您希望出版實體書？

（請填寫書名、作者、網站名或網址）＿＿＿＿＿＿

☆您對本書的感想或意見，或是對本公司的建議。

讀者基本資料

姓名：　　　　　　性別：□男 □女

教育程度：　　　　職業：

生日：民國　　年　　月　　日　　年齡：

連絡電話：

E-mail：

※膠水黏貼處，請不要影響到填寫的資料※